Le vele

NARRATORI DEL NOSTRO TEMPO

PINO FARINOTTI

7 Km da Gerusalemme

romanzo

SAN PAOLO

Prima edizione aprile 2007
Seconda edizione maggio 2007

Piazza Soncino, 5 - 20092 Cinisello Balsamo (Milano)
www.edizionisanpaolo.it
Distribuzione: Diffusione San Paolo s.r.l.
Corso Regina Margherita, 2 - 10153 Torino

ISBN 978-88-215-5978-5

A Daniela e Alice.

A Dante, mio padre, per l'imbarazzo
quando gli domandavano: «Ma cosa fa tuo figlio?».

A Domenica, mia madre, seduta nel suo negozio,
per la nipotina che non ha visto nascere.

Allo zio Arturo, che ha fatto la guerra,
per la fantasia e per le storie.
E per come è stato sottovalutato.

A Celso Farinotti, preparato senza prepararsi,
il grande uomo della valle.

A Lucia Bocciarelli, colpevolmente ignorata
in un'altra pagina, per il difficile compito.

A Gianluigi, mio cugino, per il Nure e la bicicletta
e per come riusciamo a convincerci
di essere sempre quelli di una volta.

A Gianfranco Rizzo e Maurizio Fasulo,
i miei amici storici, di scuola,
quando i rapporti erano per affinità e non per utilità.

Ad Alan, l'eroe... "cerca di diventare forte e leale".

A coloro di cui non mi sono accorto.

A don Roberto Di Diodato,
per i correttivi "tecnici" e l'avallo decisivo.

A Rossella, mia figlia, per i nonni, tutti e quattro,
che ha visto solo in fotografia.

A Pinuccio, che forse non ho del tutto deluso.

Lo sparring-partner
ha il compito
di impegnare
il campione sul ring
costringerlo a un duro esercizio;
in casi eccezionali
può accadere
che lo sparring-partner
atterri il campione
...in casi eccezionali.

(Hemingway. Se non lo ha scritto
lo ha certamente pensato)

1

Lo dichiaro senz'altro: non leggo gli oroscopi, le madonne non piangono, non mi evolverò in una farfalla o in un santo. Tuttavia sono disposto a credere se qualcuno mi porta delle prove. Almeno indiziarie.

Ma devo fornire un altro dato: la mia vita è normale. Ho avuto un discreto successo professionale, discreto, appunto, ma non ho avuto il grande potere e il grande denaro, non ho cicatrici eroiche da esibire o epiche seduzioni da elencare. Non ho divulgato idee che abbiano prodotto trasformazioni. Però qualche volta ho avuto coraggio, quello vero, di un tempo, non quello dei nostri giorni, quando chi affronta a nervi saldi un'ispezione dell'Iva è un guerriero, e chi centra un budget è un eroe.

Racconterò questa storia, anche se ho delle resistenze. È assolutamente vera, ma non è certo che sarò creduto. Io forse non presterei fede a chi me la raccontasse. E ci sono momenti in cui fatico a convincere persino me stesso di ciò che è accaduto. Tuttavia il maggio scorso ho toccato una donna che era morta e lei si è alzata con il mal di testa. E una sera, mentre camminavo in città ed ero proprio normale, non visibile, la gente mi si disperdeva intorno come fossi il diavolo. Questi sono solo due dei fatti incriminati, sì, incriminati, che ho vissuto prima dell'incontro che ha cambiato la mia vita – e significherebbe poco o niente – e che potrebbe cambiare la vita di molti.

Intendo entrare immediatamente nel cuore della vicenda, nel suo momento centrale. Più avanti racconterò premesse e preparazione. Lo faccio per alcune ragioni. La prima è la mia impazienza. La seconda è la possibilità che lascio a chi legge di conoscere subito l'argomento ed eventualmente subito abbandonarlo. Un'altra è la comunicazione *in medias res* ovvero polverone iniziale. È più efficace. Lo so per professione, perché sono un pubblicitario. Lo rivelo chiedendo che non venga considerato una pregiudiziale.

Dunque, fra la primavera e l'estate scorse, avvennero alcuni episodi particolari che mi portarono a camminare, in pieno agosto, sulla pista che da Gerusalemme conduce a Emmaus.

Sì, Gerusalemme ed Emmaus. Terra Santa.

La strada è lunga dodici chilometri e avanza nel deserto.

Rocce, sabbia, qualche povera casa isolata. Pochissime macchine, qualche vecchia corriera. E poi il sole, un martello incandescente.

Percorrere a piedi quel tratto era semplicemente una delle decisioni sconcertanti che stavo prendendo da alcuni mesi. Ero stanco, disperato, alterato, alla deriva. Ma so adesso che tutto entrava in un disegno, che tutto aveva una ragione. Nella mia vita normale, Emmaus significava soltanto la cena di Gesù in un dipinto del Caravaggio. Adesso sudavo su quella pista, con la mia divisa turistica.

Camminavo da un paio d'ore e mi resi conto di quanto fosse fuori luogo quella mia iniziativa. In condizioni normali non avrei avuto difficoltà a eseguire quell'esercizio fisico, in quel momento la sofferenza era penosa.

Procedevo tenendo la destra. Nel silenzio i miei passi risultavano pesanti e grotteschi. Guardavo la pista diritta e le rocce rosse intorno. Passò una vecchia Citroën azzurra, poi un pullman del dopoguerra, poi uno modernissimo, alto, coi vetri bruniti. Nessun pedone. Mi asciugai il sudore. E camminavo. Chissà cosa c'era a Emmaus. La mia cultura evocava case di terra a un piano, qualche misero venditore di datteri sulla strada e gruppetti di bambini assediati dalle mosche. O magari stavo prendendo un abbaglio immane, e il turismo aveva portato in città i bancomat e l'Hilton.

Fissai lo sguardo su un pratino molto curato, a ridosso della strada, sul lato sinistro: una macchia verde anomala. Mi guardai ancora intorno e vidi, sempre su quel lato, un pedone dietro di me, a un centinaio di metri. Pensai: "Ecco un altro matto". Poco dopo mi girai di nuovo. Aveva guadagnato terreno. Camminava deciso e tranquillo, e cominciavo a scorgere i particolari, aveva le mani libere, niente borsa, niente zaino.

Un altro controllo ed eccolo ancora più vicino. Ma chi era? Un turista, un pellegrino? Mi parve un religioso, con quell'abito strano, forse un frate. Mantenevo il mio passo e l'uomo si avvicinava. Adesso era a pochi metri e non avevo bisogno di girarmi per vederlo. Poi mi fu al fianco, sulla sinistra, a cinque metri, sempre con il suo passo regolare. Ben presto mi accorsi che non mi superava. Camminavamo paralleli.

Non era un frate.

Indossava una semplice tunica color juta, tenuta da una cintura di corda. Portava sandali. Aveva capelli lunghi. Valutai che fosse alto più o meno come me, gli attribuii trenta, trentacinque anni. Procedeva eretto e fresco. Pensai che in quella zona qualcuno potesse anche vestire in quel modo. Camminammo qualche minuto così, affiancati, come in un gioco di adolescenti. Poi capii, e sorrisi della mia ingenuità. L'uomo doveva far parte del posto e del folklore, e del commercio relativo.

Un masso appena oltre il ciglio mi diede lo spunto per fermarmi, e sedermi. L'uomo fece pochi passi, poi si fermò a sua volta.

Non so per quale combinazione di memoria, ma ricordai che una decina di anni prima, a Memphis, ero stato abbordato da un Elvis magnifico, corvino e cotonato, perfetto con chitarra, che mi aveva dedicato alcune note di *It's now or never.* Gli avevo dato dieci dollari. In quel contesto mi sembrò dunque naturale che l'uomo muovesse verso di me, e del tutto logico che mi dedicasse un sorriso accattivante.

Mi resi conto di come fosse ben organizzato. Era esattamente Gesù. In tenuta sportiva, diciamo: forse teneva la divisa da cerimonia, di stoffa più preziosa, rossa e azzurra, quella che l'iconografia tradizionale ci ha trasmesso, per altre occasioni. Gli sorrisi di rimando, anche se con intenzione diversa.

Dissi:

«Buon giorno». Mi alzai in piedi.

«Buon giorno» rispose, con ottima pronuncia.

Feci un cenno positivo col capo, come a dire "complimenti". Poi aggiunsi:

«Bravissimo, sei davvero perfetto. Sembri proprio lui. La corona di spine ti avrebbe dato un tocco in più. Meriteresti una mancia ma il vostro apparato ha già prosciugato il mio budget per le offerte».

Fece un cenno a significare che non ero sulla strada giusta.

«Ma, ripeto, meriteresti certamente. Grande professionalità, davvero».

Mi resi conto dell'impatto particolare dell'uomo, non facile da definire: comunque un alto profilo nell'insieme. E registrai un'improvvisa tachicardia.

Parlò.

«Non sono quello che credi».

Annuii.

«Non vuoi offerte?».

«No».
«Cosa fai, una sorta di performance... sei un attore?».
«Non sono un attore».
«Allora chi sei?».
L'uomo esitò appena, e non ebbe nemmeno un piccolo incremento nel tono.
«Ecco, io sono vero, sono quello vero».
«Sarebbe?».
«Sono Gesù».
Gli feci un subitaneo cenno di addio.
«Senti Gesù, non ho voglia di rivelazioni in agosto nel deserto. Vedrai che qualche altro idiota, un pellegrino o un arancione che passeggia lo ritrovi, fra un anno o due. E poi lo dico sempre che gli alieni non esistono».
Avrò fatto sei passi ed ecco.
«Alessandro».
Mi fermai, naturalmente, e mi girai.
«Hai detto?».
Mosse verso di me e io istintivamente mi ritrassi, in difesa.
«Ho detto "Alessandro", ed è vero: gli alieni non esistono».
Da bravo cittadino cosmopolita quale mi ritengo ragionai di conseguenza. Esistono sempre ragioni e spiegazioni, e le infinite contrade del mondo ospitano gente più o meno capace di tutto. Arrivando avevo parlato con tante persone, anche in albergo, il mio nome era stato detto e ridetto, bastava tendere le orecchie. Il Gesù si era informato. E adesso faceva la sua bella figura.
«Conosci il mio nome...».
«Non solo il tuo nome, ti conosco molto bene. Ti ho voluto qui».
Lo guardai con molta, molta attenzione. Una bella fronte liscia, capelli castani divisi da una riga diritta e marcata. Occhi nocciola, ma no, castani, ma

no, indefinibili. Colore della pelle chiaro. Forse quell'uomo era bello, forse molto bello.

«Mi hai voluto qui?».

«Lo sai bene, Alessandro. Non avresti mai fatto un viaggio del genere se non per circostanze particolari».

Annuii. Non ero per niente a mio agio.

«In effetti le circostanze sono state particolari. Ma non basta per convincermi che sei Dio».

«Sappiamo entrambi che hai vissuto vicende strane, sospette, che non appartengono alla tua cultura. Per il lavoro che fai dovresti essere un esperto di numeri... dovresti saperli leggere. Quante probabilità c'erano che tu passassi illeso sotto quella betoniera?».

Lo guardai con diffidenza e anche in allarme, poi, ancora una volta, sorrisi, più a me che a lui. Se fossi stato un personaggio famoso mi sarei guardato in giro in cerca di una telecamera nascosta. Ma c'era comunque la possibilità di uno strepitoso scherzo. Conoscevo qualche pubblicitario che aveva investito tempo e quattrini, magari molti, per una risata in grande stile, una bella risata corale.

Dissi:

«È vero, il fatto della betoniera è stato strano... avanti, chi è l'organizzatore, quell'idiota di Palumbo? Lui fa queste fesserie».

«Sono Gesù».

«Basta. Ciao amico».

Questa volta non ebbi nemmeno il tempo per fare un passo. Trovò parole efficaci.

«Hai perso moglie e figlia per la tua... rigidità».

Girandomi non ero solo allarmato, ero arrabbiato.

«Chi sei?».

«Ti conosco, so cosa aspettarmi».

«Chi sei?».

«Te l'ho detto».

I nostri occhi erano vicinissimi. Ero io quello debole.

Dissi:
«Bene. Se sei quello che sostieni di essere dimostramelo, fa' qualcosa di sensazionale. Fa' un miracolo».
«Non vorrei».
«Lo credo. Eppure c'era uno scettico nel tuo gruppo, Tommaso. Per crederti voleva mettere le dita nelle tue ferite... ma che scemenze».
«Hai un dolore lì».
«Prego?».
Indicò il mio fegato. Sorrisi.
«Non è così difficile».
Allora avvicinò il palmo aperto al mio fianco.
«Hai ancora dolore?».
Non risposi.
«Il dolore è passato. E non tornerà».
«...ho visto fare anche questo».
Non era vero, ma cercavo una ragione. Pensai alla possibilità di aver assunto qualcosa di strano, involontariamente... anfetamine.
«Non hai assunto niente di strano».
Allora ebbi il primo cedimento. Ed ebbi paura.
«Non aver paura».
Avrei voluto sedermi. Ero sempre più stanco. Sentii il mio respiro farsi più frequente.
«Chi sei?».
«Te l'ho detto».
Scossi il capo.
«Perché avresti... convocato proprio me?».
«Te lo spiegherò, naturalmente».
«Senti, io me ne vado, è chiaro che non sto bene. O forse sto ancora dormendo in albergo. Oppure è una conseguenza ritardata di tutte le porcherie che ho ingoiato in questi ultimi tempi. Dio non si sa nemmeno se esiste. E se esiste ci sono molti miliardi di persone convocabili prima di me. E poi sei troppo ridicolo. Sei esattamente come dovresti essere. Perfetto

per uno scherzo, appunto. Perché ti sei combinato così? Non c'erano altri modi? Potevi venire a Milano... essere meno plateale».

L'uomo non rispose subito. Sembrava deluso. Mi aspettai che gettasse la maschera, che scoppiasse a ridere. E glielo dissi.

Non rise. Parlò:

«Ho voluto che tu venissi qui perché è qui che io ho vissuto. Come si dice? Voglio giocare in casa. Ed è vero, ho assunto l'immagine che mi avete attribuito voi. Sei un pubblicitario, dovresti capirlo bene. Se fossi a... Riad, avrei sembianze diverse».

Annuii.

«Già. A Riad...».

Eravamo di fronte, speculari e vicini. Io continuavo a pensare che quell'uomo non poteva essere quello che diceva di essere. Cercai aiuto nell'intuito, che mi disse che no, non ero ospite di un miracolo. Ma il mio intuito mi ingannava sempre.

L'uomo disse:

«Muoviamoci da qui. C'è un posto vicino, tranquillo. Seguimi».

Cercai una battuta adeguata. Contro la paura.

«Certo, e non sarò stato il primo».

E lo seguii.

A dieci passi dal ciglio un piccolo sentiero scendeva ripido. Lo percorremmo per una trentina di passi, poi sentii una corrente fresca, e capii il perché. Era l'ingresso di un anfratto. Lui si fermò davanti all'apertura.

Disse:

«Dalla strada non si vedono, ma ci sono molte di queste grotte. Vieni, non aver paura».

Prima di entrare valutai i possibili pericoli che avrei corso. Ma era inutile cercare di capire. Ciò che stava accadendo non aveva che fare con il capire. Niente era valutabile. E vinse il fatto che io sono disperatamente curioso.

Appena dentro la grotta, mi fermai:

«Prima hai detto che a Riad avresti avuto altre sembianze. Non è un'affermazione da poco».

C'erano due grosse pietre, quasi due cubi. Sedemmo.

Cominciò:

«Capisco che tu stia cercando verifiche. Lo so, non sei uno che crede... gratis. Ma il dubbio ce l'hai. Pensavo di ottenere il tuo credito come uomo... senza miracoli, voglio dire. Sbagliavo...».

«Tu sbagli?».

«Sono qui. Sono tornato. Anche per correggere qualche errore».

«Tagliamo corto».

«Dimmi».

«Se sei chi dici di essere e... visto che giochi in casa, comportati da bravo ospite e sta' alle mie regole. Io ho bisogno di prove per credere. Non bastano i trucchi che hai mostrato fin qui. Se sei Dio, o Gesù o...» giuro che stavo per dire "o chi diavolo" «il figlio di Dio o non so cos'altro...».

Lui mi guardava serenamente. Conclusi:

«...fammi vedere mia madre».

La richiesta era impegnativa, naturalmente.

Io non so se stessi male, o bene. O benissimo. Leggo la situazione alla mia maniera: il pubblicitario milanese in viaggio turistico, col suo bel giacchino multitasche firmato, che improvvisamente diventa personaggio alla Noè o alla Virgilio. Io, Alessandro Forte. Ero dalle parti di Emmaus, dove Gesù cenò dopo esser risorto. Davanti a me c'era Gesù. Ero un eletto, e potevo fare le domande che cento miliardi di umani in duemila anni avrebbero voluto fare. E c'è di più, ero uno che le domande sapeva farle.

Dunque una sensazione fortemente inedita e comunque, vero o falso che fosse tutto quanto, l'emozione era vera. Avevo fatto forse la più grande, misteriosa, impossibile richiesta che un uomo possa fare. Vero o falso: qualcosa sarebbe successo.

Dunque, "fammi vedere mia madre".

L'uomo fece un cenno con il capo.

«Capisco, tua madre, la signora Michela è morta diciotto anni fa. Mi sembra legittimo ciò che chiedi, mi sembra umano. Ma mi aspettavo qualcosa di diverso. Con le immense possibilità che avresti, ti limiti a un fatto personale».

«Te l'ho detto, sta' alle mie regole. Certo che è un fatto personale... puoi cominciare da lì. E sta' tranquillo, te le farò le domande, tutto ti chiederò, ti metterò in croce...».

Colsi la gaffe mentre stavo ancora pronunciando "croce".

Il piccolo sorriso che gli comparve mi disse che non si era offeso.

«E ti dico anche che io non sono un pastorello».

«Ne sono più che sicuro».

Sorrisi a mia volta.

«Certo che sei un personaggio... Dio o non Dio, sei un gran personaggio. Non so se uscirò vivo da qui, non so nemmeno se sono vivo adesso, ma giuro che uno come te non lo incontro più».

Cambiò espressione. Si preparava a una premessa importante. Sapevo interpretarlo. E questa era una buona notizia.

Disse:

«Una premessa. Devo porti dei limiti. Non potrò rispondere a tutto».

«Perché? Sei entrato nel gioco, allora gioca».

Mi sembrò in imbarazzo.

«Sei un uomo intelligente, sei colto. Certe critiche sarebbero facili. Lo sappiamo. Gli errori, anche grandi, nei secoli. Il sistema è vecchio, so bene che scricchiola. Sono qui anche per questo».

Al momento non colsi la portata, sterminata, di quelle ultime cinque parole. Aggiunse:

«Concedimi quella zona franca. Guardiamo avanti».

«Va bene».

Lo avevo sorpreso.

«Davvero ti va bene?».

«Sì».

«Ti arrendi così? Non combatti?».

«Hai diritto a una zona franca. E poi cosa c'entri con le fesserie di chi ti ha rappresentato. Io non te le attribuisco. Anzi, non te le attribuirei».

Sorrise.

«Ho scelto bene, lo vedi».

«Dimmi della sacra Sindone».

«Come?».

«Una curiosità che ho da quando ero alto così... quel tizio, sei tu?».

Esitò. Mi piacque pensare di averlo incastrato. Mi accorsi che cercava le parole con attenzione.

«Se ti dicessi che non sono io, ti sarebbe utile? Molti ci credono. Vanno a vederla, pregano, sperano e stanno meglio. Non c'è niente di male».

«La conosco la tiritera. Sei tu quello là?».

«Questa domanda potrebbe rientrare nella zona franca...».

«Potrebbe. Ma io la tengo fuori. Sei tu o no?».

«Non cambierebbe niente».

«Lo hai già detto. Ma a me interessa la verità».

«Dunque non rinunci».

«No».

Ma ancora non rispondeva.

«Sei tu o no?».

Non rispondeva.

«Senti Gesù, io continuo a pensare che questa sia una pagliacciata. Cerca di venirmi incontro almeno, fa' qualcosa per renderti simpatico... sei tu o no?».

«Sono io».

Mi insospettii.
«Davvero?».
«Non dico bugie».
«Chissà».
Scossi il capo.
«Non pensare che mi sia dimenticato di mia madre. La petizione rimane».
Anche lui scosse il capo e lo vidi deluso e perplesso. Io invece sorrisi.
«È dura, eh?».
Anche lui sorrise. Sì, era schermaglia.
«Da uomo a uomo, non ti basta, vero?».
«No».
«Vuoi il miracolo».
«Sì».
Non si decideva. Poi, dopo qualche secondo, disse:
«Devo riflettere».
«Sei pieno di dubbi... e comunque sono io l'idiota che sto qui ad aspettare di vedere mia madre morta. Sono stanco. Molto stanco. Voglio uscire da qui».
Avevo la sensazione che a guidarmi fuori fosse il mio stomaco. Mi fece bene la luce. E mi piacque il caldo. A fatica risalii il sentiero. Non ricordo molto. Ero sulla strada maestra. Era presto per ragionare sull'incontro, su Gesù o il delirio. Lo avrei fatto con calma. Adesso valeva l'immediato e il sentimento. Mi toccai il fianco, premetti sul vecchio dolore. Erano mesi che alla pressione o al movimento del fianco corrispondeva quel dolore. Invece adesso no. Non c'era. Sorrisi per quel risultato almeno. E camminavo.
Arrivai all'albergo, l'inserviente mi diede la chiave. Salii a piedi al primo piano. Doccia, letto, che sogno. Magari avrei ragionato. O forse no. Volevo la doccia e il letto. Misi la chiave, girai e aprii. Dopo un paio di secondi vomitai davanti alla porta che avevo richiuso. Avevo il respiro profondo, la vista sdoppiata ma ero presente al mio squilibrio. Adesso avrei

riaperto la porta e mia madre non sarebbe più stata lì seduta in mezzo alla stanza. Riaprii la porta e anche gli occhi, che avevo chiuso. Ed era lì, seduta in mezzo alla stanza. Mia madre.

2

Milano, tre mesi prima.

Da qualche tempo ho un pensiero ricorrente che non mi è mai appartenuto: ho quarantatré anni e non ne vivrò altrettanti. Mi rendo conto di avere ormai più passato che futuro. Ripeto: mai avuto pensieri del genere.

Come ho detto faccio il pubblicitario, e come tale sono infantile e come tale sarei stato un cinquantenne vestito da Romeo Gigli, un sessantenne che va in palestra, un settantenne con la Harley Davidson. Un vecchio con un guscio giovane. Visibile a tutti, e questa sarebbe stata la tragedia peggiore. Conosco persone così. Fanno pena.

Non ho mai bevuto molto, ma da marzo mi ubriaco quasi tutte le sere. Ho sempre goduto di buona salute, ma da marzo sto male. Non ho lavoro, non ho soldi e il futuro sarà infinitamente meno ricco, bello, vitale, del passato, non solo più breve.

Avevo una moglie che mi ha lasciato e si è portata via nostra figlia.

Convivo con Viola, la cagnetta meticcia. Stava con me prima che avessi famiglia. È l'unica *persona* che mi sopporta. Sì, *persona*: non parlo con lei, non sono ancora arrivato a tanto, ma subisco le sue dure occhiate di disapprovazione. Senza Viola il disastro sarebbe peggiore.

Un uomo davvero in gamba, un pubblicitario giovanile, affronterebbe trionfalmente un cambiamento del genere. È la vita che torna a sorriderti. Velleità sopite riprendono forza. Ti è concesso ritentare, ed è un rarissimo privilegio. Hai le tue belle scarpe e camicie, i Rolex antichi, prima o poi ti affideranno una gran campagna. Hai l'esperienza e sei ancora reattivo. Hai il pane e hai i denti. Inoltre la città trabocca di donne furenti e giovani che vogliono sesso e sicurezza dal quarantenne che conosce i locali e ti sa consigliare un film o un libro, perché è intelligente. E poi io faccio parte del gruppo "uomini veri come ce ne sono sempre meno".

Una volta questo mi sembrava il ritratto di un uomo di qualità, adesso mi sembra quello di un cretino. Ci sono arrivato. Mia moglie c'era arrivata prima. Posso capirla. Adesso che è tardi.

In questa situazione ho ritenuto normale che mi accadessero fatti strani. Ho ritenuto normale non riconoscermi in ciò che dicevo e facevo.

È maggio, ma fa più caldo che a maggio. Il colpo d'ala giovanile non c'è stato. Non ci sono state cene da sorrisi smaglianti, premesse di ciò che sarebbe successo dopo. Non c'è stato un dopo.

Adesso vivo in un locale con water e doccia minuscola, senza bidè e senza vasca, e con un fornello appoggiato sopra una piccola libreria. Mi serve solo per il caffè, perché non mangio mai a casa. Mangio tranci di pizza in carta oleata, in piedi, vicino al cassonetto dove butterò la carta appena finito. Mangio *hamburger* e patate fritte in un paio di *food* abituali. Ho imparato, anzi, "non" ho imparato a lavarmi la roba in lavanderia, e sono sempre indietro, non ho mai niente di pulito o stirato. Da mesi non ho niente di nuovo.

Significa lasciarsi andare.

Dio, com'ero diverso. O forse no, ero così, ma c'era chi mi aiutava, chi faceva le cose per me, c'era mia moglie, e c'era la famiglia.

Adesso vado in chiesa, spesso, più di prima. Vado in chiesa, non a messa, non sento una messa intera da quando ero ragazzo. E dunque queste mie visite non "valgono", credo. Faccio il mio percorso quotidiano in Duomo, perché mi piace l'architettura, la penombra, il passato, il silenzio, la concentrazione, la suggestione e, marginalmente, la presenza di Dio. Non si sa mai.

Continuo a entrare nel Duomo con la sensazione che ho appena detto. E perché ci sono almeno cinque gradi in meno di temperatura.

Recentemente mi sono accasciato nell'ultima fila, sezione di panche a sinistra, posto esterno. Ho certamente dormito qualche minuto. Quando mi sono svegliato tre giapponesi mi guardavano perplesse e preoccupate. Forse avevo russato.

Avevo appena chiesto al crocifisso sospeso in alto alla base della grande cupola – mi rivolgo sempre a lui – di fare qualcosa per me, di indirizzarmi, perché io non avevo idee. Gli avevo dato la mia disponibilità, se fosse stato il caso, a morire, senza soffrire troppo: niente lunghe degenze, decubito, morfina, rincoglionimento, sofferenze. Ero pronto per un infarto secco, in stato di ubriachezza, dunque non percepito. "Dico sul serio, Signore, pensaci".

Dopo quella visita ecco gli strani accadimenti. Al principio non ci ho badato. Pensavo: "Sono ubriaco, fuori di me, magari mi sembrano strane cose che non lo sono. Comunque non sono in grado di valutarle".

Adesso so bene che ero "comunque" in grado di valutarle. Erano molto strane.

Uno che come me ha avuto buoni momenti, ha provato ad essere viziato e coccolato e ha visto la propria bravura riconosciuta, pur nel declino non rinuncia mai completamente a qualche impennata. Volevo mangiar bene dopo tanto tempo. Sedermi in un ambiente che mi ricordasse il benessere ed essere servito da un cameriere gentile. Entrai dunque al Tre colline, un ristorante adottato dalla mia famiglia da trent'anni e anche riferimento sicuro per cene di lavoro. Questo per dire che ero conosciuto.

Non credo che Cappi, il proprietario, fosse a conoscenza del mio stato. Mi accolse come al solito e come sempre mi trovò un tavolo, anche se non avevo prenotato.

Mi sentivo bene in quell'ambiente di qualità, mi piaceva il tono generale acquisito in mezzo secolo di professione ad alto livello.

Lessi il menu. Feci quello che avevo sempre fatto, mi guardai in giro. C'era sempre qualcuno che conoscevo. Ero venuto con un preciso desiderio: gli antipasti di pesce. Ordinai e attesi.

La mia attenzione, e quella di molti, venne attratta dal rumore di una posata che cadeva in un piatto, a un tavolo a quattro metri da me. La posata era solo la premessa di qualcosa di più importante: un uomo stava scivolando lentamente dalla sedia. Già privo di sensi, già grigio in volto, gli occhi chiusi. Una donna strillò, un cameriere scattò e impedì che il poveretto cadesse a terra. Sorreggendolo per le ascelle, lo depose sul tappeto e disse: «Lasciamogli spazio, deve respirare».

Poi gli slacciò il bottone del colletto.

Mi avvicinai perché, pur rapidissima, avevo avuto una sensazione familiare. Guardai l'uomo a terra. Dopo qualche istante si mosse debolmente, poi aprì gli occhi e tentò un piccolo, pietoso sorriso, e alzava le mani come a dire che non era niente di grave. Fu palpabile un sollievo generale. Qualcuno disse all'uomo di star fermo, di aspettare. Io gli ero praticamente sopra. Così lo riconobbi. Era Adalberto Signini, un av-

vocato, vecchio amico di mio padre, poi anche mio.
Dissi: «Lo conosco... scusatemi, lo tiro su».
Gli occhi di Adalberto incrociarono i miei. L'anziano si scosse come se non gradisse.
«No, no. Per favore».
«Adalberto, sono io, Alessandro».
«No, sto male».
Lo stavo sostenendo e sentii il suo peso morto. Era di nuovo svenuto. Ma si riprese ancora.
Qualche minuto dopo era seduto al suo tavolo, io davanti a lui. Un cameriere aveva portato un liquore. L'avvocato Signini, ancora pallido, aveva recuperato le forze.
«Non è niente di grave, Alessandro... la pressione. Ci sono abituato. Devo stare attento alle emozioni».
«Cosa ti ha emozionato qua dentro, gli asparagi?».
Cercò di sorridere come poteva.
«Ben altro. Ti ho visto ed è stato il buio».
«Davvero? Faccio questo effetto?».
Bevve un sorso. Esitò, come a cercare parole difficili. Poi si decise.
«Te lo dico, Alessandro... io sapevo che tu eri morto».
Ebbi un piccolo colpo di pressione, ma mi sforzai di sdrammatizzare.
«Sono vivo».
«Meglio così».
Intorno la gente non rinunciava al residuo di spettacolo.
Domandai:
«Qual era la fonte?».
«Non te lo saprei dire. Davvero non ricordo».
«Ma come, non siamo degli estranei. Non ti sei interessato?».
Scuoteva il capo. Era a disagio, si stava alterando. Temevo che stesse ancora male.
«Non so che dirti, Alessandro. Per me eri morto.

Quando ti ho visto mi sono sentito mancare. Mi sembra comprensibile».

Mi alzai perché avevo intuito che quello era il desiderio dell'avvocato.

«Certo, è comprensibile. Mi dispiace di esser stato la causa del tuo malore».

Non me la sentivo proprio di riprendere a mangiare come se niente fosse. Anche se gli antipasti di mare erano già serviti. Lasciai i soldi sul tavolo e me ne andai.

3

Come si può far presto a cadere, a cambiare, a stravolgersi, a essere un altro.

Una domenica avevo passato la notte in bianco, dormicchiato di giorno, preso tranquillanti, ci avevo bevuto sopra, avevo vomitato.

Accesi il condizionatore, un vecchio apparecchio, regalo di un mio collega che sperava in un aiuto gratuito per la messa a punto di uno *story board.* Ma faceva troppo rumore e non mi lasciava dormire e non mi lasciava lavorare, quando avevo lavoro. Lo accesi e dopo qualche secondo saltò l'impianto elettrico. Mi erano inibiti i telegiornali, l'acqua calda, il rasoio.

Sudavo, il lenzuolo era umido, certo non era pulito, l'aria fuori era stagnante e ancora più calda. Ero debole come un neonato. Infilai, con lentezza e dolori dappertutto, un paio di pantaloncini corti, una maglietta, i mocassini. Poi ricordai che dovevo fare qualcosa, lo ricordai vedendo Viola che zampettava malamente, per il dolore, anche lei.

Chiamai Oreste, il veterinario. Essendo il suo medico conosceva bene il problema. Asportare una fila di tumorini delle mammelle. Un'altra era già stata asportata. L'intervento era andato bene.

Dissi:

«Guarda che Viola è l'unica compagna della mia vita. Guai se le succede qualcosa».

«È quasi ordinaria amministrazione. Lo hai già visto no? Sta' tranquillo. Portamela martedì mattina».

Scesi, presi un caffè, una pasta con la crema. Un minuto dopo, nel bar successivo, presi una grappa. Avevo ancora fame, mi infilai in uno dei duecento Mc Donald's di Milano e presi un *hamburger* doppio. Mi parve normale, più avanti, in un piccolo spaccio, comprarmi una bottiglia di birra gelata e mi parve normale, camminando, sorseggiarla, sul sagrato del Duomo, in mezzo a centinaia di stranieri sui gradini. Non mi sembrò strano sedermi su una scultura in esposizione davanti alla chiesa di San Carlo, e continuare a sorseggiare la birra. E mi sembrò naturale che mi venisse sonno e naturale allungare le gambe e appoggiare la testa contro la grossa sfera di marmo striato, parte alta della scultura. Ma quando ebbi davanti agli occhi, proprio davanti, a venti centimetri, un paio di pantaloni dalla riga perfetta non ero sul marmo, ma sul selciato, avevo un forte dolore al collo ed era sera.

Una mano sotto un braccio mi aiutò ad alzarmi, era la mano di un uomo forte, di un giocatore di tennis pensai, chissà perché.

Non riuscivo a tenere gli occhi aperti ed ero a disagio perché non avevo ancora detto una cosa importante, anche se non sapevo cosa.

Poi ricordai e dissi:

«Grazie».

Stentavo a reggermi in piedi.

«Sandro, come va? Tutto bene?».

«Certo, tutto bene. Fabrizio... già, sei un giocatore di tennis...».

«Cosa?».

Poi disse ciò che gli premeva:

«Come sei conciato».

Sedemmo a un tavolino all'aperto del caffè davanti al Duomo. Quelli dell'orchestra estiva avevano riposto gli strumenti e qualcuno aveva messo un disco di musica sudamericana. Cercai di vedermi: macchie sulla maglia, un paio di graffi sul braccio, la nausea, la barba lunga, pantaloni senza forma.

Ma ero io quello? Fabrizio chiese:

«Ti senti meglio?».

«Sì, molto».

«Mi fa piacere averti incontrato. Non ti chiedo se ti sei applicato su quello *story board*... allora?».

«Non mi sono applicato».

«Perché ne ero sicuro?».

«Perché conosci la gente, per questo fai l'amministratore delegato».

«Ascolta, hai voglia di guadagnare dei soldi? Una bella cifra?».

«Bella cifra? Ordine di grandezza?».

«Che vuol dire?».

«Mille, diecimila...».

«Diecimila».

«Certo che ne ho voglia».

Trasse un biglietto dalla tasca della giacca, poi da un taschino prese una pennina d'oro e scrisse un nome e un indirizzo.

«Dopodomani alle undici».

«Va bene».

«Non mancare».

4

Quella che seguì fu una notte quasi normale. Da settimane le notti erano un'oppressione insopportabile. Erano sempre le quattro del mattino.

Ma quella volta dormii e mi svegliai col sole alto e senza mal di testa. "Chissà – pensai – magari qualcuno mi offrirà un lavoro". Poi ricordai che qualcuno me lo aveva già offerto: l'appuntamento delle undici del giorno dopo.

In quel periodo avevo messo a punto una strategia del tempo. Per non rimanere in casa a compatirmi davanti al televisore, mi ero predisposto una geografia di riferimenti da raggiungere a piedi. Per prima cosa la ricerca del lavoro: ero diventato oggetto di una didascalia buona per quell'ambiente: l'uomo che deve chiedere sempre. Poi c'erano i negozi di videocassette, i giardini pubblici, le solite chiese, qualche vecchio caffè tradizionale, i cartelloni – se mai fossero cambiati – di Palazzo Reale e altre mostre. Ma, prima di tutto, le librerie. Ne visitavo un paio per zona, privilegiando quelle del centro. Venticinque minuti per la Mondadori di corso Vittorio Emanuele, ventotto minuti per Hoepli, quaranta per Feltrinelli di corso Venezia, e così via. Ore di cammino, sottratte alle angosce racchiuse fra le pareti.

Qualche giorno prima, camminando sul marciapiede opposto, avevo visto una bella vetrina nella grande libreria di corso di Porta Romana. Non avevo attraversato la strada, avevo memorizzato e mi ero tenuto quella possibilità per il momento opportuno.

Quel giorno mi diressi là. Andare, visitare, tornare. Avrei sottratto un paio d'ore a pensieri stagnanti, monocordi e senza sbocchi, e mi sarei risparmiato almeno un litro di birra bevuto sul divano, con la pancia che brontola e il sudore sulla nuca.

Ecco la libreria, ecco la vetrina. Monografica, dedicata al cinema. Grandi libri fotografici, dizionari, qualche locandina originale. Guardavo disturbato da un gran fracasso. C'erano lavori in corso, stavano allargando il marciapiede. Il traffico era caotico, rallentato, ma non era stato deviato. C'erano transenne che riducevano la strada a una strettoia, dove i mezzi pubblici passano uno per volta. Per attraversare la strada, per trovare un varco fra le transenne avrei dovuto percorrere una cinquantina di metri.

Io non mi sono mai fermato a un semaforo giallo e per tutta la vita ho percorso contromano i sensi unici in bicicletta o in motorino. Odio perdere tempo.

Così scavalcai la transenna, ma con scarsa disinvoltura perché i nervi e i muscoli non erano i soliti, e nemmeno i riflessi.

Così ricordo l'urlo di una donna, poi un fortissimo «cazzo!!!» di voce maschile e un frastuono meccanico di un mezzo imponente, freni consunti, giunti usurati. Ricordo il calore del porfido della strada sotto le mani, e poi molti occhi sconvolti intorno, e, poco dopo, molte braccia che mi sollevavano. Ero in piedi, non avevo ancora capito. La gente diceva: «Incredibile», «Pazzesco», e mi chiedeva se stessi bene. Arrivò qualcuno più autoritario, era un vigile urbano. Mi mise una mano sotto un braccio, anche lui, e disse: «Venga a bere qualcosa, l'accompagno».

Camminammo per qualche metro, ero sempre sostenuto. Entrammo in un bar, sedetti, mi portarono un bicchierino. Il vigile mi chiese come mi sentissi. «Bene» risposi.

«Lei non ha un segno, signore».

«Perché dovrei avere dei segni?».

«Perché è stato investito da quella betoniera».

Feci cenno di no.

«Non sono stato investito».

«Mi creda, signore, ho visto io. E molta altra gente».

Fuori del bar si era radunata una piccola folla.

Il vigile disse ancora:

«Davvero non si sente male?».

Allora mi toccai e mi mossi. Nessun dolore. Mi guardai, nessun segno.

Il vigile sorrise. Lo vidi bene solo in quel momento: giovane, calmo, elegante, occhi intelligenti.

Domandò:

«Come si chiama?».

«Alessandro Forte».

«Signor Forte, io non riesco a capire come lei possa essere qui, incolume, senza un segno».

Scossi il capo.

«È sempre sicuro che io sia stato investito?».

«Lei è stato investito da un mezzo di sei tonnellate almeno».

Scossi ancora il capo.

«Mi sarà passato sopra senza schiacciarmi con le ruote».

«È l'unica spiegazione. Ho guardato l'altezza del mezzo dal selciato, saranno trenta centimetri, non di più. Non sembrerebbe possibile. Forse, se tutto fosse stato predisposto, come quei giochi che fanno in televisione, con quegli acrobati, con mille accorgimenti e prudenze...».

Parlò una donna che si era avvicinata, grassa e sudata.

«È stato un miracolo». Il vigile sorrise.

«Sì, un miracolo, ma di quelli veri. Che la Chiesa riconosce dopo un secolo di testimonianze e riscontri... vuole far denuncia?».

«No».

«Vuole essere accompagnato a casa?».

«No. Grazie».

5

Camicia scura, abito di lino, cravatta: tutto grigio. Sì, ero presentabile. Avevo passato una discreta notte. I soliti, brutti pensieri del risveglio, quelli del malessere generale che porterai per tutta la giornata, passavano in second'ordine per quella novità imprevista e buona. C'era un lavoro. Conoscevo Fabrizio, un pragmatico che non sopporta il tempo che non produce.

Due sere prima, le ultime sue parole erano state: «Mi raccomando, non voglio trattarti da bambino, ma... mi raccomando». Non so se agli altri sarei apparso in forma e fresco come mi sentivo.

Il taxi mi lasciò davanti alla fabbrica rossa, località Milano Fiori. Sensazione di nuovo, razionale ed efficiente.

Mi aspettavano: marketing, management, pubblicità, proprietà. Un rappresentante per sezione. Conoscevo bene quel rituale. I prodotti delle aziende, soprattutto quelli umani, finiscono per assomigliarsi tutti e per diventare trasparenti e prevedibili nonostante i tentativi di simulazione. Decifrai immediatamente gerarchie, ruoli, personalità e letto. Letto significava individuare l'amico della mora certamente in carriera, unica donna, rossovestita, vigorosamente tesa ad ammiccare il proprio peso nella situazione. Andava a letto con il proprietario. Dunque aveva peso.

Il management, naturalmente, era rappresentato da Fabrizio. Il proprietario, sicurezza e capelli tinti, voleva dar la sensazione che avrebbe con piacere delegato. Traduco: "Insomma mi avete proprio tirato dentro, potevate far da soli". La rossovestita era il marketing. Un giovane coi capelli tagliati a zero la pubblicità. Dopo le offerte di bibite e caffè fu lui a parlare.

«Abbiamo pensato a una campagna molto forte, facilmente identificabile, felicemente scioccante, che porti un disagio che resta nel primo livello della memoria e della coscienza. L'equilibrio è molto delicato. Un millimetro, una virgola, un pixel e ciò che è buono diventa cattivo. Ma lei queste cose le conosce molto bene».

Conoscevo bene anche quei discorsi. La tiritera del pelato, in pubblicità, poteva essere applicata esattamente a tutto.

Ciascuno espresse i concetti di propria competenza. C'erano anche delle idee. Prima di dire che non mi piacevano aspettai le parole di Fabrizio: «Ti prego, Sandro, ti preghiamo tutti di dire cosa ne pensi sinceramente, nessuno si offenderà».

Li guardai tutti rapidamente.

«Va bene. Sono situazioni di impatto. Ma non c'è la trovata vincente. È come quando si fa bere un aperitivo a una stupenda bionda in abito da sera, nel salone pieno di argenteria di un castello, circondata da modelli in smoking. È efficace, ma non c'è la trovata».

Il pubblicitario disse:

«Davvero?».

La rossa annuiva timidamente. Fabrizio era in tensione.

Parlò la proprietà:

«Ci dica lei, dottor Forte, ci faccia un esempio».

Scossi il capo, ma cercando di dare anche una speranza.

«In pubblicità non esiste il concetto "di getto" o "estemporaneo". Si ragiona per settimane e si cambia continuamente».

Parlò ancora il pubblicitario, che evidentemente si era risentito.

«Ma lei è uno dei più bravi. Avrà regole diverse».

Mi alzai dalla sedia per allarmare un po' tutti e per un doveroso teatro che mi piaceva sempre. Guardai fuori dall'ampia finestra i palazzi di vetro della città industriale. Poi tornai a sedere.

«Bisogna dare alle vostre poltrone una connotazione importante, una funzione spettacolare, anzi...».

«Anzi?» mi incoraggiò Fabrizio.

«Mitologica».

Era il momento della pausa, serviva ad accelerare la tensione, a indorare le parole che sarebbero seguite. Tutte sfumature che diventavano denaro. Ero sempre stato molto bravo in quelle strategie. E mi sembrava di esserlo ancora, anche se adesso cominciavo ad avere mal di stomaco.

Ripresi:

«Adesso darò uno spunto e sarei contento se venisse sviluppato collegialmente. Se uno spunto, pur piccolo, viene capito da tutti significa che funziona».

Gli altri si guardarono, prudenti e un po' colpiti.

Partii.

«Se Bonaparte avesse avuto a disposizione una delle vostre poltrone, così comode, così rilassanti, che creano la situazione ideale per il corpo e la mente... se il generale avesse potuto disporre di una poltrona così, diciamo, in quel di Waterloo...».

La sospensione era pilotata. Aspettavo che qualcuno parlasse, rischiasse, e sapevo anche chi sarebbe stato.

Sarebbe stato il padrone. E il padrone fu.

«Non avrebbe perso la battaglia».

«Bravo» esclamai. «Bravissimo!».

Il padrone si guardò intorno come a sollecitare un complimento.

Il dolore allo stomaco cominciava a essere forte.

Continuai.

«Se Nixon nello scontro televisivo con Kennedy fosse stato seduto su una delle vostre magiche poltrone?».

Cercarono di parlare tutti, di sovrapporsi. Prevalse la donna.

«Non avrebbe perso le elezioni presidenziali!».

Continuai con un sorriso che desse il giusto taglio a ciò che stavo per dire.

Aspettavo naturalmente l'intervento del pubblicitario, che avrebbe fatto di tutto per non essere banale. E il pubblicitario intervenne.

«Se Gesù, per l'ultima cena, avesse dotato il tavolone di dodici poltrone come queste, Giuda non avrebbe tradito».

Mi alzai dalla poltrona, una di "quelle" poltrone, quasi di scatto. Era come se lo stomaco fosse stretto da una pressa rovente.

Dissi:

«Questo non c'entra niente. È una deformazione facile e volgare. Voi, maledetti, stupidi ventinovenni. Nessuna sostanza. Un millimetro di spessore. Tutto è buono per essere messo nella merda. Va-porella sull'aria di Va-pensiero. Una bestemmia per una vendita. A pigliartelo in culo vai. Andateci tutti».

Provai tre maniglie prima di trovare quella che mi permise di uscire dalla stanza.

6

Una mattina ero seduto a un bar dalle parti della Fiera campionaria. Avevo cercato di organizzare un incontro con il direttore creativo di una piccola agenzia. Aspettavo il momento per telefonare. Avrei detto che passavo di lì per caso eccetera. C'era stato un generico contatto mesi prima, quando io ero ancora io, e avevo trattato dall'alto al basso. Ero troppo qualificato per loro. Adesso invece avrei dovuto chiedere dando la sensazione di non chiedere. Era un esercizio di quei mesi, sempre più faticoso: "Sa, dottore, mi sono ricordato di quel contatto, non pensi che volessi snobbarla...".

Incrociai un sorriso che conoscevo. Trafelata come sempre Gioia Torrisi prendeva un caffè proprio al mio fianco.

«Sandro... che miracolo».

«Gioia».

Quasi sessantenne, pierre della moda, trucco troppo pesante, capelli troppo neri, ex bella donna cercava con disperazione di esserlo ancora. Vestiva, parlava, spiattellava il sesso, faceva progetti da donna con la metà dei suoi anni. Disse:

«Non ti fai mai sentire».

«Lo sai come sono io. Specie adesso».

«Già, specie adesso... perché non vieni con noi, siamo una bella compagnia, stasera, andiamo a ballare il liscio».

«Non ne ho voglia, Gioia».

«Magari fai un incontro interessante».

Questa frase mi evocò mille situazioni del genere. Un single che occorre assolutamente accoppiare. C'era una certa rabbia mal trattenuta nella mia risposta.

«Lo so che ti piace combinare incontri. L'hai già fatto anche con Francesca?».

Decisi che la mia nuova condizione di fallito solitario, se non altro, mi concedeva il privilegio di buttare a mare le convenzioni. Di dire quello che pensavo. Puoi concederti il piacere di essere maleducato se hai successo o se sei un fallito.

«Gioia, io non verrò a ballare il liscio con voi, non verrò a cena, a un aperitivo, a una sfilata, non verrò da nessuna parte».

La donna strinse gli occhi invece di sgranarli.

Continuai:

«Non mi interessa frequentare una persona come te. L'ho fatto per anni perché c'era Francesca che è più gentile e indulgente di me, e tende a privilegiare la parte buona della gente, mentre io ne colgo subito i difetti».

«Ci puoi giurare che Francesca è più gentile di te».

«Gioia, io non riesco a frequentare chi non stimo. Per me non è tutto uguale. Qualche anno fa tuo marito è stato operato di tumore. Aveva più di settant'anni. Poteva anche morire. E tu eri a Jamaica, per le vacanze di Natale, e tua figlia con te».

Si irrigidì.

«Era un tumore benigno».

«Certamente».

«Mario era d'accordo».

«Non ne dubito. Ma dovevi stare a casa lo stesso».

«Avevamo già pagato tutto, avremmo perso i soldi...».

Scossi il capo sorridendo, con amarezza.

«Certo, avreste perso i soldi. Un'ottima ragione. Andavamo noi in clinica a curarlo».

Fu lei a sorridere.

«Tutti i freni inibitori caduti, vero, Sandro? Da quanto tempo volevi dirmi queste cose?».

«Da molto. E anche altre. Gioia, fai sorridere, e ridere la gente. Sei caduta a pezzi. Arrenditi».

Gli occhi le divennero due fessure. Parlò sibilando, per invelenire le parole senza tanti decibel. C'era gente.

«Ci siamo sempre domandati tutti come una donna come Francesca abbia potuto stare con te».

«Me lo sono domandato anch'io».

«E adesso sei solo, sei solo... – cercava le parole – un barbone. Avanti sfogati finché ne hai il tempo... lo sanno tutti che ti rimane poco, che stai morendo».

Bevve il caffè in un sorso e la vidi uscire decisa, con quella sua minigonna ridicola.

Bevvi il mio caffè e rinunciai alla telefonata. Non ne avevo più lo spirito.

Tornando a casa a piedi mi domandavo naturalmente la ragione di quella frase. Tutti sapevano che stavo morendo. Qualcuno aveva creduto che fossi già morto. Ma perché? Ci sono situazioni che non veniamo a sapere, le conoscono gli altri, ma io non stavo male a tal punto. Non avevo fatto esami o ecografie, non c'erano cartelle cliniche. Nessuno era al corrente di qualche "pietosa verità". Un equivoco del genere, in condizioni normali, mi avrebbe divertito. In questo momento mi rendeva furente. Detesto i misteri.

7

Detesto i misteri: probabilmente è una questione di pigrizia o, chissà, di paura. Quasi tutti amano farsi leggere le mani o le carte. Io sono sempre stato l'unico del gruppo che rifiutava.

In questo quadro stavo vivendo giorni disastrosi. Fra le patetiche iniziative che avrebbero dovuto riportarmi "alla grande" nella stagione prematrimoniale c'era anche il recupero di Brera. Il quartiere artistico milanese, già fasullo negli anni Settanta, non brulicava più di scrittori e pittori con un bicchiere in mano negli angoli in penombra dei locali. Adesso incombeva una cultura mistico-new age che si sposava con il mondo del segretariato d'azienda – ma di alto livello – e degli avvocati d'affari. Tutta gente vestita Armani e che aveva sempre a portata di mano i programmi del Club Med.

Via Fiori Chiari, la cosiddetta Montparnasse milanese degli anni d'oro, una volta era stata piena di artisti con i loro quadri o cineserie, poi è stata occupata dai venditori stranieri di borse, videocassette e foulard, adesso era un'esposizione di gente che faceva i tarocchi o leggeva carte e mani.

Ma anche qui registravo un'evoluzione violenta. La zingara, con i suoi panni multicolori, o il guru pacioso, veri o finti che fossero, erano stati sostituiti da personaggi, a loro volta vestiti Armani, che assomigliavano straordinariamente ai loro clienti.

Via Fiori Chiari mi evocava un locale in particolare, il Due, dove un tempo c'era una cantante e chitarrista brasiliana che cominciava a lavorare verso l'una di notte. Avevo avuto con lei una breve relazione, una delle poche finite senza insulti. E dunque sarei andato al Due, a bere qualcosa. Un vecchio ricordo poteva ben essere un pretesto per la mezz'ora sottratta ai soliti malesseri.

Ribadisco che in quei giorni avevo pretesti anche più labili. Passavo fra i maghi con pochi clienti, ignorandoli. Faceva caldo.

Non ero trasandato o stravolto, non ero visibile. Eppure, percorsi pochi metri, percepii qualcosa di strano. Sguardi sconcertati su di me, come se fossi il demonio più che un ubriaco o un tossicodipendente in crisi. Una coppia di mezza età che mi veniva incontro, cambiò improvvisamente direzione. Una donna che affiancai camminando si allontanò in fretta. E poco più avanti sentii: «Alessandro».

Mi voltai e vidi un uomo che mi sorrideva. Era vestito di grigio, con un foulard di Versace e capelli lunghi, trattenuti dal gel. Cinquant'anni. Davanti a sé aveva un mazzo di carte.

«Sì?».

«Puoi avvicinarti?».

Mi avvicinai.

«Ci conosciamo?».

«No».

«Come sa il mio nome?».

«L'energia».

Ero già annoiato.

«Davvero?».

«Mentre mi passavi davanti l'energia mi ha detto come ti chiami».

«Guardi che non credo a queste cose».

«Lo so».

«E non ho soldi».

«So anche questo. Non voglio i tuoi soldi. Ma sei interessante. È una cosa nuova anche per me. Era come se tu fossi accompagnato da una carica visibile. Ho sentito una variazione del mio battito cardiaco».

Pensai di sdrammatizzare, di domandare dove mi avesse conosciuto, ma non avevo voglia di scambiare battute con un mistico. Chiusi il pugno come a dire, e lo dissi: «Concludendo?».

«Stai attento. Ti succederà qualcosa di particolare, molto forte».

Accennai un sorriso sentendo subito che era fasullo.

«Lo so, morirò presto».

Alzò le carte. Ne posizionò alcune e scosse il capo.

«Può essere».

«Bene» dissi, e mi stavo irritando.

L'uomo rimise le carte nel mazzo.

«Ma non è detto».

«Già» feci io. «Potrebbe anche essere una cosa peggiore».

«Addio. E non volevo i tuoi soldi».

«Addio» gli risposi allontanandomi.

Ero a metà di Fiori Chiari e mi girava la testa. Avevo tanta voglia di cose normali, non volevo complicazioni, volevo vegetare passivo eppure incontravo gente che mi provocava, che mi annunciava la mia morte.

Sentii:

«Signore».

Una ragazzina bionda, sui quattordici anni, era sull'attenti a un passo da me.

«Dimmi».

«Potrebbe seguirmi?».

«Dove mi porti?».

«Là, da quella signora».

«Non mi interessa farmi leggere la mano».

Guardai la signora, che mi salutava da lontano.

La ragazzina insistette: «Venga, per favore». E mi prese la mano.

Avvertii subito che non credevo a quelle pratiche e non avevo denaro. La donna, una quarantenne con un abitino nero aderente, molto abbronzata, gradevole, mi disse che non voleva soldi. Sbuffai e cercai di interpretare quel fatto ripetuto. Uno scherzo organizzato? Ma no, nessuno sapeva cosa avrei fatto quella sera, nemmeno io. La professionista mi prese rapidamente la mano. Aveva intuito che senza destrezza mi sarei sottratto. Non la girò per leggere il palmo, la strinse solo, prima che io la ritraessi.

«Sì, immaginavo che tu avessi paura. Tu non credi a queste cose, vero? Ti ritieni troppo intelligente. Comunque, mentre passavi, mi hai fatto paura».

«Lo so, hai sentito una grande energia».

«Esattamente. Sta' attento... nei prossimi giorni...».

«Sì, morirò presto, sono già stato informato».

«Questo non lo so, ma... sì, potrebbe anche essere la morte».

«Grazie».

Il resto della sera era proprio segnato. Il recupero "alla grande" della vecchia Brera era finito in un naufragio. Mezz'ora dopo sudavo sul cuscino.

Insomma, la solita storia.

8

Se Dio vuole era il momento di Chiara, mia figlia. Andai a prenderla a scuola. In quei mesi ero molto attento ai suoi occhi. La mia *débacle* generale, nota a tutti, non la doveva riguardare. Sapevo che Francesca era troppo intelligente per svilirmi a mia figlia, ma le mie insicurezze erano troppe, così come le paure. E ogni volta che vedevo Chiara volevo subito rassicurarmi del suo sguardo: che fossi sempre il suo papà, cioè il migliore, cioè l'invincibile. Come devono essere i padri per i bambini.

Era contenta di vedermi. Domandai:

«Com'è andata?».

«Bene».

«Cos'avete fatto?».

«I verbi».

«Li hai capiti?».

«Sì».

«Facciamo merenda?».

«Sì».

La facemmo. Le domandai ancora dei compagni. Poi dissi:

«Adesso andiamo a prendere Viola».

Chiara era legata a Viola come lo ero io.

Capii da come Oreste mi guardò. Mi premurai subito di fermare Chiara. Le dissi di sedere in corridoio.

"Vengo subito". Oreste mi introdusse in laboratorio. Richiuse la porta dicendo: «Non ce l'ha fatta».

«Perché?».

«L'età, un po' tutto. Mi dispiace, Alessandro. Mi dispiace davvero. Vuoi vederla? È là sotto».

Mi indicò uno straccio sotto il quale c'era effettivamente qualcosa.

«No».

Con la mano sulla maniglia chiedevo un qualche aiuto:

«Come faccio a dirlo a Chiara?».

Chiara non ebbe bisogno di parole. Come mi vide scoppiò a piangere.

Le dissi le parole che trovai. Che non aveva sofferto... che non soffriva. Eccetera.

«Voglio vederla!».

«Come?».

Era decisa.

«Voglio vederla».

Davvero non riuscii a trovare argomenti. Però trovai un pensiero: mia figlia era più coraggiosa, ed era migliore di me.

Oreste disse: «Ma ne sei sicuro?». Guardai Chiara, riconfermai tutto e dissi che ero sicuro. Il veterinario scoprì il corpo. E io guardavo Viola, la mia compagna, ma soprattutto guardavo mia figlia, che stava componendo un ricordo di dolore, una pietra miliare. Fra dieci, fra cinquant'anni... Toccava la morte. Chissà se era giusto. Chissà perché era accaduto.

L'accompagnai a casa. Non dicemmo una parola. Chissà i movimenti in quella testolina di sei anni.

«Ciao papà... grazie».

«Grazie?».

«Sì. È stato difficile, per te».

9

Ci fu un lunedì che vissi di un'unica frase, e bastava. Mi telefonò Balestri, un vecchio collega.

Disse:

«Guarda che Sara Colonna sta morendo».

Buona parte della giornata, e della notte, mi servirono per accettare l'idea. Sapevo che Sara stava male. Gente che conosciamo sta male e muore. Quasi sempre il fatto viene accettato. Abbiamo da fare, abbiamo i nostri problemi ed è già positivo che non tocchi a noi. Ma Sara era una persona molto visibile. Se attraversava la vita di qualcuno, qualche segno, piccolo o grande, rimaneva. Se ti dicevano "Sara sta morendo" la notizia non poteva venir accolta per convenzione e dimenticata cinque minuti dopo. La morte di Sara ti faceva pensare alla tua morte.

Mi aprì la porta Lilli, la sorella. La sua faccia rendeva inutili tutte le parole. La baciai sulla guancia.

Disse:

«Sarà molto contenta di vederti».

«Come sta?».

Scosse il capo.

«Nessuna speranza».

«Nessuna speranza?».

«Può essere un giorno, può essere un'ora».

«A questo punto?».

«Eh sì, è così, Sandro».

«Neanche un miracolo?».

Sorrise amaramente.

«Certo, un miracolo del tipo Lazzaro sorgi. Vai pure, conosci la strada».

Fu uno dei momenti più difficili della mia vita. Aprendo la porta della camera avevo la sensazione di quel dolore che devi affrontare, imbattibile, che la vita ti riserva tre o quattro volte: la perdita di tuo padre, di tua madre, l'annuncio di una malattia grave, se ti tocca.

Sara mi guardava sorridendo. I suoi occhi blu erano tutto ciò che la leucemia le aveva risparmiato.

Sotto il lenzuolo a fiori non c'era niente.

«Sara».

«Come sono contenta che tu sia venuto. Sandro... sto morendo».

Le presi la mano piccolissima, sciolta.

«Lo so».

La conoscevo, avrebbe ritentato un sorriso. Lo tentò. E le riuscì.

«Hai sempre le parole giuste».

Sedetti sul letto.

«Avresti preferito una frase di circostanza?».

«Magari».

«No, non è da te».

«Dimmi qualche altra cosa. Hai sempre saputo usare le parole. Hai venduto di tutto, a milioni di persone. Vendi qualcosa anche a me».

Le sorrisi con la più grande dolcezza che potei.

«Ascoltami con attenzione, Sara. Guardami, lo sai come sto?».

«So che non attraversi un momento facile».

«Tra noi due sono io quello da invidiare?».

«Io sono convinta di sì».

Faceva una fatica crudele a parlare.

«Sandro...».

«Sì?».

«Te le ricordi le mie tette... com'erano».

Non assecondai la domanda con lo sguardo, la guardavo sempre negli occhi.

«Certo che me le ricordo».

Per qualche secondo non ebbe la forza di continuare.

Ripresi:

«Sei tu quella da invidiare».

Mi ascoltava a occhi chiusi.

«Fra qualche anno la differenza fra noi sarà semplicemente una data su un sasso. La tua sarà duemilatré, la mia duemiladieci».

Sara inspirò.

«Credi di morire così giovane?».

«Facciamo duemilasedici, o duemilaventisei, non fa differenza... nel frattempo ti sarai risparmiata decine di *talk show*, libri scritti da comici, notizie di telegiornali...».

Sara ricominciava, debolmente, a sorridere.

Parlando le accarezzavo le mani.

«Conoscendoti... avrai evitato di essere maltrattata da venti partner almeno».

«Sì, questo è vero».

«Ti sarai risparmiata la perdita di molti gatti, amati con tutto il cuore».

Sara aprì gli occhi. Sorrideva visibilmente, adesso.

«Anche questo è molto probabile».

«Avrai evitato ecografie annuali, mammografie, l'esattoria, i bonifici che non arrivano, gli stranieri ai semafori, le firme per la lotta contro qualcosa... nell'insieme non meno di centomila aggressioni. E poi il caffè delle compagnie aeree. Venezia invasa dai russi arricchiti. La patente a punti. Ecco, tutte cose che invece mi spettano».

«Sì» disse. «È vero».

«Ma c'è il rovescio della medaglia, Sara».

«Certo, le cose belle».

«No, le cose belle non sono sufficienti per un rovescio. Finora ho scherzato, volevo farti sorridere. La cosa più importante è un'altra: avrai più anni di felicità. Pensaci».

«Felicità?».

«Sarai già in un posto magnifico, dopo aver fatto le dovute anticamere. Avrai sbrigato la burocrazia, passato gli esami, avrai ricordato, mostrato gli attestati. Ti sarai fatta perdonare tutto. Nessuno oserà chiuderti le porte, Sara».

«Lo credi?».

«Potrai vedere tua madre, i tuoi siamesi, Che Guevara...».

Scosse il capo, quasi divertita.

«Sei sicuro che andrò in un posto del genere?».

«Sì, perché sei intelligente, e generosa, e sempre sulle cause perse».

«Mi conosci bene».

«Certo».

«Sei un po' come me».

«È vero».

Fece un'espressione complice.

«Ma non vogliamo che si sappia...».

«No, non vogliamo».

«Salutami tua moglie».

«Lo farò».

«È sempre stata un po' gelosa di me».

«Sì».

«Ma non ne aveva motivo, da quando è tua moglie, almeno. Sandro...».

«Sì?».

«Davvero andrò in un posto come quello?».

«Sei la più qualificata».

«Ho paura... però».

Allora le misi un braccio sotto il corpo. Con la mano spostai la camicia di seta e risalii lungo la schiena, accarezzandola.

L'abbracciai e la strinsi con forza. Sentivo un mazzetto di ossa slegate sotto la pelle.

Poi mi alzai. I miei occhi, la gola erano oppressi da qualcosa che premeva con violenza.

Domandò:

«Tornerai a trovarmi?».

«Puoi contarci».

«Sta' attento, Sandro».

«A cosa?».

«Sta' attento».

Arrivando alla porta mi resi conto dell'odore che c'era sempre stato: medicine e ambulatorio. Sgradevole come saper di morire. Mi girai. Sara alzava la sua piccola mano trasparente, con gran fatica.

Abitava in piazza Cavour, vicino all'ingresso dei Giardini. Era ormai sera. Avrei attraversato i Giardini per uscire in corso Venezia. Ero impietrito, paralizzato, e cercavo il posto adatto. Sedetti su una panchina all'ombra di un platano. Guardai intorno. Due ragazzini pedalavano a una trentina di metri. Non c'era nessun altro. Mi presi la faccia fra le mani e cominciai a piangere.

Non riuscivo a smettere.

10

Guidavo in piazzale Baracca. Ero normale per quei giorni. Cioè generalmente alterato, per non dare troppi dettagli. Ero anche arrabbiato con il mondo, e forse aspettavo solo un pretesto per sfogarmi e aggredire.

Era il solito luglio, il solito caldo, il solito fastidio.

Il pretesto venne al semaforo di piazzale Baracca, quando un marocchino mi fece segno con il suo attrezzo che intendeva pulirmi il vetro. Era giovane, coi capelli tinti di un rosso ridicolo. Sgradevole, per me almeno. Gli feci di no col dito, ma lui insistette, avvicinandosi. Gli feci ancora segno di no, sempre più deciso. Il marocchino appoggiò la spatola sul parabrezza. Allora gli urlai: «Ho detto no!». Ma lui non volle arrendersi. Non gli bastò rivolgermi un insulto arabo, lo era certamente, volle anche sporcarmi il vetro.

Fra i novantanove rifiuti su cento tentativi aveva scelto me per la rappresaglia odiosa.

Lo odiai davvero a morte. Pensai di scendere e picchiarlo, ma già le macchine suonavano, il semaforo era verde. Superai la piazza furibondo. Il cuore aveva accelerato, tanto che dovetti fermarmi. Non riuscii a ricordare una rabbia e un risentimento tanto forti, almeno nella mia età adulta. Sperai che quell'africano maledetto morisse di qualche terribile male esotico, che soffrisse. Mi consolai al pensiero della sua tana piena di topi e di scarafaggi fra le lenzuola. Pensai che era giusto così. Mi dissi che io ero un occidentale e lui un mussulmano, che io ero in macchina e lui puliva i vetri. L'equilibrio era quello, ed era corretto.

E mezz'ora dopo continuavo a odiarlo.

L'emozione non cedeva. Pensai perfino che avrei potuto ucciderlo, in qualche modo. Chi avrebbe potuto risalire a me? Lo avrei fatto ammazzare da un professionista. Non ne conoscevo ma ne avrei trovato uno. Ma no, non avrei avuto soddisfazione; l'avrei fatto con le mie mani. E la giustizia divina? Pensai anche a quella. L'avrei affrontata. Ero talmente furioso che l'avrei affrontata.

E continuavo a respirare affannosamente.

Nel frattempo avevo parcheggiato e stavo andando a piedi là dove dovevo andare. Ed era un compito doloroso. E ancora non sapevo che, qualche minuto dopo, il "disguido" del marocchino mi sarebbe apparso come un semplice, piccolo disguido, appunto.

Entravo in via Monte di Pietà. I milanesi sanno cosa significa. In quella via c'è il banco dei pegni, ed è molto frequentato.

Stavo portando il mio ultimo Rolex, modello 1924, rarissimo. Ma poco apprezzato in quel contesto. Davanti all'ingresso del Monte c'erano i soliti sciacalli che ti offrono soldi per rilevare le polizze. Dico i soliti perché li avevo sempre visti lì. Anche se erano molti anni che non ricorrevo a quell'istituto.

«È un orologio molto raro» dissi all'addetto, un sessantenne brizzolato, quasi rassicurante, che sembrava in difesa dietro gli occhiali.

«Sì, immagino di sì: millecento euro».

«Vale venti volte tanto».

«Può darsi, per un collezionista».

«Aumenti un po' almeno... non mi umili».

Scosse il capo sorridendo con un'amarezza che sembrava voler condividere con il poveretto che gli stava di fronte.

«Così farà meno fatica a riscattarlo. Se ottiene di più farà più fatica».

Risposi, a mia volta, con un'amarezza che mi venne assolutamente naturale.

«Apprezzo la sua premura. Ma adesso conta questa circostanza. Non ho voglia di pensare al futuro».

«Milletrecento euro».

Espirai rumorosamente per farmi un po' compatire, dall'uomo e anche da me stesso.

«Va bene».

Era il secondo disastro di quella mattina, e non era ancora il peggiore.

Uscivo da quel luogo come dal purgatorio. Quindici metri mi mancavano alla porta, quando vidi una testa castano chiaro, che lasciava intuire un bel viso, e poi un tailleur portato con stile. La donna aveva sotto il braccio una pelliccia di visone chiaro ed era in fila. Conoscevo quella pelliccia, era stata un mio regalo. Credo il più costoso che avessi fatto a mia moglie. Uscii prima di darmi il tempo per qualunque ragionamento o emozione. Ma appena fuori mi si strinse un nodo in gola. Presi a sinistra, feci cinquanta metri poi mi fermai. Mi defilai all'angolo di una via privata e aspettai. Francesca avrebbe preso la direzione opposta.

Uscì dopo dieci minuti. Si diresse verso via Brera, come avevo previsto. Mi mossi e guadagnai terreno.

Le circostanze volevano che mia moglie fosse costretta ad andare al Monte a impegnare la pelliccia. E ne ero il responsabile. Fare la fila in quel luogo, consegnare la pelliccia, ritirare la polizza, i soldi, erano cose che non le appartenevano. Ma le aveva fatte. Anche se adesso camminava davanti a me con la solita sicurezza.

Mi fece tanta tenerezza che piansi. Non mi era difficile piangere in quei giorni, ma lì in via Verdi non versavo stupide lacrime di suggestione. C'era un fatto grave, una brutta caduta, un peggioramento mai previsto. Davamo le nostre cose per sopravvivere. Mai avrei pensato che potesse accadere. Per me poteva anche essere tollerabile. Per lei no. Per lei no.

Verso sera attraversai il Carrobbio, crocicchio antico con le vie intorno restaurate e profondamente milanesi. Era in una di quelle vie che avevo abitato, con la mia famiglia. Francesca e la bambina ci vivevano ancora. Arrivai al portone, entrai, trassi la busta di tasca. Conteneva milleduecento euro. Il resto me lo ero tenuto per mangiare. Nella busta c'erano solo contanti, non una riga di messaggio. La infilai nella "nostra" casella. Uscii e camminai verso il centro, lì a due passi.

11

Era sabato ed ero in piazzale Baracca, in coda al semaforo del marocchino che avrei voluto morto. Naturalmente avevo il cuore in gola. Cercavo di immaginare come lo avrei affrontato. Se avesse ripetuto lo scherzetto? Sarei stato violento. Sarei sceso dalla macchina e lo avrei massacrato.

Oppure gli avrei fatto segno di non pulire, con energia, e lui probabilmente avrebbe rinunciato. Oppure lo avrei lasciato pulire e gli avrei dato una moneta. Ma questa sarebbe stata una resa. Ero a quindici metri dal semaforo e lo vidi. Sì, proprio lui, riconoscevo i capelli rossi.

Era proteso su un parabrezza. Era chiaro che stava insistendo. Il semaforo era diventato verde, ma le macchine non partivano. Qualcuno stava già suonando. Poi successe qualcosa. Si aprì una portiera e scese un uomo. Altri due scesero dalla parte opposta, poi ne apparve un quarto. Spinsero a terra l'africano. Le macchine cominciavano a passare, tutti suonavano. Il semaforo tornò rosso proprio davanti a me.

Lì a due metri il marocchino era a terra e cercava di gridare. Sentivo le bestemmie dei picchiatori e il rumore delle pedate, sulle tibie, sul sedere. Un calcio arrivò in testa con un rumore agghiacciante. Altre pedate gli arrivarono in faccia. Un piccolo spruzzo di sangue schizzò sul mio parabrezza. Pensai che non ero in un film. Poi che l'idiota doveva aver sporcato il vetro a qualcuno più arrabbiato di me. Pensai anche che si stava realizzando qualcosa che avevo desiderato con tutto il cuore. I quattro arrabbiati non si fermavano. Due erano ventenni, un altro adulto, il quarto aveva i capelli bianchi. Figli, padre e nonno. Una famiglia, pensai. Il nonno si era inginocchiato e colpiva con i pugni, gli altri continuavano a dare calci. Il semaforo tornò verde. Ma non partii. Scesi dalla macchina movendo le mani come a dire "dai, fermatevi". Poi dissi: «Adesso basta». E ancora: «Lo avete punito abbastanza» e per prudenza aggiunsi «lo stronzo». Ma quelli non smettevano. Allora entrai nel mucchio e ne spinsi via uno, il padre. Uno dei giovani proruppe: «Che cazzo vuoi?». Io: «Lasciate perdere, basta. Lo ammazzate». Fu il vecchio a reagire, si alzò in piedi e mi diede un calcio su una coscia. Gli diedi un pugno sulla bocca. Allora li ebbi addosso tutti e quattro. Poco dopo ero a terra vicino al lavavetri. La sua faccia pesta era a trenta centimetri dalla mia.

Ricordo che mi spaventò il fatto di sentire i colpi ma senza provare dolore. Vidi il semaforo, le macchine ferme con il verde, "che strano" mi dissi. Poi vidi sopra di me due volti senza cattive intenzioni. Poi due divise. Da quel momento ricominciai a sentire il dolore. Capii che erano due vigili urbani. Poco dopo ero seduto per terra, appoggiato a un tronco. L'africano era accanto a me. Si lamentava penosamente. Il labbro inferiore era gonfio, gli arrivava al naso, un occhio era chiuso. Eppure nello sfacelo di quella faccia vidi un sorriso, e sentii anche una voce.

«Mi chiamo Omar».

Lo guardai sospettoso, infastidito.

Mi pose una mano gonfia sulla coscia e ripeté:

«Mi chiamo Omar... fratello».

Gli dissi che ero figlio unico.

Poi i vigili mi alzarono sostenendomi per le ascelle. Arrivò un'ambulanza e mi aiutarono a salirci. Era come se tutto questo succedesse a un altro.

Guardavo il soffitto, ero dolorante al torace e ogni volta che battevo le ciglia sentivo una fitta all'occhio destro. Ero al quarto giorno di... vogliamo chiamarla convalescenza?

Nessuno mi venne a trovare. E lo notai. Anche i peggiori esseri umani, se stanno male, il quarto giorno si sono visti arrivare un disperato a dare un'occhiata. Avevo mangiato poche cose surgelate, mi ero fatto dei caffè, movendomi tra dolori atroci. Il televisore era rotto, il telefono scollegato. Un'unica consolazione, miglioravo.

Arrivò la domenica. Esco, mi dissi. Controllai i soldi, cercando dappertutto, nelle tasche, nei cassetti: trenta euro e pochi altri spiccioli. Feci una doccia, bollente. Mi tastai le parti contuse. Mi vestii e uscii. Era il tramonto. Mi dissi che stavo abbastanza bene. Avrei mangiato qualcosa in un bel posticino e poi sarei magari andato al cinema. Due belle, normali iniziative. L'attimo fuggente da cogliere. Questi i pensieri che facevo all'inizio di via Torino; a metà considerai che potevo anche farla finita, che prospettive avevo. "Mi troveranno morto e sarà routine anche per quelli che mi conoscono". Mi domandai cosa avrebbe impegnato mia moglie per pagare il funerale, e questo mi dissuase, almeno dal pensiero.

Mangiai dei maccheroni in bianco al Pasta e basta, bevvi acqua minerale naturale. Spesi nove euro. Cercai di ricordare se mi rimanessero soldi in banca. Comunque ebbi la prudenza di non spendere sette euro per un film. Feci il mio tragitto abituale in corso Vittorio Emanuele, le librerie, i manifesti dei cinema, poi mi incamminai verso casa. Dolorante mi spogliai ed entrai nel letto. "Domani andrò in banca a vedere quanto mi rimane". Poi pensai a mia moglie e a mia figlia. "E dopo la banca cosa farò tutto il giorno? E dopodomani?".

12

Ero alla Mondadori di corso Vittorio Emanuele. Avevo voglia di comprare un libro. Una minima gratificazione per l'acquisto e una settimana di piacere per la lettura. Volevo una storia facile e giovanile, l'avventura.

Girai fra i grandi banchi a piano terreno. Valutai tante copertine, ma niente era soddisfacente. Allora d'inerzia presi un libro di Tom Clancy, non ricordo neppure il titolo. Andai alla cassa e pagai.

A casa aprii la busta e trassi il libro. Rimasi perplesso e incredulo. Non avevo in mano il romanzo di Clancy, ma un altro: *Qumran*. Mi domandai cosa fosse successo. Trovai una spiegazione nel colore delle copertine: in entrambe prevaleva il rosso e potevano vagamente assomigliarsi. Mi diedi dell'imbecille.

Comunque non resistetti alla curiosità per l'*incipit*. Aprii e lessi: «Sono nato nell'anno 1967 dell'era cristiana, ma la mia memoria ha cinquemila anni».

Scossi il capo e riposi il libro nella busta. Avevo conservato lo scontrino, me lo sarei fatto cambiare il giorno seguente.

Accesi il televisore e cominciai a cambiare i canali. Mi soffermai su due personaggi strani, davvero anomali, comunque curiosi. Un uomo e una donna di mezza età, lei in abito da sera bianco e lui in smoking, dietro a un tavolo. Sembravano sul punto di fare qualcosa di assolutamente prezioso per i telespettatori. Parlavano di un premio importante che avrebbero attribuito.

L'uomo disse:

«Ecco dunque il quiz per i nostri spettatori. Non è facile, ma il premio, come sapete, è cospicuo. Se saprete rispondere lo vincerete. Qui sotto leggete il numero che dovrete formare per darci la risposta. Adesso leggerò l'inizio del libro. Se ci direte il titolo entro un'ora vincerete il premio. Leggo: "Sono nato nell'anno 1967 dell'era cristiana, ma la mia memoria ha cinquemila anni". Diteci il titolo del libro e vincerete il magnifico premio».

Ero allarmato e colpito. Non avevo mai fatto telefonate del genere, ma era talmente misteriosa tutta quella vicenda, che composi il numero indicato. Trovai libero e una voce registrata mi invitò a dire il titolo, il mio nome e l'indirizzo. E, così, proprio non riuscii ad avere informazioni sul premio. "Si tratterà di un vogatore, o di uno stock di lenzuola" pensai.

Un pomeriggio mi riservai un'altra iniziativa. Infilai le mie scarpe firmate, leggere e multicolori, e la tuta. Uscii con un certo entusiasmo.

Stavo correndo sull'argine del Naviglio Grande. Il mio ritmo era lento. Mi stavo chiedendo che terapia potesse essere la corsa in condizioni come le mie. Per lo meno passavo il tempo.

Ero in periferia, all'altezza di un quartiere che si chiama Promessi Sposi, con tutte le strade relative, via Renzo Tramaglino, piazza Don Abbondio eccetera. Sentii degli urli e vidi un movimento violento a un centinaio di metri da me: un motorino, una donna vestita di scuro che agitava le braccia. Uno scippo. Il motorino si allontanò. Accelerai in quella direzione. Avvicinandomi vedevo la donna a terra, qualche passante stava arrivando. Quando le fui vicino ebbi la percezione della gravità della cosa. La donna aveva la testa sul marciapiede, in posizione innaturale rispetto al collo. Una mamma diceva alla sua bambina: «Vieni via». Un'anziana si era messa le mani nei capelli. Una coppia guardava impaurita. Un uomo elegante si chinò senza toccare il corpo, poi si girò verso di me scuotendo il capo.

«Sono un medico, qui non c'è più niente da fare».

Arrivò un ragazzo di corsa.

«Ho detto a quelli del bar di chiamare un'ambulanza, fra poco arriva».

Dissi al medico:

«Faccia qualcosa, la soccorra».

«Ma non vede che è morta? Poveretta... e comunque non va toccata».

Eravamo tutti intorno, immobili a guardare la poveretta.

Anziana, vestito grigio scuro, capelli neri brizzolati raccolti sulla nuca. Gli occhi erano semichiusi. Guardavo con attenzione ma non vedevo il più piccolo movimento di respiro. Allora mi chinai.

«Che fa?» chiese il medico.

Le toccai la fronte, poi con grande attenzione portai la mano dietro il capo. Non c'era sangue. Con delicatezza le spostai la testa più in asse con il collo. Le posi ancora la mano sulla fronte.

Ed ecco il primo, impercettibile movimento del torace. Se ne accorsero tutti. Il medico si chinò su di noi, ma qualcuno gli disse: «Stia fermo, lo lasci fare». Toccai una guancia alla donna, poi l'altra, ed ecco che gli occhi rimasero semichiusi, ma erano molto diversi, erano vivi. Mosse un braccio. Portò una mano alla fronte e tentò un movimento del corpo. Le dissi: «Stia ferma, signora, sta arrivando l'ambulanza». Ma lei non ubbidì, mosse le gambe, voleva alzarsi. Anche il medico le consigliò di non muoversi, ma la donna non ascoltava, non rinunciava. Allora l'aiutai. Teneva sempre la mano sulla fronte. Era in piedi.

Domandò: «Cos'è successo?». E sentii una cadenza napoletana.
«L'hanno scippata» rispose un ragazzo.
«Le hanno portato via la borsa» dissi io.
«Oh Gesù» proruppe la donna.
Il dottore le chiese come si sentisse.
«Sto bene, sto bene, vado a casa».
«Aspetti l'ambulanza» riprese il ragazzo.
Ma era inutile parlare, la donna si stava dirigendo verso casa. Tre persone del gruppetto le erano intorno. L'accompagnavano. Prima di riprendere la mia corsa feci qualche passo con il medico, che disse: «In venticinque anni non ho mai visto una cosa simile».
Minimizzai.
«A volte si prende un abbaglio».
«Credo di saper riconoscere la morte».
«Si è sbagliato, per fortuna».
«È evidente. Ma ancora più anomalo è stato il suo intervento. Un corpo così inerte, se succede un miracolo, si riprende in sala rianimazione dopo un bel coma... ho davvero imparato qualcosa stamattina. Posso chiederle il suo nome?».
«Alessandro Forte».
«Non la dimenticherò, signore».

Lo sforzo della corsa mi rimase addosso come una forte influenza. E mi depresse misurare ancora una volta quanto fossi logoro.

Per giorni provai dolore in tutto il corpo. Mi venne anche la febbre. Non mi muovevo di casa. Scendevo solo a comprare da mangiare. Stavo a letto, guardavo i film e i telegiornali.

Poi una mattina trovai una busta particolare nella cassetta della posta.

Conteneva un biglietto aereo di andata e ritorno: Milano-Gerusalemme-Milano, e una prenotazione per undici giorni di permanenza al Mount Scopus

Hotel. Mi assicurai che non ci fosse un errore. Lessi la lettera di accompagnamento. Era il premio per aver indovinato il titolo esatto del libro.

Mi dissi: “Ma che cosa strana”.

13

Quella notte, mediando tra ragione, elementi evanescenti e segnali visibili, tirai le fila. E decisi che sarei morto, con molte probabilità. Troppe stranezze, troppi malesseri e avvisi misteriosi e forti. Provai più rassegnazione che paura, probabilmente perché ero stordito, come al solito. La sensazione era quella di una forza unilaterale e imbattibile dalla quale potevo solo lasciarmi portare. E poi, come sempre, la mia attitudine alla finzione e alla rappresentazione agiva come deterrente rispetto alla realtà e anche la mia morte mi sembrò un'avventura di Alessandro Forte alla quale assistere con eccitata curiosità, seduto in prima fila.

Uno stato d'animo che mi diede l'alibi per chiamare mia moglie.

Francesca mi conosceva troppo bene per non smascherarmi immediatamente e crudelmente. Ma lo sapevo e lo davo per scontato. Il ruolo che rappresentavo in quei giorni era per me un disagio perenne. E poi ero imbarazzato dall'idea di raccontarle dell'indovinello televisivo, del biglietto, della gente al ristorante che sveniva solo vedendomi. Soprattutto ero a disagio nel doverle prospettare la ragione dell'incontro. Vedere, forse per l'ultima volta, la mia famiglia, o quel che ne era rimasto. Chi avrebbe potuto negarmi tale diritto?

Stranamente non infierì. Ero già seduto a un tavolo del Charleston, in piazzetta Liberty, e la vidi entrare. Cercava di non sembrare provata e triste. Naturalmente anch'io conoscevo lei. Comunque era sempre la stessa, a posto, elegante senza apparirlo, con lo sguardo veloce e curioso. Paventavo il primo fraseggio, ma fu indulgente e presto ne capii la ragione. Sedette e con un piccolo sorriso disse:

«Non dovevi farlo, Alessandro».

Feci finta di non capire.

«Che cosa?».

Scosse il capo.

«Quante sono nel mondo le persone che possano immaginare di lasciare milleduecento euro in una cassetta della posta?».

Allora caddero tutte le schermaglie, le mie almeno. Era il momento delle parole serie, e della sostanza.

«Ero a pochi metri da te, al Monte».

Francesca abbassò gli occhi.

Ebbi un nodo in gola, come lei, probabilmente.

Dissi:

«Non avrei mai pensato...».

«Già».

Il silenzio che seguì servì ai pensieri di tutti e due. Probabilmente evocammo le stesse cose, momenti buoni e cattivi, momenti normali. Con il cerchio che si chiudeva a quel tavolino. Che malinconia!

Francesca aprì la borsetta e trasse la busta, quella stessa busta. La mise in mezzo al tavolo.

«Non posso tenerli, Alessandro».

Figuriamoci se lasciava che qualcosa funzionasse, per me.

Dissi:

«Ho una figlia».

«Non stiamo così male, credimi. So... so che tu hai più bisogno di noi».

Ero mortificato, e volevo che apparisse.

«Ho voluto fare una cosa buona, utile».

«Ti ringrazio comunque, del pensiero».

Ebbi il primo risentimento.

«Ma come al solito con te è difficile».

«Certo certo, sono io la stronza».

Conoscevo quelle premesse, e sapevo dove portavano. E non ne avevo voglia.

«Perché non hai portato Chiara?».

«Non voglio che ti veda in questo stato».

«In quale stato?».

Mosse la testa, sconsolata.

«Forse ti sei abituato e non riesci più a cogliere le differenze. Non sei bello da vedere. Non sei a posto. Salta agli occhi. Lo dicono tutti quelli che ti conoscono».

«Già».

«Non voglio che Chiara ti veda così».

«Dunque è un riguardo quello che mi fai».

«Se vuoi intenderlo in questo modo...».

«Comunque voglio vedere mia figlia prima di partire».

Arrivò un cameriere e ordinai da bere, anche per lei.

Disse:

«Partire?».

«Sì, vado in Israele».

«In Israele. Come mai?».

Cercai una risposta generica.

«È capitata un'occasione».

Sapevo che non avrebbe approfondito, anche se era incuriosita. Il suo disinteresse nei miei confronti doveva apparire assoluto.

«Vedrai Chiara al tuo ritorno».

La battuta di rimando, scontata, avrebbe dovuto essere: "E se non tornassi?", ma valutai che non avrebbe portato nessuno, proprio nessun vantaggio, avrebbe solo aperto una spirale complicata. E poi c'era la possibilità che Francesca avesse ragione. Forse non era il caso che mia figlia mi vedesse così.

Il resto della serata scivolò del tutto neutro, non emerse la minima reminiscenza comune o la più che naturale piccola complicità, e neppure quell'invisibile, automatico quanto di pietà che è di tutti, proprio tutti coloro che sono stati marito e moglie.

Tornai a casa solo ed ero proprio solo. Non era crogiolarsi, non c'era un "vedremo domani, chissà". Nessuno si preoccupava per me.

Appunto, ero solo.

14

Malpensa. L'aereo fece un giro di novanta gradi, si dispose sulla pista di decollo, le turbine caricarono la spinta necessaria e ci muovemmo. Poco prima che l'apparecchio si inclinasse staccandosi dal suolo, una mano prese la mia con una certa forza. Guardai sorpreso alla mia destra e assecondai. Anzi, girai il palmo e la stretta fu reciproca.

Quando l'aereo si assestò, la mia vicina riaprì gli occhi, liberò la mano e mi sorrise.

Proprio non avevo fatto caso alla persona che si era seduta accanto a me o, più probabilmente, una volta preso posto, mi ero assopito.

La donna, dicevo, mi guardò e immediatamente mi accadde una cosa strana, mi interessai a lei. Fu il colore smeraldo degli occhi e la loro vivacità non proporzionata agli anni che dimostrava. Fu il suo aspetto specialissimo. Chi ha vissuto e costruito molto e bene ha una faccia così. Poca, pochissima gente.

Disse:

«La ringrazio, giovanotto, e le chiedo scusa».

«E perché mai?».

«Sa, l'unica cosa che mi fa paura nella vita è l'aereo, anzi, il decollo».

«Non è così strano».

Mi toccò di nuovo la mano.

«Ho molto apprezzato che la sua mano non sia

rimasta passiva, ma abbia risposto. So bene di doverlo alla mia età, al fatto di non essere competitiva».

Pensai che quel linguaggio proprio non si addiceva a una settantenne. Mi parve opportuno essere gentile e appena galante.

«Vedo un'età magnifica».

«Davvero? Ottantanove anni?».

Allora, veramente colpito, cercai qualche parola speciale ed elegante, e anche una piccola esibizione.

«Allora, signora cara...».

«Mi chiamo Elvira».

«Cara Elvira, lei deve aver vissuto magnificamente e ottenuto quasi tutte le cose che voleva».

«Tutte le cose».

Mi piacque quella perentorietà.

«Mi chiamo Alessandro».

Gli inservienti portarono le bevande e i dolcetti. Prendemmo due spremute. L'ovvia domanda a seguire fu fatta da Elvira.

«Perché va in Terra Santa?».

«Perché ho vinto il biglietto».

Dopo un breve momento in cui sentii il suo sguardo, forte su di me, disse:

«Credo proprio che la sua non sia una battuta».

«Infatti non lo è».

«Vuol dire che non aveva di meglio da fare?».

«Più o meno».

«Non è l'approccio giusto».

«No, non lo è... e lei perché ci va?».

Allora cambiò direzione di sguardo.

«Perché era l'unica cosa che potessi fare».

«Lei non mi sembra la turista che parte con un gruppetto di coetanei organizzato dal prete».

«Io non ho mai fatto niente in gruppo o che non fosse organizzato da me».

«Lei mi incuriosisce davvero. Posso chiederle...».

Stavo per dire "di cosa si è occupata" ma rettificai: «...di cosa si occupa?».

«Mi interesso di cioccolato».

Allora qualcosa si mosse nella mia memoria, nebulosa, ma prese quasi subito una forma precisa.

La guardai come se avessi scoperto il suo segreto e con l'entusiasmo che volevo trasparisse le dissi:

«Lei è Marenghi».

«Sì, ma non mi voglia male».

Ecco che capivo.

Elvira Marenghi della Marenghi cioccolato. Una storia straordinaria. Quella donna aveva fondato la fabbrica nelle valli di Lanzo, l'aveva retta e la reggeva ancora. Sì, davvero una leggenda. Prodotto, sistemi di lavoro, organizzazione generale, amministrazione, rapporti con dipendenti e sindacati, innovazioni, anche molto ardite. Tutte sue iniziative. Tutto dipendeva da lei. Aveva intuizioni che precedevano i tempi. Sapevo che creava personalmente le campagne pubblicitarie per i suoi prodotti. E dovevano essere efficaci, se la ditta, partita con pochi pasticcieri appena dopo la guerra, dava lavoro adesso ad un migliaio di persone. In fabbrica c'erano figli e nipoti, ma era sempre lei a governare tutto. I parenti erano accolti e coccolati, l'Elvira dispensava generosamente denaro, ma non potere. E non mi mancarono notizie dirette perché Elvira parlò volentieri incoraggiata da un mio spunto. Le avevo detto, appunto, «lei è una leggenda». Dopo il capitolo azienda la donna chiuse gli occhi, per rilassarsi più che per dormire. Li riaprì e disse:

«Se uno va in Palestina con le idee chiare i risultati arrivano. Occorre avere qualcosa di preciso da chiedere, e anche la contropartita da dare».

«Sì, capisco. Purtroppo non ho idee così precise».

«Perché è infelice».

«Sì, lo so, salta agli occhi».

«Lei non è un uomo semplice. È particolare, è intelligente, ma è disordinato. Una combinazione non facile da gestire».

Aveva ragione, ma non avevo voglia di sentirmi raccontare la mia storia. Domandai:

«E lei? Ha le idee chiare?».

«Chiarissime».

«Cos'ha da chiedere?».

Elvira guardò altrove e non rispose.

Mi svegliò una voce maschile. Il comandante avvertiva che stavamo sorvolando Creta. Guardai in basso e vidi l'isola, la grande altezza permetteva una visione completa. Avevo dormito e anche la mia vicina.

Disse:

«Mi ero assopita, che strano... ma lei mi aveva fatto una domanda... ah, sì, cos'ho da chiedere».

Raccolse le idee.

«Per carattere e per lavoro ho sempre dedicato molta attenzione alla lettura dei fatti. Mi creda, bisogna farlo, non è una banalità. Leggere la storia e la famiglia. Io ho sei figli, ventidue nipoti e undici pronipoti. Una famiglia felice. Sospettosamente felice».

«Sospettosamente?».

«Sì, è la parola giusta. Tutti sani, nessuna brutta vicenda. Per esempio, non c'è fra i miei figli una pecora nera. Tutti bravi, chi più chi meno, è naturale. Lei è certamente uno che sa leggere i numeri. Sei figli, quattro maschi e due femmine, tutti sposati, nemmeno una separazione. Conosciamo le statistiche. E nessun disguido economico. La salute: hanno qualche normale acciacco. Ho figli vicini ai settanta, ma niente di davvero grave. Niente al cuore, niente... tumori, anche in questo caso conosciamo le percentuali, drammatiche. Un uomo, un occidentale ha cinquantadue probabilità su cento di contrarre il cancro. Figuriamoci sei. Ma parlo di cose più banali... un piccolo esempio: siamo tutti sciatori e neppure una frattura. Lo stesso per i nipoti, tutto a posto, niente di grave, sì, il morbillo, roba del genere. Tutti ragazzi... regolari, diciamo, e sappiamo quanto sia difficile. Niente droga, o cose simili. Insomma nessun vero dolore. Credo di essermi spiegata».

«È stata fortunata».

«Sì, troppo. È questo il punto. Ma è solo la prima parte della storia. C'è quella della mia generazione. Eravamo in sei fratelli e sono l'unica sopravvissuta».

Le dissi che non era poi così strano essere l'unica sopravvissuta a ottantanove anni.

«E no. Non è andata così. Ero l'unica quando avevo trent'anni. Uno morì di spagnola... sembra l'inizio dei tempi vero?».

«So cos'è la spagnola».

«Uno morì cadendo dall'impalcatura di un palazzo alla periferia di Parigi. Due morirono in guerra e uno di malattia. Nessuno arrivò ai cinquant'anni».

Forse avevo qualche piccola percezione.

«Comincio a capire. Una bella differenza di destino, fra padri e figli».

«Appunto. E non parlo solo di morti premature. Niente di buono per i miei fratelli, e per le loro famiglie. Disgrazie. Solo disgrazie».

«Lei parlava di numeri, statistiche».

«Appunto. Lei ha detto destino. Comunque sia, c'è da meditare».

Richiuse gli occhi e io assecondai il suo silenzio, o la sua concentrazione, o stanchezza.

Quando li riaprì disse:

«Sia chiaro: la mia vita non è stata facile, e non lo è. Quanto ho ragionato su quelle differenze. Poi ho capito. L'ago della bilancia ero io. Reggevo tutto io. Soprattutto da quando sono rimasta sola. Sono più di quarant'anni che mio marito è morto. Ho cercato di agire bene. Ho cercato gli equilibri. E li ho trovati. Se agivo male con qualcuno, qualcuno agiva male con me. Finché ho imparato. E so di essermi ben comportata. Nessuno ha sofferto per causa mia. E ne ho avuto il riscontro. Troppo riscontro».

Le toccai la mano.

«Lei è una che non ha paura, eppure adesso ha paura».

«Sì, perché non ho una faccia da scrutare e interrogare. Non c'è un interlocutore che risponda, che menta magari, lo capirei. Ci sono fatti precisi. Io li leggo e li capisco. Ma non me li spiego. E ho paura. È vero».

Chiuse ancora gli occhi e io la guardai bene. Sorrisi pensando a cosa c'era dietro quella fronte. Si sentì osservata, riaprì gli occhi e sorrise a sua volta.

«Non sono matta».

«No. Proprio non lo è, Elvira».

«Ho parlato di equilibri. Cosa succederà allora ai miei nipoti?».

Cercai di usare il tono giusto, serio ma non del tutto.

«Teme il ricorso delle tragedie? Una generazione felice e una disgraziata? Nessuno la convincerà mai che è stato un caso, vero?».

«No. E mi creda, non sono neppure i vaneggiamenti di una novantenne in piena sclerosi».

«Credo non lo pensi nessuno. Lei ha sufficienti crediti. Se vuole un riscontro esterno glielo do. Le dico che ha ragione a essere qui e a sospettare e a temere qualcosa di misterioso e non controllabile. Stia attenta e si muova bene. Parlava di cosa chiedere e quale contropartita dare. Sono certo che lei è ben attrezzata».

Ebbe un leggero calo di tensione. Era stanca.

«Sa, Alessandro, che nessuno mi ha mai parlato così? E nessuno mi ha mai capito così... sì, forse dovevo incontrarla».

Chiuse di nuovo gli occhi ma solo per qualche secondo.

Disse:

«Non vuole raccontare un po' lei adesso?».

E raccontai. Sincero e conciso, i puri fatti, nessun commento o interpretazione.

«Alessandro, lei è qui senza un progetto, ma vedrà che verrà fuori. Ci sono troppe, precise premesse. Salterà fuori da solo».

Riprese dopo una breve pausa.

«Temo per i miei nipoti... certo, non finché ci sarò io. Le dirò qualcosa che le sembrerà strano. Sa che mi sono informata su tutto ciò che riguarda il mistero, il futuro? Non sembrerà in linea con la mia concretezza e la mia vita che mi sia letta Nostradamus, e tutte le storie di illuminazione, e i vangeli apocrifi».

«E ha risolto qualcosa?».

«Non so. Forse solo suggestioni. Ma so che là dove sto andando certamente troverò l'elemento di connessione di tutto. Ci vado preparata, non a mani vuote».

Gliela dissi come battuta:

«Lei è un'imprenditrice, sa che su qualsiasi impresa bisogna investire».

«Lei la dice come battuta, ma è assolutamente vero».

Ci pensò qualche secondo, poi decise di fidarsi del tutto di me.

«In questa borsa c'è l'investimento».

Guardai la borsa che la donna aveva sempre protetto, infilata tra il suo fianco e il bracciolo del sedile.

Sorrise:

«Qui ci sono doni importanti. Cose preziose».

«Per chi?».

«Per chiunque, in ogni circostanza».

«Cose preziose tipo santini o ex voto?».

«Le dirò cosa sono. Ho convocato uno per uno i miei nipoti, le mogli e mi sono fatta dare la loro cosa più preziosa. Un orologio, anelli, una spilla antica, anche ricordi di famiglia... meglio se avevano un valore di mercato. Hanno protestato un po', hanno fatto delle domande, ad alcune ho risposto, ad altre no. Poi mi hanno obbedito».

Mossi la testa convinto.

«Lo credo».

«È tutto qui dentro» disse, e trasse una busta di stoffa dalla borsa. «Guardi».

La donna prese a caso un braccialetto, fila semplice di diamanti, e poi una spilla a forma di fagiano, con le pietre colorate: zaffiri, rubini, smeraldi.

Disse:

«Questa è molto preziosa, viene dalla famiglia del mio povero marito».

«Davvero un tesoro... dunque lei comprerebbe la salute e la felicità dei suoi. Una volta si chiamavano indulgenze. Fecero arrabbiare Lutero».

«Lei dice sempre frasi efficaci, e inaspettate, dalle quali mi devo difendere. Noi offriamo ciò che abbiamo di più prezioso, come valore commerciale e come valore affettivo. Lo offriamo a chi di dovere. Un'offerta terrena con una funzione terrena. Il resto, il dopo, si vedrà».

«Chi sarebbe "chi di dovere"?».

«Il legittimo mercato di Gesù per cominciare, la culla, il santo sepolcro, il viaggio a Cafarnao. Un'organizzazione per i fedeli del mondo, gente che viene da lontano, ci crede e riparte più contenta. Un movimento che ha certamente un alto costo».

«Come farà Elvira a sapere se la sua offerta sarà accettata?».

«Come ho sempre saputo quando si trattava di mercato. La mia intuizione. Questo non mi preoccupa affatto».

«E se la sua intuizione le dicesse che l'investimento non funzionerà?».

«Allora sì, mi preoccuperei molto».

«Preoccupata ma preparata, con un'alternativa».

Guardò oltre il finestrino alla mia sinistra perché stavamo sorvolando Cipro. L'isola era ben visibile, le strade, il poco verde, stavamo scendendo.

«Sì, preparata... preparatissima».

Chiuse il capitolo. E chiuse gli occhi.

Questa volta l'intervallo fu più lungo. Poi disse:

«Potrei non tornare più».

Non mostrai alcuno stupore.

«Sarebbe l'alternativa?».

«Sì».

«Come a dire: se non funziona il mercato, la contropartita sarebbe la vita».

«Come al solito, lei è brutale ed efficace. Sì».

«L'estremo sacrificio, anche questo significa equilibrio».

Il suo tono salì di nuovo di intensità.

«Sì. Io. In cambio della mia famiglia al sicuro. Qualcuno lo ha già fatto, molto più in grande».

«Anche questo lo "intuirà" al momento opportuno?».

«Certamente».

Volli che il capitolo si chiudesse su quel "certamente", anche se avevo altri mille argomenti. Le presi la mano e gliela baciai:

«Lei è magnifica, Elvira. Sono stato molto fortunato a incontrarla».

Mi scrutò e mi sorrise come una donna di molti meno anni, competitiva.

Al momento dell'atterraggio le nostre mani si strinsero ancora.

Erano già arrivate le mie valigie e aspettavo che il *tapis roulant* portasse il bagaglio di Elvira. L'aiutai, passammo i controlli, uscimmo insieme. Fuori venne avvicinata da un autista con il cappello in mano, che prese le sue valigie, come se tutto fosse organizzato.

La donna disse:

«Io scendo al King David. E lei?».

«Si chiama Mount Scopus Hotel. Non è certo il King David».

«Le do un passaggio».

Declinai l'offerta. Non volevo complicarle le cose allungandole il tragitto e affaticandola ulteriormente.

«Grazie, prenderò un taxi».

Poi dissi:

«Posso esserle utile? Per quella consegna che deve fare. Vuole che l'accompagni?».

Ci pensò un momento.

«Forse ha ragione. Se non le è di troppo disturbo».

15

La mattina del primo giorno.

L'autista disse in inglese:

Le macchine non possono andare oltre. Dovete proseguire a piedi.

Percorremmo la via in salita. Discreto passo: Elvira non era lenta, non rimaneva indietro. Gente moltissima, facce non amiche. Ecco l'ingresso del santo sepolcro.

Elvira si guardò in giro. Dissi:

«Vuole che entri con lei?».

«Grazie, è gentile. Ma no, faccio da sola».

Uscì dopo qualche minuto. Domandai:

«Fatto?».

«Fatto».

In macchina parlò:

«È un luogo davvero suggestivo. Poche luci. Simulacri. Offerte. C'era un religioso appartato, inginocchiato, barba bianca, una grande croce sul petto, un copricapo largo, una fascia bianca alla vita...».

«Un ortodosso russo».

«Mi sono avvicinata, gli ho detto che ero una fedele italiana e che volevo fare un dono al Sepolcro. Gli ho messo davanti la borsa. Lui mi ha sorriso, chiedendo il mio nome. Ho intuito che andava bene così. Sono uscita».

Dissi:

«Ha compiuto la sua missione, Elvira».

«Già, adesso sta a lei, Alessandro. Cerchi di liberarsi. *Tabula rasa*. E ascolti l'intuito, colga i segnali. Le giuro che ci saranno. Li segua. Lasci perdere gli itinerari turistici, resti solo. Vada dove la portano le scarpe».

Le sorrisi per rassicurarla.

«Sì. Farò così».

Scarpe leggere di tela, pantaloncini corti, camicia di lino, uscii dall'albergo cercando, fiutando un'ispirazione di percorso.

Mi interessava un colpo d'occhio di Gerusalemme nel suo insieme. E le mura. Mi interessava la sensazione della più antica, irrequieta, complicata, misteriosa e dolorosa città del mondo. Gerusalemme: tremila anni, cinquanta volte assediata, venti volte distrutta, eppure aveva avocato, e reggeva, l'esclusiva di grandi religioni, dunque la giurisdizione di quattro miliardi di coscienze, gran parte degli esseri umani della terra.

C'ero dentro.

Camminai un paio d'ore fra gente diversa, per lo più povera, a volte misera. Piccoli negozi, commercio mistico polverizzato. Camminavo e consultavo cartelli, e confrontavo con la mia guida.

Verso le quattro varcai la porta di Damasco e guardai a est. Suscitò il mio interesse una zona con poche case e una piccola collina rocciosa. Camminai in quella direzione. E mi fermai quando un uomo seduto su un capitello mi disse: «Buon giorno». Sorridente, grassoccio, meno di quaranta, sandali e camicia aperta sulla pancia, senza complessi, contento di sé.

Gli risposi: «Buon giorno». Disse:

«Sei milanese».

«Bravo. E tu napoletano».

«Torre del Greco. Mi chiamo Angelo, Angelo Profeti».

«Nome, impegnativo. Alessandro Forte».

Con un dito indicò intorno.

«Qui è bello. È uno dei pochi posti che ti danno la sensazione di come poteva essere allora».

Assentii guardando con attenzione.

«Sì, forse hai ragione. Da quanto sei qui?».

«Da tre anni».

«Non è poco. Come mai?».

«Mi trovo bene. Sono venuto con un gruppo, gli altri sono tornati, io no. Ho due stanze non lontano da qui. E tu, da quanto ci sei?».

«Da ieri».

Sedetti su un masso a due metri da lui.

«Mi sembri perfettamente sereno».

«Lo sono. Prima non lo ero. Sempre a sbattermi, incazzato, il telefono, mille disturbini, un sacco di gente intorno. Adesso sto sempre solo, alla grande. Mi capisci?».

«Perfettamente. Non vorrei disturbarti».

«No, non tu».

«Perché?».

«Perché non sei un turista. Sei com'ero io. Cerchi qualcosa».

«È vero. E tu l'hai trovata».

«Settanta per cento».

«Allora dovrai rimanere ancora un anno, più o meno».

«Più o meno. Bravo. Vieni».

Lo seguii. Percorremmo, senza parlare, un centinaio di metri. Ci trovammo su un lastricato antico. Più avanti apparve un muro coperto di erba secca. Quasi nascosto dall'erba, un ingresso. Sembrava più l'entrata di una grotta che una porta.

Disse:

«Questa è la tomba del giardino. È qui che l'hanno crocifisso».

«Ci sono passato qualche ora fa dove l'hanno crocifisso».

«Questo luogo fu scoperto da un inglese, il generale Gordon, verso la fine dell'Ottocento. Si mise in testa che Gesù era morto qui. Lo sentiva. E convinse prima gli inglesi, poi tutti i protestanti del mondo».

Cercai di guardare all'interno attraverso il buio. Dentro non c'era nulla. Muri nudi, pavimento di terra.

«Non ne sapevo niente» dissi. «Ma tu non sei protestante».

«Comunque per me è morto qui. Gli altri posti sono negozi, è commercio. E poi ognuno può credere ciò che vuole. È il bello di questo posto. Quello che credi davvero va bene. Ne trovi conferma. Prova a girare e lo capirai. Ma adesso non voglio disturbarti. Non ti servo a niente. Se sei venuto qui vuol dire che... cammini bene. Continua così».

Gli sorrisi.

«Una persona mi ha detto di andare dove mi portano le scarpe».

«Ti ha dato un buon consiglio».

«Vedo una strada laggiù».

L'uomo si mise in asse col mio sguardo. Puntai il dito.

«Laggiù, fra quelle rocce rosse».

«È la pista che porta a Emmaus».

«Andrò là».

«Va bene».

«Addio, Angelo».

«Addio, Alessandro».

16

Dunque, in mezzo alla stanza, c'era mia madre.

Era come se non fossero passati vent'anni.

L'avevo davanti, con il suo corpo, quel vestito verde che ben ricordavo, e con il sorriso, il primo della mia vita, reiterato milioni di volte.

Cercai di controllare le pulsazioni. Inspirai profondamente.

Cercavo di normalizzare il corpo. Chissà se avrei retto. Anche quella volta pensai che avrei potuto morire. Ma anche in quel momento la mia zona razionale e diffidente tentò una spiegazione in qualche sezione deviata del mio cervello, o in qualche sconosciuto allucinogeno. Un pensiero normale che allentò il trasalimento insostenibile e rallentò opportunamente il cuore.

Ero un ragazzo quando era morta.

Era lì, più o meno trentacinquenne, come l'avevo sempre ricordata, rimuovendo il suo aspetto finale, distrutto dalla malattia.

«Mamma».

Non ebbe reazione: la madre che rivede il figlio dopo tanti anni in un'occasione così... eccezionale. Non mosse niente, niente del corpo, niente del volto. Guardava altrove.

Dissi ancora.

«Mamma».

Poi mi guardò. E ancora non cambiava.

Tesi le mani e le toccai un braccio, poi le dita. Poi sfiorai il viso: il naso, la bocca. Sentivo la sua pelle, era proprio la mamma.

Ed era sempre immobile.

Mi aggredì un'istantanea tristissima. Quella del figlio che fa visita a sua madre, quasi vegetale, in una casa di cura.

«Come stai, mamma?».

Niente.

«Stai bene?».

Niente.

«E papà? È con te papà?».

Niente.

«Mamma...».

Ero deluso. Ed ero arrabbiato e impotente, e disperato.

«...quel profumo».

La voce era arrivata, sottilissima.

«Cosa dici? Il profumo?».

«Quel profumo... la boccettina rosa...».

Adesso mi guardava, soffrivo, cercavo di capire.

«Non capisco, mamma».

«Forse un pochettino c'è ancora».

«Il profumo?».

«Sì».

Scuotevo il capo, non c'era memoria, non c'era logica. Volevo farla felice, esserle utile e non potevo.

Ed ecco ancora la sua voce sottile. E c'era una piccola evoluzione, un pallidissimo, lontano sorriso, forse.

«La mia poltrona...».

«La tua poltrona?».

«Comoda».

Scossi ancora il capo. Cercai di fare del mio meglio.

«Certo, la tua poltrona comoda. Ce l'ho ancora».

«È pulita?».

«Sì... è pulita».

E lì arrivò qualcosa. Mai provato prima, ma ero abbastanza lucido da pensare che in quel contesto poteva essere. Potevo salvarmi nonostante tutto. Prima il bianco, tutt'intorno, poi grigio, poi nero. Tutto nero. Come se morissi.

Quando riaprii gli occhi non ero ancora sicuro di essere vivo. Ma lo sospettavo. Avevo la faccia sul tappeto, vedevo solo il tappeto. E ricordai l'ultima vicenda. E ragionavo sui possibili deliri, sulle morti e sui risvegli. Poi vidi le gambe della sedia. E mi preparai a risalire, a esplorare. Piano piano realizzai che ero solo nella stanza. Mia madre... se n'era andata. Allora il pensiero, il deterrente, fu "faccio la doccia". Poi notai che fuori era notte.

Il pensiero dominante del non-sonno fu "e va bene, sono matto. Ma lo so. È già qualcosa". Notte disastrosa, naturalmente. E all'ultimo risveglio avevo solo una preoccupazione: capire se avevo ancora forze. Quelle che mi permettessero di camminare per sette chilometri.

Se fossi stato bene, se fossi stato l'Alessandro Forte normale, avrei percorso quel tratto sogghignando, e anche, qualche volta, ridendo. Avrei anche fatto ridere gli amici: "Sono tornato in quella grotta, caso mai ci fosse Gesù". In tempi normali. Che non erano quei giorni. Il quesito era: sarà là ad aspettarmi? Ma era labile. Quella mattina ero sicuro di essere matto. L'altro quesito era se speravo di trovarlo. E decisi che sì, lo speravo. Per via della curiosità, dell'evento eccetera. Sapevo che non mi sarei accontentato di ipotesi. Soprattutto non avrei rinunciato al capitolo secondo. Anche se c'era una preoccupazione forte: trovarlo non significava nulla, potevo essere matto lo stesso. Solo ci voleva più tempo a capirlo. Delirio o no, qualcosa era avvenuto. Di enorme. Mistero, verità rivelata, illuminazione o grande trucco. Comunque enorme.

Erano questi i pensieri durante il cammino. Erano pensieri pesanti, un buon anestetico. Un altro pensiero era "al novantacinque per cento ho sognato". Riconobbi il *posto* dallo strano pratino troppo verde. Ecco il masso su cui mi ero seduto, e poco più avanti il sentiero sotto la strada.

Lo presi e mi trovai nella fresca corrente d'aria. E infine l'anfratto.

Quasi tutte le energie del riposo e della doccia già se n'erano andate. La tachicardia era sopraggiunta e facevo lenti passi nell'ombra. Vidi i sedili di pietra, guardai intorno. Era già una scoperta verificare che ero stato lì. Potevo esserci stato da solo, in difficoltà, potevo aver sognato nell'anfratto. Il Gesù non c'era.

Invece no, c'era. Seduto. Lui. Sorridente. E io mi sorpresi, perché riuscii a essere presente a me stesso e al mio sarcasmo, e pensai che, dopo aver visto mia madre, ritrovare Dio era quasi ordinaria amministrazione.

«Mi fa molto piacere rivederti, Alessandro».

«Alla fine il miracolo lo hai fatto... davvero bello. A cosa mi è servito? Sono più disperato di prima».

«L'hai vista, no?».

«Era meglio che non la vedessi».

Non volevo che si rilassasse. Lo guardai come la prima volta.

«Chi sei?».

«Non sei ancora convinto?».

«Perché mia mamma è così infelice?».

«Ti sembra infelice?».

«Eccome».

Scosse il capo.

«Hai voluto troppo. Sei stato troppo curioso. E avevi troppe aspettative».

«Mi ha parlato di un profumo, di una poltrona...».
«Quello è un altro mondo. Non combina con questo. Vogliamo dire, in termini tecnici, che sono due standard diversi? Che è già un miracolo che funzioni il video senza l'audio?».
Feci un'espressione di complimento. Dissi:
«Ti sei preparato prima di tornare. Hai seguito anche un corso tecnico».
Dopo l'inciso aggiunsi:
«Una cosa abnorme, un miracolo per niente».
«No, non è così. Te l'ho fatta vedere, il miracolo è stato quello. Non potevo farle dire le cose che vuoi sentirti dire».
«Mi hai fregato».
Allora ebbi la sensazione di averlo offeso. Credo che la leggesse nei miei occhi, ma non disse niente. E quando parlò non era affatto offeso, anzi, era amichevole.
«Alessandro, non hai pensato che questa tua voglia di miracolo, quest'ansia di sottopormi a un esame potesse avere... delle controindicazioni?».
«Che vuoi dire?».
«Forse tua madre non voleva essere disturbata. Vogliamo chiamarla... *privacy*?».
«Ti sembra verosimile che suo figlio potesse *disturbarla*?».
«Verosimile, in queste cose, è un aggettivo che non funziona».
Allora mi alterai.
«Ah sì? Troppo comodo. Troppo comodo per te. Dovresti farlo funzionare quell'aggettivo invece. E non crederò mai, perdio, che mia madre, anche nel più bel posto dell'altro mondo, possa essere felice senza suo marito vicino. Standard o non standard del cazzo. Non ci credo. Anche se me lo giura Dio in persona».
Da amichevole divenne quasi dolce.
«Non ti arrabbiare».
«Mi arrabbio, sì. Sono un essere umano. I miei era-

no esseri umani, non possono averlo dimenticato, dovunque siano. La vedo così. E siamo in tanti a vederla così».

Annuì. E disse:

«Ci si evolve. Dimenticare può essere... opportuno».

«Opportuno? E... toccare i capelli di mia figlia...».

Mi sembrò interessato.

«Come?».

«*Tenera è la notte*, di Fitzgerald...».

Annuì sorridendo. Cominciava a capire.

«*La mer* di Trenet...».

Aveva capito. Aveva capito, annuiva. Conclusi:

«...dimenticheremo tutto?».

«Saranno sostituiti adeguatamente».

«Davvero? Che peccato però».

Ci guardammo per qualche secondo.

«Gesù».

«Sì?»

«Il tuo paradiso...».

«Sì?».

«...non mi piace tanto».

Allora mi sembrò colpito. Pensai, vediamo se mi blandisce o se trova buoni argomenti. E cercavo una battuta che sdrammatizzasse. Dissi:

«Sono scomunicato?».

Guardandomi con un po' di mistero rispose:

«Nani».

«Prego?».

«Nani!»

Feci un movimento negativo con la mano.

«Non capisco».

Domandò:

«Non ricordi?».

«No».

«Sicuro, Alessandro?».

«Sicurissimo».

Disse:

«Nani, è presto per entrare nell'acqua... Nani, è il Vicks, dà fastidio, ma ti fa bene...».

Il profumo tagliente del Vicks Vaporub aprì uno spiraglio nella nebbia di quarant'anni.

Provai. Mi concentrai, onestamente, con forza. E dopo qualche istante, quasi a malincuore, la cellula lontana si segnalò, poi si mosse, poi si diede una identità sfuocata, poi emerse Nani. Detto dai miei genitori e da qualche ombra lontana.

Senza rivelare troppa soddisfazione il Gesù disse:

«Ci sei arrivato?».

«...forse».

«Lo vedi. Eri Nani, eri tu, e non lo ricordi nemmeno».

Lo vidi, in quel momento, come un grande, grandissimo giocatore. Gli dissi:

«Mi hai fregato ancora. Sei troppo bravo. Devi proprio essere Dio».

E fu di nuovo il silenzio. Eravamo lì seduti, speculari, io stremato, lui chissà.

Registro un fatto nuovo: sentivo la sua presenza come rassicurante. Ecco, mi sentivo come un apparecchio, diciamo un computer, che dopo aver esaurito la carica stava ricaricando le batterie. E insieme alle nuove forze premevano nuovi argomenti. Cultura e memoria cominciavano a richiamare immagini e informazioni, e domande, infinite. Una sorta di enorme acrofobia che mi inibiva la lucidità.

L'altro intuì il momento favorevole e disse:

«Vogliamo voltare pagina? Ti chiedo troppo?».

«Mi chiedi moltissimo».

Scossi il capo, di nuovo. Ormai era il tic abituale che precedeva le mie domande.

«Senti... ma sei proprio Gesù? Hai risuscitato Lazzaro, hai discusso con Caifa. Ti hanno inchiodato, sei risuscitato?».

«Tutte cose che ho fatto».

«Te l'ho già chiesto. Te lo richiedo. Perché io?».

«Perché ti sei comportato abbastanza bene».

«Davvero? Sono sicurissimo che almeno metà della gente è migliore di me».

«Non così tanta gente».

«Non mi rispondi mai. Perché io?».

«Te lo dirò via via».

«Non mi basta. Dimmelo in breve, che so, una didascalia, una sintesi».

«Ho apprezzato che tu mi abbia concesso la zona franca. Ma c'è dell'altro, quando hai accettato, più o meno, che forse potevo essere quello che dicevo di essere... ecco, non mi hai aggredito con la bava alla bocca. Tu non credi che io sia il responsabile di tutto il male del mondo».

«Credo che tu sia responsabile di *tutto*, anche delle cose che ho detto prima... sai, quelle che dimenticheremo».

«Sì, lo avevo capito».

«...e c'è sempre il fatto che tu forse non esisti nemmeno... ma quante astrazioni. Non eri così astratto l'altra volta. Raccontavi fatti».

Annuì.

«Ma tu non sei un galileo incolto degli anni zero. Non sarei un po' ridicolo se ti raccontassi una parabola con metafora applicata?».

«Forse».

«Mi hai accusato di essere astratto e dunque torno agli esempi, come l'altra volta. Gli esempi sono efficaci. Vogliamo parlare di gente?».

«Di gente?».

«Gente tua. Scelte e rapporti tuoi. Così capirai "perché Alessandro Forte"».

«Come faccio a dire di no? Comincia».

«Ricordi Luca Bobbiesi?».

Mi fece una certa impressione sentirgli pronunciare un nome della vita normale.

«Certo che lo ricordo. Un imbecille».

«Ti arrabbiasti molto con lui. E non ti aveva fatto niente».

«Io mi arrabbio con gli imbecilli, anche se non mi fanno niente».

17

Avevo conosciuto Luca Bobbiesi a Città del Messico. Era il riferimento datomi dal titolare di un'agenzia che mi aveva spedito là per gli esterni di uno spot per un caffè. Mi aveva detto di appoggiarmi a lui, che era uno straordinario *passe-partout* per quella città e non solo, oltre che ottimo giornalista e "simpaticissima persona". Bobbiesi era un inviato della Rai per l'America centrale.

Prima della simpatia, prima del *passe-partout* e di tutto il resto, nei dieci minuti iniziali emerse che Bobbiesi e io eravamo completamente diversi. E questo non dovrebbe di norma compromettere un rapporto comunque destinato a non essere duraturo. Uno può indossare una camicia che ti fa, letteralmente, accapponare la pelle, oppure fumarti sistematicamente in faccia tutto il tempo, o bere cose che non berresti mai: tutto questo potrebbe benissimo non inficiare la qualità della persona. Bobbiesi era semplicemente il rovescio della mia medaglia. Io sono, per esempio, un semplificatore del quotidiano. Se non trovo il «Corriere» prendo «Repubblica» e il mio umore ne risente appena. È un esempio. Il giornalista era invece un complicatore tenace. Non l'ho mai visto ordinare qualcosa che fosse normale o non composto: il caffè doveva essere in un certo bicchiere che non si trovava mai, lo zucchero doveva essere di canna ma di quella canna. Discuteva sulla marca delle birre in luoghi dov'era già una fortuna trovare una birra qualunque. Gli dicevano «abbiamo la birra x», lui domandava «avete la y?», «no, abbiamo solo la x» e lui allora chiedeva la j, poi la z e così via. Io ordinavo una bistecca, lui esercitava il suo spagnolo venti minuti per avere una bistecca con non so quale sughetto che non esisteva. Una volta cercava dei rasoi in un supermercato. C'erano tutti, a una, due, tre lame. Non andavano bene. Cambiammo tre negozi. Rifiutai di seguirlo nel quarto: «Vivaddio, Bobbiesi, sono rasoi, servono per fare la barba, la fanno tutti». Sono piccole cose che però mi rendevano stressato al solo vederlo e al suo primo «buon giorno». Due settimane nello stesso albergo mi portarono a odiarlo, e più volte fui sul punto di esplodere, ma resistetti sempre. Tutto questo per dire che forse ero prevenuto verso quell'uomo un po' pelato, con denti troppo grossi, nato per stare il più possibile lontano da me.

Quando arrivò il momento – lo feci arrivare presto – dell'abbandono dei convenevoli, e potei parlargli senza essere per forza gentile, la mia battuta più frequente era: «Mi bastava un sì o un no».

Un giorno, mentre parlava di Parigi e di Saint-Germain, improvvisamente ricordai. Lo avevo visto in un servizio di Raitre su un giovane che nel quartiere di Saint-Germain aveva ucciso quattordici persone con una pistola, in strada. Sparava a tutti quelli che incontrava. Ero rimasto talmente colpito da quella vicenda e soprattutto dal tono del servizio, che avevo memorizzato il nome del ragazzo, Benoit Leconte. Ricordai che il cronista, Bobbiesi appunto, lo aveva definito per quattro volte "il povero ragazzo" e una volta "il povero pazzo". Mi era sembrata eccessiva, anzi, fastidiosa, anzi, odiosa quell'indulgenza. Leconte aveva assassinato quattordici persone, per cominciare. Dunque era un assassino. Poi si poteva dibattere. Anche all'infinito.

Per analogia e suoni, poi anche per voce e faccia, le parole "povero ragazzo" mi condussero alle parole "povera ragazza" e a un altro servizio di Bobbiesi.

Questa volta non avevo bisogno di forzare il ricordo del nome, perché conoscevo il padre della giovane.

Marta Meda, ventotto anni, una mattina aveva preso in braccio la sua bambina di sette e si era buttata da una finestra del settimo piano. Era disperata e tossicodipendente. Bobbiesi fece tutto il servizio sulla "povera ragazza". E non una parola, davvero neanche una parola, sulla povera bambina. Nel suo personale concetto di giornalista il ruolo dell'adulta, portata da tante ragioni a essere tragicamente infelice, toglieva tutto lo spazio a una bimba senza arbitrio e senza sociale, che poteva solo fare ciò che voleva la mamma. La comprensione del dramma della madre oscurava quello della figlia. Non avevo provato simpatia per Marta Meda e mi ero sentito offeso dal cronista. Ricordo che fui persino tentato da un'iniziativa che non era assolutamente nel mio stile, scrivere alla Rai. Non lo feci anche perché avevo perso, con i primi secondi del servizio, anche il nome dell'inviato.

Quando tutte le memorie, sullo spunto di Saint-Germain, andarono a posto, il mio "rovescio" era seduto davanti a me e stava scrutando un menu in un ristorante di Cuernavaca.

Resistetti a tutte le recriminazioni, e mi costò non poco. Ma da quel momento avrei avuto tutta una serie di ragioni per poter odiare Bobbiesi senza provare senso di colpa alcuno.

L'idea forte dello spot che stavo preparando era "perdersi in caffè di terre lontane".

Conoscevo le mitologie di Cuernavaca. Quella brutta cittadina che accoglieva artisti e scrittori dediti alla propria distruzione e li distruggeva. Cercavo "quell'atmosfera". Domandai a Bobbiesi:

«Sai per caso dove sia il caffè di Malcom Lowry?».

«Di chi?».
«Malcom Lowry, lo scrittore».
«Non lo conosco. Veniva qui?».
«Sì. A scrivere, e a ubriacarsi».
«Davvero? Non saprei...».
Naturalmente l'uomo aveva acquisito ai miei occhi un altro buono di antipatia, l'ennesimo. Mi allontanai da lui dicendo che mi sarei arrangiato.
In albergo il direttore sapeva di Lowry e mi diede le indicazioni per il caffè. Rifeci la strada per Cuernavaca, lasciando dietro e sotto la grande città completamente nascosta e stravolta dallo smog.
Trovai il caffè. Mi deluse. Niente colore o dramma, niente penombre pericolose. Neppure un tavolino esterno difeso dal sole da uno sgualcito tendone. Feci delle fotografie sapendo che erano inutili.
Rientrai in albergo che era sera e notai del movimento. Mi venne incontro Bobbiesi.
«Sto correndo. C'è un servizio urgentissimo. La troupe mi aspetta sul luogo. Un uomo ha sequestrato qualcuno in una sede del Banco National. C'è già la polizia... vuoi venire?».
«Sì».

Uno schieramento colossale di auto della polizia si era disposto a semicerchio di fronte alla banca, che si trovava in una zona decentrata della città. Grazie a Bobbiesi, che disponeva di quella chiave magica che è la Tv, mi appostai in buona posizione. Potevo vedere l'ingresso della banca e i poliziotti disposti sui due fianchi del muro. Un ufficiale parlava con un megafono a frasi brevi, senza perdere la calma. La sua posizione non favoriva l'acustica e non capivo nulla. La troupe, a non più di dieci metri da me, stava riprendendo. Bobbiesi parlò in un microfono per un paio di minuti, poi mi trovò con lo sguardo e si diresse verso di me. I poliziotti intorno lo lasciarono fare.

«È un rapinatore» disse «uno solo. Drogato sembra. Tiene in ostaggio una bambina. Ha chiesto una macchina. Gliel'hanno concessa, è quella Mercedes... dai, vieni».

«Ma sei sicuro? La polizia...».

«Sbrigati».

Ancora una volta i poliziotti non lo disturbarono. Mi trovavo in prima linea.

L'ufficiale al megafono non parlava più.

Bobbiesi disse:

«Ecco, succede qualcosa».

La porta della banca si aprì appena. Era a vetri, ma i riverberi dei riflettori impedivano che si vedesse oltre. Apparve la bambina, poi l'uomo, che cercava di proteggersi dietro di lei. La bambina aveva un coltello puntato alla gola. Avanzavano piano verso la loro sinistra. Una decina di poliziotti scattarono dalle loro postazioni e si avvicinarono fino a qualche metro dal rapinatore, con i fucili e le pistole spianate. Tutti gridavano.

A circa cinquanta metri di distanza riuscivo comunque a vedere le iridi dell'uomo, sembravano piccole lampadine rosse. La bambina, naturalmente, si faceva condurre, era paralizzata.

Il criminale parlava. Si poté sentirlo quando i poliziotti abbassarono le armi e smisero di gridare.

Bobbiesi tendeva le orecchie. Disse:

«Sta dicendo che ammazzerà la bambina... è drogato perso. Sparatemi... dice. Sparatemi... ma cercate di non sbagliare... perché se sbagliate, sgozzo la bambina... mirate bene... mirate bene».

Fu un istante. Un poliziotto tese il braccio e sparò. L'uomo crollò. In dieci furono addosso alla bimba. Qualche secondo di silenzio impressionante. Poi un applauso tanto forte da essere violento. E c'era anche il mio.

Era tornata la calma. Nella piazza c'erano ancora molti curiosi, alcune auto della polizia, e molta televisione. La bambina era stata ricoverata per controlli, ma stava bene. Bobbiesi stava facendo il suo servizio, io assistevo a pochi metri. Vestito come un divo del cinema, camicia arancione con farfalla, raccontava davanti alla telecamera.

«...dopo una lunga trattativa, dopo l'accordo con la polizia, l'uomo è uscito dalla banca per raggiungere la macchina promessagli, facendosi scudo del suo piccolo ostaggio. Ma ecco le immagini drammatiche».

Dopo le sequenze alle quali avevo assistito in diretta, Bobbiesi concluse:

«Si chiama Francisco Lopez il poliziotto ventenne che, con un atto azzardato, ha messo in pericolo la vita della bambina e ha tolto la vita a un uomo che, chiaramente, non era in possesso delle proprie complete facoltà mentali. Una tragedia che forse poteva essere evitata».

Notai che il giornalista aveva sempre detto "uomo", mai criminale, o rapinatore. "Ma che stronzo" pensai "che grande stronzo".

Tornando in macchina con lui, ancora una volta, feci l'ennesimo, faticosissimo, esercizio di calma e di educazione, e non aprii bocca.

Mi tolsi la piccola soddisfazione di partire, la mattina dopo, senza salutarlo.

18

Cominciavo a non sopportare più quelle pietre. Mi alzai in piedi e mi mossi. Il Gesù aspettava le mie parole. E io parlai:

«Luca Bobbiesi... – non seppi rinunciare alla battuta –, ti prego, non farmelo più incontrare».

Fece un cenno di assenso quasi divertito.

«Tu credi che quel poliziotto abbia agito bene».

«Benissimo».

«Forse Bobbiesi pensava che se l'agente non avesse sparato magari c'era modo di salvare anche il rapinatore».

«Le sue parole mi sono sembrate un eccesso di indulgenza. Certo, c'era quella possibilità, ma era ragionevole? Quali erano i margini? Il poliziotto ha ammazzato un delinquente che stava per uccidere una bambina. Giusto così».

Il Gesù rettificò.

«Che stava... forse... per uccidere una bambina. Ma naturalmente tu sei convinto che nel commento di Bobbiesi ci fosse una cifra politica».

«Non c'è dubbio che ci fosse».

«Ritieni che fuori dal contesto politico, o comunque da un contesto di malafede, qualsiasi persona di buon senso avrebbe voluto veder morto quell'uomo. Moriva un criminale e si salvava un'innocente. Ritieni che anche Bobbiesi fosse intimamente contento di vedere morto il cattivo, ma che poi esprimesse un'opinione diversa, politicamente corretta».

«Sento che lo dici come provocazione, ma è proprio così».

«Bobbiesi dunque era troppo tollerante, garantista, pacifista... eccetera».

«Mi togli le parole di bocca».

«Credo che potremmo discutere a lungo su questo argomento».

«Hai ragione. Non ne usciremmo più».

Mi parve di scorgere negli occhi del Gesù una scintilla, infinitesimale, di furbizia.

«Normalmente non ne usciremmo, Alessandro».

«Appunto, "normalmente". Già, dimenticavo che qui ci sei tu. Sei onnisciente. Conosci anche ciò che sarebbe stato».

«Appunto».

«Cosa sarebbe successo se il poliziotto non avesse sparato. Lo sai?».

«Certo che lo so».

«Vuoi dirmelo?».

«Sì. La bambina si sarebbe salvata, insieme al criminale».

Dissi quattro parole del tutto superflue:

«Ne sei sicuro, naturalmente».

Rispose "naturalmente" senza farmelo pesare.

Parlai rapido, come a tagliar corto:

«Dunque Bobbiesi aveva ragione».

«Sì».

Chinai la testa.

«Dovrò chiedergli scusa».

Seguì il silenzio del capitolo che si chiude.

Poi disse:

«Mi sembri stanco».

«Lo sono, molto».

«Sopporteresti un altro nome e un altro ricordo?».

«No, se è impegnativo come il primo».

«È impegnativo».

«Allora rimandiamo a domani».
Fece un cenno paziente e solidale.
«Sarò qui ad aspettarti».
«Dimmi una cosa».
«Certo».
«Chi sei?».

19

In albergo la solita procedura: recuperare le forze e interrogarsi. Continuavo a pensare che tutto ciò non potesse accadere. Cercavo intorno a me riscontri e complicità. Valutai la possibilità di chiamare l'Italia e confidarmi con qualcuno, ma con chi?

Ebbi l'impulso di partire. Pagare, e partire, subito. Presi il telefono, ma lo riposi. L'indomani ci sarebbe stato Gesù ad aspettarmi a sette chilometri da Gerusalemme e io scappavo come un piccolo imbelle. E poi c'era sempre la possibilità che lui non ci fosse e che tutto finisse in una clinica neurologica. Epilogo orrendo ma anche corretto, univoco.

La mattina dopo percorsi il mio calvario sotto il sole e lui era là. Sbucò sulla strada mentre ero a dieci passi dal sasso del destino. Dopo il saluto domandò:

«Ti sei riposato?».

«No».

Scendemmo sotto la strada.

«Coraggio» dissi. «Sono pronto per il nome».

«Sì. Giordano Bruni».

Non erano mai banali i nomi citati da Gesù.

Anche Bruni era un laborioso episodio della mia vita.

Una volta mi aveva chiesto cos'avrei dato pur di non averlo mai conosciuto. Gli dissi che non riuscivo nemmeno a immaginare una contropartita.

Era un collega piuttosto bravo. Carattere tutto istinto, un po' maledetto, un po' infantile. Più buono che cattivo. Era sempre nei guai, con le due ex mogli, con la figlia e il genero, con il padrone di casa, con chi gli dava lavoro. Se non aveva una sigaretta in mano aveva un bicchiere. Non era mai puntuale. Nessuno era contento di vederlo. Se ti telefonava o ti incontrava, non erano mai buone notizie.

Un pomeriggio entrai al bar Magenta, tradizionale ritrovo giovanile. Era una visibilissima stonatura, occupava un tavolino nell'ombra, accasciato, i capelli sugli occhi, un boccale di birra in mano. Lui, Giordano Bruni, triste come il quadro di un pittore del nord.

Mi vide prima che potessi filarmela e mi chiamò. Sedetti con lui. Era disperato, mi disse. Gli risposi che lo avevo quasi sempre visto così.

«Sì, scherzaci sopra... cosa bevi? Per fortuna che ti ho incontrato. Un amico almeno. Sei un amico, vero, Alessandro?».

«Certo».

Così mi raccontò la sua tragedia, l'ultima. Stava perdendo la casa. Anni prima aveva ottenuto un prestito dando l'immobile come garanzia. A un certo punto non era più riuscito a pagare. Dopo mille solleciti, rinnovi, patteggiamenti, era arrivato all'ultima spiaggia, l'ultimissima. Se non avesse saldato il residuo del debito, diciannovemila euro, entro trenta giorni, i carabinieri sarebbero entrati in casa e lo avrebbero estromesso con la forza. Non c'erano altre possibilità. Tutto era stato esaurito. Era la fine.

«Di me non mi frega niente» diceva. «Posso sempre cavarmela, posso anche togliermi di mezzo. Ma cazzo, avrei voluto lasciare uno straccio di qualcosa a mia figlia. Un segno che quel fallito di suo padre è pure esistito per una qualche ragione».

Avevo conosciuto Giorgia, la figlia di Giordano, ragazza dolce e positiva. Aveva sopportato e sostenuto a lungo il padre, sì, gli aveva fatto da madre. Poi si era sposata, aveva seguito il marito nel Veneto e il genitore era rimasto solo. Giorgia meritava.

«Non hai qualcuno che possa aiutarti?» gli domandai.

«Vuoi che ti rida in faccia? Chi mai potrebbe darmi una cifra simile?».

«Di garanzie per un altro prestito non se ne parla, naturalmente».

Confermò col noto cenno della mano.

Sentii che stavo per formulare qualcosa di inutile e idiota prima ancora di parlare.

«Chiedi un po' di soldi a qualche amico. Qualche migliaio di euro a ciascuno e arrivi alla cifra totale».

«Sì, tutti a portarmi i loro risparmi, come a James Stewart ne *La vita è meravigliosa*. E suona anche la campanella perché l'angelo ha messo le ali».

«Certo, ho detto una cosa poco convenzionale... però...».

«Però, che cosa?».

«Perché non provi? Tu sei uno un po' matto. Ci si può aspettare qualunque cosa da te. Cosa ci perdi? Ti dà fastidio umiliarti?».

«Ho il callo su quel fastidio...».

«Conosci tanta gente».

«Mi odiano tutti, e poi non ne sarei proprio capace, non ne ho lo stomaco, Alessandro. No».

«Sai bene, Giordano, che io non ho soldi. Ti aiuterei».

Mi aspettavo qualcosa che somigliasse a "so che lo faresti", invece la replica fu un'altra.

«Fallo tu».

«Che cosa?».

«Fammi da agente. Fa' il giro degli amici e organizza la colletta».

Perfezionò.

«Fallo. Ti divertono queste cose».

«Sei matto».

«Lo hai già detto. Dài, fallo, Alessandro. Conosci tutti quelli che conosco io».

«Non credo proprio».

«Pensa che bella campagna, Alessandro. Invece di vendere un prodotto, salvi un amico. Niente cartelloni, niente spot. La vita vera».

Mi sembrava di sentir parlare me stesso.

Volli partire con il piede giusto. Produssi subito i primi duemilacinquecento euro. Venivano da Alessandro Forte. Quasi tutto quello che aveva. Bravata ingenua e azzardata, e anche banalità estetica. Poi feci una scaletta, la studiai, la perfezionai, passai all'azione.

Il primo benefattore sarebbe potuto essere Aurelio Camusso, industriale produttore di ferri da stiro, per il quale avevo già fatto due campagne. Mi stimava e rideva esageratamente delle mie battute. Era un entusiasta naturale, capace di quella generosità istintiva con piccola dose di esibizione di chi si è fatto da sé. Consideravo la petizione una mera formalità.

Mi guardava attento e coinvolto mentre gli raccontavo la storia pietosa. Gli mostrai i documenti salienti e l'ultimo avviso della banca. Ogni mia parola mi portava rapidamente verso il primo, anzi, secondo successo.

Disse:

«Sei proprio grande, Alessandro. Prenderti a cuore una faccenda come questa. Me lo ricordo quel Bruni. Non è una persona che mi entusiasmi, ma ci sei di mezzo tu e tanto mi basta. E poi questa strana faccenda mi piace. Un piccolo sforzo toglie un uomo da un grande bisogno. Perché no?».

Ero dolcemente sbalordito.

«Grazie, Aurelio».

«E perché? Fa bene anche a me. Ma non perdiamo tempo. Chiamo il mio commercialista. Adesso, davanti a te».

Un minuto dopo la segretaria gli passò il commercialista.

In tono amichevole, ma autoritario, Camusso parlò:

«Ciao, Dario. Ti chiamerà a nome mio una persona, il dottor Alessandro Forte. Ascoltalo e aiutalo. Ti spiegherà lui. Ti dico solo di non essere avaro. Aggiungo che è una cosa che mi piace fare. Mi fa contento. Mi raccomando...».

Dario Arquati, commercialista, distintivo del Rotary, trentacinque anni, straelegante, ufficio con poderosa messinscena, ascoltò imperturbabile la strana storia. Poi disse:

«Mi suggerisca un ordine di grandezza».

«Non è facile. Al buon cuore di Aurelio Camusso».

«Diciamo cinquemila euro?».

«Magnifico».

Mise a posto la cartellina di pelle davanti a sé. Poi la rimise a posto. Poi decretò:

«L'unico problema è quello fiscale. Siamo sotto tiro. Nessuno crederebbe a un regalo così strano. Fuori da tutte le norme. Cinquemila euro neri, tondi tondi, sono sospetti... prevengo la sua obiezione, dottor Forte: Arquati spende cinquemila euro d'*argent de poche* in trentasei ore. Ma tutto è organizzato, oliato come un motore. Anche cinque euro hanno un loro preciso destino. Ma risolveremo il problema. Lo risolveremo senz'altro. Mi chiami fra un paio di giorni».

Lo chiamai il secondo giorno, poi il terzo, il quarto e il quinto. Poi telefonai a Camusso, in riunione. Ritelefonai, ancora in riunione. Insistetti, era all'estero. Avevo capito al secondo tentativo – conoscevo troppo bene quella scansione di scuse, tempi e difese – ma non volevo lasciar niente di intentato.

Sono passati anni e non ho mai più visto il principe-self-made-man dei ferri da stiro.

Chiamai Mario Aliverti, chirurgo-padrone, molto potente e molto bravo. E ricco, di conseguenza. Ottimo umanista e sportivo. Men che cinquantenne. Dedicava tre settimane l'anno a operare gratis nelle missioni africane. Eroismo che un paio di quotidiani riportavano ogni volta dettagliatamente. Lo battevo a tennis due volte su tre. Ero stato ospite nella sua "favolosa villa" di Portofino per alcuni week-end di alto livello: scrittori e artisti, discorsi olimpici, nuotate in piscina, corpi di donne levigati, e cellulari perennemente in contatto con vip di vari campi e di vari Paesi anche lontani.

Mi invitò a colazione al cospicuo Don Lisander dicendomi: «Sempre felice di incontrarti».

Espletai il mio rito: storiella, documenti salienti e ultimo avviso della banca.

Cominciò a scuotere il capo al primo capitolo.

Versò vino bianco a entrambi e disse:

«Mi è molto chiara la motivazione e ne colgo tutti gli aspetti. Solo che non fa parte del mio modo. Come medico so che tutto ha un proprio sviluppo, meccanico, fisico e chimico. Non ci sono trasgressioni e non ci sono salti. E, credimi, è una regola preziosa. Come uomo che si applica a molte e variegate conoscenze so che c'è un equilibrio... vogliamo chiamarlo logico, che regola tutto. È molto importante quell'equilibrio, e va rispettato. Non rispettarlo crea un'anomalia che può sembrare positiva all'inizio, ma che in realtà è una forzatura senza approdo. Me lo ricordo bene Giordano Bruni. Non è nell'ordine delle cose che si trovi il problema risolto da altri. È tutto, troppo controcorrente. Tirate le somme, finirebbe per avere problemi peggiori, magari non a medio termine...».

Bevvi qualche sorso del vino bianco che mi aveva versato, preparai il tono rispettoso che il chirurgo-filosofo meritava e parlai:

«Aliverti, sei un logico, equilibrato stronzo, e anche variegato. A medio e lungo termine».

Giordano mi telefonò per avere notizie. Gliele diedi e lui ribatté:

«Hai visto? Il tuo è un sogno».

«Siamo solo all'inizio».

«Non caverai un ragno dal buco».

Non avevo voglia di dibattiti disfattisti.

«Quanti giorni mancano?» domandai.

«Diciotto alla tragedia».

«Domani ho un appuntamento».

«Comunque ti ringrazio per quello che fai, Alessandro».

L'appuntamento era con Giovanni Rossi, titolare di un'importante agenzia immobiliare.

Giovanni era un bonario, anziano furbone pieno di soldi. Una volta gli avevo presentato un certo assessore che gli aveva cambiato la vita, lo aveva fatto decollare, parole sue. La frase che mi rivolgeva più spesso, un vero tormentone, era: «Ti sarò grato per sempre». Era uno spirito bizzarro, con un suo particolare e accentuato senso mistico. Sempre contento di vedermi.

Feci la petizione, diedi le solite informazioni. Insinuai delicatamente, sfoderando il meglio fra le mie furbizie professionali, che una buona azione poteva valere come una sorta di indulgenza da riscuotere al momento opportuno.

Rossi ascoltò, a tutto annuendo, esternando amicizia. Ero convinto di avercela fatta ma l'uomo, per quanto bonario, generoso e disponibile, era trincerato nell'istintiva prudenza del pragmatico che ha fatto i soldi. L'indulgenza da mettere in conto per il "dopo" non lo impressionò più di tanto.

Il capo quasi canuto smise di annuire.

«Vedi, Alessandro, lo farei volentieri, ma se riguardasse te. Qualsiasi cosa per te. Ma questo... Bruni non lo conosco. Non riesco a immaginare un'azione del genere verso uno sconosciuto. Forse non sono abbastanza intelligente. Lo sai, non ho studiato molto. Mi dispiace deluderti».

Don Roberto era una delle persone migliori che avessi mai conosciuto. Un uomo che aveva sempre vissuto per gli altri. Aveva fondato istituti, promosso iniziative concrete. Raccoglieva e mandava soldi e provviste nelle parti del mondo dove soldi e provviste servivano davvero: India, medio oriente, America latina, varie zone dell'Africa. Maneggiava miliardi. Aveva studiato con mio padre. Aveva frequentato la nostra famiglia. Era onesto, e anche svelto. Eravamo tutti fieri di essere suoi amici.

L'avevo visto l'ultima volta molti mesi prima. Ero seduto nella prima fila di panche davanti all'altare di Sant'Eustorgio. Intratteneva un uomo con cappotto di cammello esattamente davanti all'altare. Il prete parlava, l'altro ascoltava compunto, testa bassa, come se dovesse pentirsi. Sembrava un bambino. Poi don Roberto gli aveva fatto un segno di benedizione, l'uomo si era inchinato davanti al crocifisso prima di avviarsi verso l'uscita. Don Roberto mi aveva fatto segno di raggiungerlo. Era molto soddisfatto. Mi aveva spiegato che si trattava di un importatore di manufatti dall'Oriente. Che aveva scarpe bellissime "marca Nike".

«Me ne sono fatte dare un po'».

«In cambio di cosa?» gli avevo domandato.

«Del perdono».

«Per quale colpa?».

«Sesso improprio con una segretaria».

Alcuni mesi dopo, in una bacheca, vidi una fotografia di gruppo di ragazzi di una missione nell'Angola. Avevano tutti quelle vistose scarpe sportive. La stessa immagine campeggiava sulla copertina del foglio che don Roberto pubblicava al solo scopo di raccogliere fondi. Non mi sarei stupito se il religioso avesse cercato di spremere ulteriormente la Nike in virtù della promozione di quella copertina. Un marketing efficace per far del bene, al passo con i tempi.

Gli spiegai tutto, mostrai le carte, perorai la causa dello sfortunato Giordano.

Parlavamo nella magnifica cappella Portinari, tra gli affreschi rinascimentali del Foppa e del Luini.

«Sono contento che ti sia preso a cuore la triste vicenda del tuo amico. Ma ti dico subito che non posso aiutarti».

Allora dissi sconsolato:

«Se non mi aiuta lei vuol proprio dire che la mia iniziativa è un'idiozia».

«No, Alessandro. L'idiozia, visto che usi quella parola, è che tu sia venuto da me».

Aspettò la mia espressione di risposta alla sua provocazione. Poi riprese.

«È vero che io maneggio un sacco di soldi. Anzi, soprattutto scorte, cibo, abiti, medicine, come puoi immaginare. E sai bene dove finisce tutta quella roba. Mi dici di un problema, certamente grave. Ma ti confesso che ho un po' perso di vista certi problemi della nostra civiltà. Carte bollate, more, banche. Ormai non mi dicono molto. Tu mi parli di un pignoramento. Io ti parlo di pance gonfie e di lebbra. Se io tolgo, poniamo, tremila euro da una certa parte per darli al tuo amico, è probabile che laggiù muoiano cinque persone, e quattro sarebbero bambini. Non posso proprio aiutarti, Alessandro».

Allora non riuscii a proporre che un timido, deluso sorriso infantile. Ero sempre il ragazzo che prendeva lezioni dal saggio amico di mio padre.

«Le chiedo scusa, don Roberto. Ha ragione. E io sono proprio un idiota».

Un pomeriggio mangiavo a una tavola calda in corso Vittorio Emanuele e mi sentii chiamare. Era Tamburi, un amministrativo della Mondadori che avevo frequentato durante alcuni lavori per la casa editrice. Mi venne vicino sorridendo e mi disse che era felice di rivedermi dopo molto tempo. Avevamo un comune amico, lo scrittore James Conego, del quale domandai subito notizie.

«Sta molto bene. Lunedì scorso gli ho fatto un bonifico di trentacinquemila euro. I diritti della sua biografia su Orazio Nelson».

In quei giorni avevo un solo pensiero e riconducevo tutto alla virtuale colletta pro Giordano. Con prontissimo riflesso e schermando la precisa intenzione come se fosse una battuta dissi:

«L'importante è che lo abbia ricevuto».

«Ma certo che lo ha ricevuto. Non occorrono più di ventiquattr'ore».

James Conego era il disegno dello scrittore secondo le vecchie iconografie. Lunghi capelli grigi, sofferto, amava vedersi scrittore. Si fingeva distratto e non lo era, non toccava il denaro per principio e quando doveva pagare apriva il portafogli e faceva prendere le banconote dal creditore. Adorava il denaro. Diceva che avrebbe voluto imitare Salinger, lo scrittore isolato da cinquant'anni nel suo sperduto paesino. Parlava spesso di Parigi. Aveva un rito per ogni cosa: il caffè preso in quel bar, l'ultimo capitolo di un libro scritto in quel paese...

C'era stato un periodo in cui ci vedevamo tutti i giorni. Gestendo con attenzione i minuti del rapporto e procedendo con prudenza nel labirinto delle fantasie tutte sue, da Conego si poteva anche ottenere gradevolezza e intelligenza.

Abitava in una villa sul lago di Lugano che si poteva raggiungere solo in barca. Incastrata in una valletta strettissima, vedeva la luce un'ora al giorno.

Attesi all'imbarcadero di Melide finché Giovanni, il vecchio assistente di Conego, venne a prelevarmi con il piccolo gozzo a motore. Approdammo alla darsena della villa. James mi venne incontro con il gesto ampio di braccia dell'uomo che ti darà rifugio e ti alimenterà della propria umanità. Gli piaceva giocare al grande vecchio, a quello che, dopo averti ascoltato, svelerà l'orizzonte nuovo.

Mi ero preparato alla fatica innaturale di dover dire solo cose intelligenti, o che lo sembrassero.

«Amico mio» disse «non sai che piacere vederti. E meno male che ti è venuto lo spunto, proprio domani parto per Rodi».

Feci il cenno di quello che sa. L'isola greca era uno dei riti.

«Sei dunque alla fine del libro».

«Già».

«So che è inutile chiederti notizie».

«Infatti».

Altro rito di Conego: nessuna anteprima.

«Quanto starai via?».

«Le solite sette settimane».

Sedemmo al tavolone di legno in giardino. Era proprio il momento del sole. Giovanni portò il caffè.

«A proposito di spunto» dissi «me lo ha dato il nostro amico Tamburi. L'ho incontrato proprio ieri e abbiamo parlato di te».

«Certo, Tamburi. Importante pedina».

Così mi feci coraggio ed esposi il mio tormentone. Curando di esprimermi con le parole adatte, secondo legittima complicità fra creativo e artista. Mi ascoltò con la devozione che l'umanista dedica ai casi umani. Quando ebbi finito il racconto mi sembrò quasi disperato.

«Che cosa stupenda e terribile. Terribile soprattutto per me che non posso fare niente. È giusto che tu abbia pensato a me. Queste situazioni sono per gente come noi. Per chi altrimenti? Per questo sono mortificato due volte. Se tu fossi arrivato solo un giorno prima. È sabato, come ti ho detto domani parto. Avrei potuto muovermi, inventare qualcosa. Adesso ho appena i fondi sufficienti a partire».

Allora cercai la formula per porre nel modo più accettabile l'argomento. Come se fosse un piccolo dettaglio casuale. Ritenni che parlare portando il caffè alla bocca fosse un'ulteriore piccola sdrammatizzazione.

«Mi ha detto Tamburi che ti ha appena accreditato un sacco di soldi».

Pensai che avrei potuto causare dei guai a Tamburi, ma lo avevo messo in conto. James strinse gli occhi in un piccolo lampo di diffidenza e allarme, ma si riprese immediatamente, e rise.

«Certo, i diritti d'autore. Sono stato in banca ieri mattina e non c'erano nuovi arrivi. Sai bene la burocrazia editoriale com'è. Soprattutto quando si tratta di dare».

«Certo» dissi «gli editori fanno soffrire gli autori. Si sa».

Perfezionò.

«E sono anche bugiardi».

Ma Conego era un uomo attento e sentì che non poteva finire lì.

«Ti vedo perplesso, Alessandro. Pensi che non avrei colto al volo l'occasione di fare qualcosa di buono? Se avessi potuto?».

«Certo».

Ma lo scrittore continuava a sentire prematuro chiudere l'argomento.

Allora cambiò tono.

«Alessandro».

«Sì?».

«Credi allo scrittore amico Conego o a un burocrate dell'amministrazione?».

Esitai, volutamente, un piccolo istante prima di rispondere.

«Credo allo scrittore amico».

«Non c'erano accrediti in banca. Se vuoi, te lo giuro».

Allora anch'io cambiai tono. Ero serio.

«Giuralo».

Tenne sotto controllo il piccolo sconcerto.

«Te lo giuro».

«Su Dio».

Ebbe un movimento la fluente chioma grigia.

«Su Dio».

Non chiamavo Bruni per evitare di dargli dolori minuto per minuto. Di fallimento in fallimento ero deluso, poi arrabbiato, poi furibondo, poi triste. Ma non volevo arrendermi. Volevo ancora credere che fossero solo circostanze sfavorevoli. Che sarebbe stata possibile invertire di tendenza.

C'era una mia vecchia amica, una "semiconvivenza" di quattro mesi, qualche anno prima, che avrebbe potuto aderire alla mia richiesta. C'erano almeno due forti speranze per il sì. La prima era i quattrini: ne aveva molti; la seconda era la possibilità che le avrei offerto di umiliarmi.

Quando non senti una persona da tanto tempo, il primo problema è l'approccio telefonico. Susanna, poi, era una persona essenziale e diretta, che non indulge a niente e niente ti perdona. Quando sentì il mio saluto inutilmente disinvolto disse subito:

«Non trovi nessuno per scopare?».

Sì, era proprio lei. Non era facile. Ero sicuro che avrebbe accettato di incontrarmi: mi avrebbe ascoltato e poi avrebbe trovato il modo per punirmi. Era già successo.

Ci incontrammo in una di quelle paninerie di lusso, dietro corso Vittorio Emanuele, dove un tramezzino e un dolcetto costano come un pranzo completo in un ristorante medio. Era sempre trafelata e bella. Trasmetteva la sicurezza naturale di chi ha i soldi. Sedemmo al tavolino, le avevo già baciato la mano. Le dissi: «Sei sempre bella».

«Tu no» rispose «sei sciupato e più trasandato del solito».

Ordinai, e attesi che preparassero i panini rimuginando una strategia. Ma con Susanna non valevano strategie, valeva essere diretti. E lo fui, le raccontai la vicenda in poche, sintetiche parole.

Disse:

«Ma che cazzata».

«Trovi?».

«Davvero tu mi chiami dopo anni per chiedermi un contributo per uno sfortunato? Solo tu, solo tu, Alessandro, puoi fare una cosa del genere».

Silenzio sino a quando un cameriere portò i panini.

Riprese:

«Fammi indovinare il meccanismo. Hai chiamato Susanna pensando: non ha problemi di soldi e aderirà alla mia supplica per umiliarmi. Ti dico subito che non ho nessuna intenzione di umiliarti. Non mi gratifica assolutamente, anche se eri e probabilmente rimani uno stronzo. Questa tua iniziativa presupponeva da parte mia un residuo interesse nei tuoi confronti. Ma ti deludo, non c'è».

Siccome mi sentivo già sufficientemente stupido, oltre che umiliato, non volli darle altre possibilità di godersi la situazione. Le dissi che avevo capito e la interruppi lì.

Uscii dal locale quasi come se scappassi. Due o tre teste si erano girate incuriosite verso di me.

Una di quelle sere, inerte e depresso più del solito, seguii Massimo, un conoscente, in una casa privata dove si organizzavano partite a poker. Mi aveva detto:

«So che non ti frega niente di queste cose, stiamo poco, e poi c'è un ottimo buffet».

Ricordo un gran fumo, gente concentrata che a fatica alzava la testa e un tavolo dove c'era davvero ogni ben di dio. Massimo mi presentò il padrone di casa che mi disse di divertirmi. Mangiai qualcosa, poi sedetti su una poltrona non lontana da uno dei tavoli e cercai di seguire la partita. Poi sentii una mano su una spalla.

«Sveglia!».

Mi scossi e mi guardai intorno. Avevo davvero dormito.

«Chiedo scusa» dissi subito imbarazzato, poi guardai l'uomo che mi aveva svegliato e che mi sorrideva dall'alto. Finché lo riconobbi. Era Diomede Macchi, un assicuratore. Era un giocatore furioso, di quelli che non sanno proprio controllarsi. Mi guardai intorno.

«Sta' pure seduto» disse. «Non preoccuparti».

Ricordai che per il gioco aveva compromesso davvero tutto: proprietà e lavori, un paio di famiglie. Portò una sedia vicino e sedette.

«Allora, Alessandro, come va?».

«E tu?».

«Come al solito. Gioco. Non è cambiato niente».

«Vinci?».

«Come al solito, qualche volta».

«E stasera com'è andata?».

«Molto bene».

Naturalmente non ci vollero più di cinque secondi a isolare quel "molto bene" e a collocarlo nel progetto monomaniaco di quei giorni. Così raccontai la vicenda della colletta anche a Diomede Macchi, lontano anni luce da problematiche come quelle di Giordano Bruni. Invece accadde l'incredibile. L'uomo mise una mano nel borsetto che portava alla cinta, ci frugò e poi la tolse, piena di soldi.

«Ecco, Alessandro, qui ci sono duemilacinquecento euro. Stasera ne ho vinti ventimila. Io non sono mai stato utile a nessuno, che almeno lo sia a qualcuno che ha davvero bisogno, anche se è un estraneo... per me è solo un piatto. Faccio questo gesto, approfitto della circostanza fortunata... chissà se si ripeterà più».

Stavo cercando le parole migliori ma lui fece un cenno come a lasciar perdere. Prese posto al tavolo. Lo guardai mentre mischiava le carte. Mi sorrise ancora.

Trovai Massimo in un'altra stanza, molto impegnato. Gli feci cenno che me ne andavo. Lui annuì e mi salutò con la mano.

Scesi le scale a piedi cercando di interpretare quel fatto straordinario. Ero commosso e ottimista. Rivalutavo tutto. La vita era proprio strana. Una sera di scoramento, in un ambiente quasi terrificante, ecco il lampo magnifico e imprevisto. Ecco l'inversione di tendenza. E da chi arrivava? Da un giocatore che aveva tratto un impulso estraneo chissà da dove. Che grande manifestazione, e che lezione.

Aprii il portone e uscii in strada. Persino quella via buia e sporca mi sembrò felice. Mentre guardavo intorno, mi sentii chiamare. Ma non c'era nessuno. Poi ancora: «Alessandro!». Allora capii, era il citofono.

«Alessandro, sei lì?».

Mi avvicinai e risposi.

«Sì, sono qui».

«Sono Diomede. Rimani lì, aspettami».

Dopo trenta secondi lo vidi apparire dietro il portone a vetri, agitato e trafelato. Uscì in strada ansimando.

Dissi:
«Che succede?»
«Scusami, Alessandro, ma devi ridarmi quei soldi».
Avevo paventato qualcosa, sentendomi chiamare al citofono in quel modo alterato. Mi afferrò un braccio, che ritrassi.
«Ho perso tutto... avevo un full. Ho perso tutto. Ridammeli, per favore».
Glieli diedi.
«Scusami sai, Alessandro. Sono uno stronzo. Sono così, lo sanno tutti».
Rientrò nell'androne e rifece il corridoio, un po' ingobbito, davvero misero.
Mi guardai intorno; la via era puzzolente e letale. Volevo uscirne in fretta.

Il giorno dopo mi recai a casa di Giordano Bruni. Non c'ero mai stato. Eccola la famosa casetta protagonista di tutto. Un soggiornino proprio anonimo, una stanza da letto e un'altra piccola stanza che poteva contenere solo due brande a castello. Disordine diffuso. Dovetti confessare.
«Mi secca, Alessandro, ribadire che te lo avevo detto. Comunque apprezzo molto quello che hai fatto».
«Ma non perdiamo le speranze. Io insisto».
«Certo» fece lui con una punta di amarezza.
«Quanti giorni mancano?» gli domandai.
«Sei».
«Ora vado, Giordano. Ci sentiamo».

Quello stesso pomeriggio entrai nell'ufficio di Camilla Sforza, titolare dell'omonima agenzia. Avevo fatto tanti lavori per lei. Era come se fossi a casa mia. Camilla era un'amica. Conoscevo bene i due prevalenti versanti della sua personalità: era intelligente, e discretamente incomprensibile come sono spesso i nobili, ed era una delle donne più sagge e quadrate che avessi mai conosciuto. La sua vita era l'agenzia, il marito e i cinque figli.

«Che bella sorpresa» disse. «Siediti pure».

«Come stai, Camilla?».

«La lotta è sempre la stessa. Anzi no, più difficile, ormai devi affrontare tutti colossi».

«Ma tu sei più in gamba dei colossi».

«Speriamo. Tu come vai?».

«Vale anche per me lo stesso: lotta e colossi».

«Sei venuto a ritirare i tuoi soldi?».

«Non accade spesso che ti avvertano che c'è un assegno per te. Di solito si chiama e si richiama».

Una segretaria mi portò un foglio da firmare e mi diede la busta. Camilla domandò:

«Cosa stai facendo adesso?».

«Niente di rilevante... salvo un favore a un amico».

Sembrerà strano, ma la frase non era premeditata.

Comunque in poche parole raccontai a Camilla la storia dei miei sforzi e le mie delusioni.

Lei sorrise.

«Sì, questa vicenda ti sta bene addosso. È da te, per come ti conosco. Hai sempre cercato qualche spinta ideale dovunque ti trovassi, anche nelle campagne di un detersivo».

«Vuoi dire che sono un idiota?».

Accentuò il sorriso.

«Sì, ma necessario, e da conservare».

Si alzò dalla sedia.

«Mi aspettano e sono già in ritardo, ma voglio prendermi il tempo per offrirti un caffè».

In ascensore, improvvisamente, mi guardò con un certo intento.

«Alessandro, mi hai raccontato la storia di Bruni per chiedermi di aderire alla tua iniziativa?».

Esitai solo un momento. Non avevo voglia di rimettermi in gioco. Dissi: «No».

Telefonai a Sante Guerra, un balordo. Era l'eredità di un mio fulminante amore di una domenica e lunedì con un'"accompagnatrice" di nome Tamara. Sante era suo amico. Si era rivelato abbastanza bizzarro da incuriosirmi. Riporto le esatte parole della ragazza quando le chiesi cosa facesse: droga e puttane. Mi aveva telefonato per mesi per invitarmi a cena al Four Season, perché gli ero simpatico, diceva. E spesso aggiungeva: «Qualsiasi cosa tu abbia bisogno... qualsiasi, hai capito?». Telefonando a tanto personaggio ebbi la sensazione che la mia missione fosse in fase disperatamente calante, come entusiasmo e come qualità. Le ultime iniziative erano state sempre più deboli e improbabili, affrettate, votate alla resa.

Guerra non inquadrò immediatamente il nome Alessandro Forte, non fu sufficiente che dicessi «ero amico di Tamara», categoria presumibilmente vasta, mi identificò quando gli dissi «quello della pubblicità», allora letteralmente urlò:

«Ma sì, Sandro, ho capito, che piacere... che piacere».

Andando a incontrarlo al Four Season – ristorante superelitario che probabilmente rappresentava per lui una sorta di trionfo sociale – cercavo la giusta formula da mettere in campo. Era il mio mestiere, ma ero in difficoltà. Alla fine pensai di lusingarlo come categoria: uomo vero, fuori dagli schemi, capace di non farsi omologare. Perfetto per un'iniziativa che era, appunto, fuori da tutti gli schemi.

Mi aspettava a un magnifico tavolo del piano sotterraneo. Quando mi vide fece un cenno e mi venne incontro. Era piuttosto elegante, mi ricordava un *buyer* di fondi di investimento che guadagna un po' più della media della vasta categoria dei venditori.

«Che sorpresa la tua telefonata, Alessandro».

Vedendolo sorridente e trionfante, temetti che si aspettasse da me una richiesta particolare: la rappresaglia a qualche sgarro, una vetrina da far saltare, gambe fratturate. Speravo di non deluderlo.

Gli faceva piacere ordinare mostrandosi a proprio agio coi camerieri. Lo assecondavo. Arrivò il vino, poi l'antipasto. Gli davo tutte le soddisfazioni. Poi disse:

«Allora, cosa posso fare per te?».

Gli raccontai tutto, non solo la colletta pura e semplice, l'aiuto a un amico eccetera, ma anche gli aspetti umani e particolari. Parlavo deluso e mortificato, cercavo di renderlo complice di qualcosa che non capiva fino in fondo, e di prospettare, per lui, un'emancipazione e un riscatto ideali. E dissi proprio queste parole. Si sforzava poverino, ma lo sguardo tradiva il disagio di fronte ad argomenti misteriosi, e sconosciuti in tutta la sua vita.

Disse:

«Fammi capire. Dovrei contribuire a questa colletta per raggiungere una cifra che salvi la casa di questo signore?».

«Sì».

«E quanto dovrei dare?».

«A tua discrezione, naturalmente».

Il poveretto guardava da tutte le parti. Scossi il capo e sorrisi.

«Non ti aspettavi qualcosa del genere, vero?».

«No. Ma capisco il problema».

«Vedi, Sante... ho bussato a tutte le porte. Personaggi di ogni genere e qualità, gente con un sacco di soldi, straffermata, o che ha addirittura il dovere della carità. Ma ho trovato arroganza e paura. E nessuno, nessuno ha capito davvero».

Fece un cenno affermativo col capo.

«La gente è cattiva. Non ti aiuta. Io lo so. Nessuno mi ha mai aiutato, se non c'era un interesse».

Continuai:

«Tu sei un tipo particolare. Ho pensato di sentire anche te».

«Ti capisco... forse. A volte un qualcosa di buono può venire da un... balordo come me piuttosto che da un ingegnere a capo di un'industria».

«Sì, credo che questo sia lo spirito del nostro incontro. Te ne chiedo scusa».

Cambiò espressione.

«Figurati, nessuna scusa. Ti giuro, Alessandro, che lo avrei fatto. Ma non ho un euro. Ti giuro su Dio che non ho un euro. Altrimenti non avrei perso l'occasione. Quanto mi dispiace. Non ho nemmeno gli occhi per piangere. Per invitarti mi sono fatto prestare i soldi».

Gli sorrisi per rassicurarlo. Continuava a scuotere il capo.

«Mi credi che se avessi potuto?... Mi credi?».

La memoria di un altro recente giuramento su Dio mi aggredì immediatamente e mi rese un po' sospettoso. Ma non volevo offendere Guerra che si era fatto prestare dei soldi per stare con me.

«Ti credo, Sante. Certo che ti credo».

Fuori dal Four Season mi resi conto, con certezza improvvisa e assoluta, che la mia crociata era finita. La mia scaletta conteneva ancora un paio di nomi, con i quali comunque, anche in caso – disperato – di successo, non sarei riuscito a mettere insieme la somma. Guerra era stata l'ultima battaglia. Con lui avevo perduto e toccato il fondo. Ero prostrato. Decisi di non essere pateticamente notturno, cercando da bere nelle vie deserte. Telefonai a Giordano per dirgli che mi arrendevo. Era vero, ero stato un pazzo e un idiota. Mi disse di andare da lui. Gli risposi che mi sembrava troppo. Ammise che avevo ragione.

Così andai da lui la mattina. Avevo pensato che la sua faccia, alla luce del giorno, mi sarebbe sembrata quasi tollerabile. E a lui la mia.

Mi offrì un caffè in una tazzina sporca di rossetto. La casa era smantellata. Disse:
«Arrivano mercoledì alle dieci, dopodomani».

Mercoledì ero là. Se non ci fossi stato, mi sarei sentito vile e traditore. Come chi porta il cane a sopprimere, lo affida al veterinario e se ne va.

Giordano aveva gli occhi lucidi. I carabinieri lo trattarono bene, sembravano davvero contriti. Un sottufficiale chiuse con un lucchetto e mise il sigillo.

Scendemmo in strada silenziosi e miserrimi. Tre volte Giordano si girò a guardare il portone.

Mezz'ora dopo eravamo al Giamaica, lui beveva vodka, io un caffè. Dissi:

«Hai dove andare? Vuoi stare un po' a casa mia?».

Scosse il capo.

«Io russo, mi ubriaco, ho il catarro, lascio in giro le mutande, la prostata mi fa alzare tre volte per notte. E sono sempre al telefono. Mi conosco. Non voglio farmi odiare dall'unica persona che ha cercato di darmi una mano... sì, so dove andare».

Qualche giorno dopo, era domenica, abbastanza presto, stavo leggendo i giornali, suonò il campanello. Aprii a un ragazzo e a una ragazza, mulatti, sorridenti, piuttosto belli. Mai visti.

Parlò lei.

«Lei è il signor Forte?».

«Sì».

«Mi chiamo Dora, lui è mio fratello Nando...».

«Non ci conosciamo, mi sembra».

Concluse:

«...Aliverti».

Li guardai con curiosità.

«Aliverti inteso come medico chirurgo?».

«Sì» disse lei abbassando gli occhi.

«Entrate».

Sedettero sul divano che indicai, e io di fronte a loro.
«Volete un caffè, un succo di frutta?».
«No, grazie» rispose Nando.
«Così siete i figli di Mario Aliverti. Sì, adesso ricordo, lui ha...».
La ragazza risolse la mia esitazione.
«Ci ha adottati otto anni fa. Avevamo nove anni. Stavamo a San Paolo... del Brasile».
«Certo. Siete gemelli».
«Sì».
Sorrisero come a confermare e non persero altro tempo. A un cenno della ragazza il fratello trasse una busta dal giubbotto. Parlò ancora lei.
«Signor Forte, qui ci sono quasi duemila euro. Sono nostri, proprio nostri, del conto corrente. Vorremmo che lei li desse al suo amico per la casa».
Li guardai come uno scherzo, ma solo per un momento, perché non scherzavano. Allora li guardai come una favola, poi, al terzo stadio di pensieri, li vidi per quello che erano, due persone che ci avevano pensato, avevano deciso e agivano. Presi la busta che il ragazzo mi porgeva e l'aprii. C'era proprio un pacchetto di banconote da cento euro.
«Ma come sapevate di questa storia?».
«Ne abbiamo sentito tanto parlare».
Prese la parola il ragazzo:
«Non c'era cena dove non si parlasse di lei e della sua iniziativa. Tutti ne parlavano».
Annuii.
«Avranno detto che ero un imbecille...».
Nando non riuscì a mediare, con quegli occhioni scuri, puliti.
«Sì, lo dicevano... più o meno».
Riprese il bandolo Dora, più diplomatica.
«Ma cosa dici? Non è vero. È vero che se ne parlava molto. Così abbiamo deciso di aiutare il suo amico. Visto che potevamo farlo».

Annuii.
«...visto che potevate farlo».
Ero un po' commosso.
Si alzarono insieme. Lei disse:
«Adesso noi andremmo».
«Sedetevi, coraggio, tornate a sedere».
Obbedirono.
«Vedete... è davvero molto bello quello che avete fatto. Ed è raro, non sapete quanto. E lo apprezzo, moltissimo. Purtroppo la storia è finita. Tre giorni fa il signor Giordano Bruni ha dovuto lasciare la casa. Non sono riuscito a trovare i soldi necessari. Li ho chiesti a tante persone e nessuno mi ha dato niente. Tutti hanno trovato delle scuse. Proprio come vostro padre. Voi due siete gli unici» dissi toccando la busta.
Con i suoi grandi occhi sgranati parlò Nando.
«Gli unici noi due?... Con tanta gente piena di soldi?».
«È proprio così. Non è facile da capire».
I due ragazzi si guardarono e io non dimenticherò più quello sguardo.
Misi la busta nelle mani di Nando.
«Rimetteteli sul vostro conto. Ma voglio dirvi che se non sono serviti al mio amico, sono serviti comunque, eccome».
Dora disse:
«Non potrebbero essergli utili comunque?».
«No. Riprendeteli. Ma avete fatto molto lo stesso».

Fui io ad alzarmi. E loro immediatamente. Il ragazzo ripose la busta nel giubbino. Li accompagnai alla porta.
Ci stringemmo la mano. Mi guardarono un'ultima volta come se qualcosa non quadrasse. Cercai di rassicurarli con un ultimo sorriso.

20

Dissi al Gesù:

«Sì, Giordano Bruni è un nome pesante come hai visto. Dio... quanto ero mortificato per quella storia».

«Io più di te».

«Ce l'ho messa proprio tutta».

«Sei stato assiduo».

«Sì, nell'idea, poi sono stato un disastro».

«Alessandro, hai misurato la mancanza di carità. La solita storia».

«La solita vecchia storia. Allora come adesso».

«Sì, allora come adesso. E mi addolora moltissimo».

Lo vedevo davvero sconfortato. Più coinvolto rispetto agli altri argomenti.

Così ridussi la mia aggressività.

«È tutto così astratto, organizzato. Uno muore e lascia un patrimonio a un ospedale o a una chiesa. Ma di fronte a una faccia, a un bisogno individuale, si tira indietro».

Lo guardavo. E continuai:

«Gente ricca, ricchissima. Bastava un millesimo del loro patrimonio. Ma no. Ecco, questo dovresti proprio spiegarmelo. E spiegarcelo. È banale, ma c'è. A sei anni già mi sembrava un'ingiustizia così grande da non poter esistere: c'è chi incamera cinquemila euro l'ora e chi non ha un brodo in tutta la giornata...».

Lo fissai con intensità, e provocazione, questa volta. «Questa è dura da spiegare, vero, Gesù?».

Parlò senza guardarmi.

«Ho messo mano a tante cose. Qualcuna ha funzionato. Questa no. Quella differenza è volgare. Come faccio a negarlo. Ma dimentichi un dettaglio».

«Davvero?».

«Sì, importante».

«Quale?».

«Io».

«Sarebbe?».

«Sto con quelli che non hanno il brodo».

Si sentì fissato. Così diresse gli occhi sui miei. Scossi il capo.

«E credi che gli basti?».

Allora si fece più intenso. Si fece maestro.

«Sono qui. No?».

Non potevo che annuire. Ma lui voleva ribadire:

«...davanti a te».

Ero io a sentirmi osservato. Pose un giusto intervallo, poi disse:

«Non ti basta, vero?».

«No».

«A me neppure».

Lasciai che trascorresse qualche momento. A staccare.

«Non parli più come un profeta sulla montagna».

«E ti piace?».

«Mi piace, sì».

«Bene».

Posi un altro intervallo.

«E così... che facciamo? Anzi, che farai?».

«Riprova. Non potrai che migliorare». Si alzò in piedi. Lo imitai. Anche quello era uno stacco, la chiusura di un capitolo. Grandi argomenti. Fu proprio per contrasto, e per... riposo che passai a piccoli argomenti.

«Dimmi di Conego, lo scrittore...».

«Sì?».

«Aveva giurato di non aver ricevuto i soldi. Li aveva ricevuti?».

«Sì».

«Che grande figlio... e aveva giurato su di te. Mille anni di purgatorio dagli, non uno di meno».

Questa volta sorrise con ottima visibilità.

«Certo».

Senza mutare espressione aggiunse:

«Non ti do mai buone notizie sui tuoi amici. Solo delusioni, mi dispiace».

«E Guerra, il balordo? Diceva di essersi fatto fare un prestito per invitarmi».

«Era vero. Non aveva un soldo».

«E se li avesse avuti? Me li avrebbe dati?».

«Sì» continuava a sorridere. «Sei stato anche sfortunato».

«Vedi» gli risposi di getto «sono qui a farmi sfottere da Gesù. Una bella esclusiva. Un'altra».

Tuttavia non smise di sorridere.

Dissi:

«Non dimentichiamo qualcosa?».

«Certo, i gemelli».

«Appunto. In ritardo, ma si sono fatti vivi».

«Meno male! Almeno il diritto a sperare, noi tutti, non ti pare, Alessandro? Ti sembra una lettura "banale"?».

«Dai, scoppia a ridere, e dimmi chi sei».

21

Il giorno dopo ebbi un'idea certamente buona, condivisibile da chiunque. Mi dissi anzi che avrei dovuto averla prima. Noleggiai una Golf e percorsi nell'aria condizionata, in dieci minuti, il solito doloroso percorso che avevo fatto a piedi più volte.

Arrivai sul posto e fermai. Pensai di lasciare la macchina e raggiungere l'anfratto. Invece no: suonai il clacson e attesi. Diciamo un minuto o poco più. Suonai di nuovo.

Non successe niente. Allora ebbi il prevedibile momento di delusione che arriva sempre nonostante le conferme e riconferme: in albergo avevo noleggiato una macchina per visitare i luoghi della Terra Santa – fatto normale – e avevo suonato il clacson per far salire Dio. Mi dissi: "Chissà cos'è successo nella mia testa". C'erano certamente nome e casistica per l'alienazione dell'uomo che parla con Gesù. A casa avrei contattato un analista, o un neurologo, per la prima volta in vita mia. Il fatto che un adulto occidentale semilaico e semicredente *part time* aspettasse quell'ospite in quella situazione, poteva dunque rientrare in uno schema di demenza, ma ne ero conscio, lo avrei affrontato e sarei corso ai ripari. Invece no: troppo semplice, perché nella cornice del cristallo di destra apparve la serena icona del mio amico. Quegli occhioni che tutto vedevano, con un'espressione incoraggiante.

Dopo i necessari dieci secondi per azzerare l'ultimo pensiero e ricondurre tutto in quella dimensione, abbassai il vetro e allungai il braccio ad aprire la portiera. Dissi:

«Credevo che non venissi... anzi, che non esistessi».

Annuì alla battuta.

Continuai:

«Ho pensato di stare un po' comodi. Se non hai obiezioni».

«Dove vuoi portarmi?».

«Non lo so ancora. Ma non preoccuparti, non voglio farti fare l'operatore turistico. Almeno staremo al fresco».

Salì in macchina, raccolse il lungo panno della tunica e chiuse la portiera. Si guardò intorno, si rese conto, poi prese la cintura e se l'allacciò. Credevo di averlo solo pensato, invece dissi:

«Che testimonial saresti».

«Prego?».

«Niente».

Aveva una nuova mise, di due elementi questa volta: sopra la veste color crema una specie di largo mantello poco più scuro.

«Ti sei cambiato» gli dissi.

Parlò dopo un breve intervallo.

«L'altro abito aveva un cattivo odore».

«Certamente».

La naturale domanda seguente sarebbe stata: "Hai qualcuno che ti lava la roba o lo fai tu?". Ma resistetti. Non volevo disperdere forze su barzellette domestiche e curiosità minimali.

Feci manovra e girai la macchina, puntando su Gerusalemme. Dopo due chilometri entrai in autostrada. Tenevo d'occhio una cartina che avevo disposto sul cruscotto. Girai intorno alla città sulla tangenziale, chiamiamola così. Dissi solo tre parole, «andiamo a nord», e percorsi i quindici chilometri fino alla città di Ramallah, termine dell'autostrada. Entrammo sulla statale verso Balatha, strada di scorrimento veloce. Gesù non apriva bocca.

Intorno era una sorta di deserto educato. Rocce, sabbia e tutto pulito, organizzato e forte, la sensazione del meglio che si potesse ottenere da quella natura. Ecco un piccolo paese che sembrava un'oasi, Hwwarah. Gesù guardava intorno. La macchina filava veloce. Il teatro del suo antico lavoro – le regioni dei miracoli, dei grandi raggruppamenti, dei pellegrini che camminavano per mesi – sfilava ai nostri fianchi ed era una questione di minuti. Feci un gesto largo con la mano e parlai.

«Credo che tutto ti sembrerà molto piccolo e insignificante. Camminavi giorni per arrivare qui da una contrada che abbiamo passato dieci minuti fa. In due ore abbiamo attraversato quasi tutta la tua vita... samaritani, perei, galilei, romani, sacerdoti, greci, mercanti, liti infinite da decine di secoli prima di te, il popolo eletto, il figlio di Dio che arriva. Tutto in due ore...».

Fece segno col capo.

«Sì».

Il cartello stradale mi disse che la cittadina che lasciavamo sulla destra si chiamava Shekhem. Per qualche chilometro puntammo verso ovest, e mi accorgevo del cambiamento, sentivo là davanti, per il tono più verde dei campi e delle colline, la presenza non lontana del mare. Fu a quel punto che trovammo un posto di blocco. Una postazione di una decina di militari. Fermai e guardai il mio compagno che era tranquillissimo, era Gesù. Un militare si avvicinò col mitra puntato. Era a un passo da me, feci scorrere il vetro. Il ragazzo diede un'occhiata e abbassò il mitra. Poi mi fece segno di andare. Dopo trenta metri guardai nello specchietto, la pattuglia stava fermando un'altra macchina. Dissi al mio amico:

«E se ti chiedevano i documenti?».

Girammo di nuovo verso nord e a mezzogiorno mi fermai davanti al cartello all'ingresso della cittadina di Afula.

Gesù parlò:

«Lì avanti c'è Nazareth».

Lo avevo già appurato dalla cartina.

«Vuoi che ci andiamo? Vuoi rivedere la tua casa?».

«Decidi tu, Alessandro».

«Avrei un'altra idea. Ma sarà suggestivo visitare con te i luoghi della tua famiglia».

«Ripeto: decidi tu».

Lo guardai con una certa comprensione.

«Posso capire che tu non abbia voglia di entrare in una cartolina. È così?».

«Lo hai detto alla tua maniera e ne prendo atto».

«Se la tua casa è come il sepolcro o la stalla forse non la riconosceresti neppure. Sono grandi negozi. Comunque, sta' tranquillo, il mio commento si ferma qui, in virtù della tua primaria raccomandazione».

Il mio passeggero guardava avanti senza espressione. Dissi:

«Vorrei invece raggiungere il Giordano. Vedo che ci siamo vicini».

«Sì, siamo vicini».

Girammo intorno ad Afula e ci trovammo a un bivio. Guardai la carta.

«Quella a sinistra dovrebbe essere la strada giusta».

Gesù toccò il volante.

«No, è questa, a destra».

Stavo per domandargli se ne fosse sicuro, ma non lo feci. Al mio fianco c'era il miglior navigatore possibile.

Dirigevamo verso l'interno, verso la valle del Giordano. Era ancora deserto, sabbia e pietre. Finché eccolo là, davanti, imponente e scuro, gravemente particolare, il monte Tabor. Il passeggero osservava.

«È tutto cambiato?» gli chiesi.

«Non molto».

La strada girava intorno a un altro paese sorto nella solita zona verde miracolosamente ricavata: si chiamava Bet She An.

Eravamo fra colline senza vegetazione. Almeno venti volte mi ero domandato come quel contenitore di caldo, di sassi e di niente avesse potuto, da sempre, generare movimenti tanto abnormi e decisivi.

Gesù disse:

«Prendi quella strada».

Rallentai ed entrai, a sinistra, in una pista sterrata precaria, a stento identificabile nella sabbia. Avanzammo piano e dovemmo fermarci davanti a una barriera di filo spinato. Un cavalletto di legni incrociati, mobile, non ci vietò di passare oltre, dopo che fummo scesi dalla macchina. Oltre una stretta macchia di arbusti secchi ecco un sentiero che scendeva a un ponte di legno che attraversava una piccola acqua gialla.

Gesù mi sorrise.

«Eccolo. Questo è il Giordano».

Stavo per porre la domanda con le stesse precise parole con cui terminò la frase.

«...tutto qui».

Gesù mi precedette. Scendeva verso il fiume e io lo seguivo. Il Giordano scorreva fra sabbia e scogli, lento e lontano da ogni mitologia. Arrivammo alla riva. Gesù guardò intorno. Poi si chinò e tolse i sandali. Entrò nell'acqua. Fece tre lenti passi. L'acqua gli arrivò al ginocchio bagnando la veste. Io assistevo dalla sponda.

Si chinò e raccolse l'acqua nel cavo della mano.

Non so se quello fu il momento di maggior commozione per me. Dico che mi presi una cotta per lui. Circoscritta con fatica a quei minuti, ma certamente una cotta. Era eccesso di sentimento, e voglio raccontare l'eccesso di sentimento. Fu allora che piansi. Cosa c'era in quel fiume? Cosa c'era davanti a me?

Io non bastavo a tutto questo. Per cuore e cultura non bastavo. Ma ero lì e cercavo di capire e di sentire. C'era quell'uomo che tornava dov'era già stato. Quell'uomo – ossa carne e sangue, fede o non fede, padre o no, celeste o no, spirito certamente presentissimo, nel suo tempo ufficialmente poco rilevato – quell'uomo aveva parlato ad alcuni, che avevano parlato ad altri, poi a molti, e a moltissimi.

Adesso tornava e, nell'intervallo, il suo abbrivio aveva creato la nostra vicenda umana, nella quale (quasi) tutti sedevano a tavola, un analfabeta senza un soldo trovava (spesso) un chirurgo pagato per lui, un inquilino batteva in tribunale il padrone del palazzo.

Era lì e tutto era esistito per lui. Dio o non Dio, non c'era alcun dubbio che senza il suo passaggio anch'io, per esempio, non ci sarei stato. Gli dovevo pure qualcosa, e composi il quadro di Alessandro Forte che esisteva, con la sua famiglia, la città e il lavoro grazie al suo passaggio. E pensai anche al suo dolore. Miliardi di omelie e di racconti avevano appiattito, reso scontato e abitudine quel dolore, reso "banale" appunto. Gli avevano piantato chiodi da mezzo chilo nelle ossa. Una volta, per una piccola vite nel polso, avevo penato due mesi con antidolorifici e fisioterapie. Eppure lui era tornato. Era lì davanti a me e per me. Lo guardai, triste e immerso in quel suo vecchio ricordo sporco e deformato. Gesù nel Giordano, con l'acqua nel cavo delle mani.

L'ho confessato prima, il mio eccesso di sentimento. Mi sono lasciato andare, troppo. Farò in modo che non si ripeta.

Si mosse verso la riva. Raccolsi i suoi sandali e gli andai incontro.

Risalimmo il piccolo sentiero. Al limite dell'argine, fra gli arbusti secchi, Gesù si fermò e guardò ancora verso l'acqua. Raggiungemmo la macchina e ripartimmo.

Guidavo verso il lago di Tiberiade. Non mi era difficile interpretare quel silenzio. Era tornato e non aveva più trovato neppure un segno, i ricordi facevano parte di un paese ideale che non esisteva più. Dissi:
«Che disastro eh?... che degrado...».
«Eh sì. Ha marciato forte».
«Sembra che non lo sapessi».
«Lo sapevo. Ma adesso l'ho toccato con mano».
L'uomo espirò e guardò intorno le colline e il deserto, e io, che un po' ormai sapevo interpretarlo, attesi un nome, o un episodio, o una citazione. Che arrivò puntuale.

22

Era giugno e tornavo da Roma con l'Intercity. Avevo una nuova commissione. Il cliente nutriva stima incondizionata. Il prodotto era un biscotto. Mi era stato detto: «Sono buoni, lei li venda, inventi uno spot e una confezione che li facciano consumare a un milione di giovani tutte le mattine». Avevo domandato quale fosse la differenza sostanziale fra un biscotto per giovani e uno per adulti.

«Be', quelli per giovani sono croccanti, per esempio».

Altra domanda: «Ma i giovani mangiano i biscotti?... non mi pare».

«Non li mangiano. È la lacuna da colmare. Lo faccia».

Dunque, comandava la confezione e il contorno, come sempre, come per i detersivi, che erano tutti perfettamente uguali, distribuiti dallo stesso produttore. Era la confezione che cambiava l'impatto, dunque il gusto, e che determinava il successo.

Di primo pomeriggio avevo preso posto sull'anatomica poltroncina della prima classe. Avevo appoggiato la nuca, chiuso gli occhi e cominciato a lavorare. La professione e l'esercizio agivano automaticamente sul meccanismo di ricerca delle immagini. La parte di cellule incaricate si mise in funzione e cominciarono a passare sequenze di jeans, magliette, motorini, locandine horror, mare, scuole, fast food, testate di fumetti, movimenti di ballo, tute, scarpe e palloni. Cercavo un simbolo d'attenzione immediata, che fosse efficace e non scontato.

Ero assopito quando mi accorsi del rallentamento. Il treno era entrato nella stazione di Bologna. Rallentò mentre io tornavo gradatamente vigile e si fermò ponendomi esattamente davanti a un murales che perfezionò il mio stato di coscienza. Lo perfezionò con un pizzico di allarme.

Il graffito rappresentava il volto di un giovane immerso in una gabbia di segmenti colorati, spigolosi e aggressivi. L'impatto era alto e misterioso.

Non era la mia fermata, ma scesi lo stesso.

Guardavo e toccavo l'affresco. Sentii dietro di me chiudersi le porte del treno e poi la lenta partenza. Ma non mi preoccupai perché ero distratto, e coinvolto.

La dimensione era di circa tre metri per due, in orizzontale. Mi misi in prospettiva per avere un insieme favorevole e cercare di cogliere la sensazione fondamentale. Che colsi. Erano gli occhi. Erano l'elemento dominante e si integravano con tutto l'insieme ma anche lo contrastavano. In un contesto di forme aguzze, di forza e impazienza giovanile, c'erano queste iridi rosa, grandi e non cattive.

Comprai una macchina fotografica usa e getta e scattai fino alla fine del rullo.

Rientrai a Milano con il treno successivo.

Una casualità tanto singolare mi convinse a esplorare quella strada. La materia prima forse c'era, si trattava di adattarla ai biscotti, di trovare una connessione. Ma non era il problema principale. La connessione l'avrei trovata. Si trova sempre.

Esaminando le fotografie feci una scoperta che mi era sfuggita dal vivo a Bologna: la firma dell'autore.

Credetti di identificarla nel mezzo dell'affresco, confusa fra altri elementi. Era tutto meno che evidente, ma doveva proprio essere quella: Vilio.

Telefonai a Oreste Rana, un illustratore, un ottimo professionista abbonato a riviste d'arte, frequentatore di mostre.

«Ciao, Oreste, sono Alessandro».

«Forte?».

«Sì».

«Che sorpresa, è da un po' di tempo...».

«Come stai?».

«Così».

«Cosa c'è, non stai bene?».

«Sto benissimo. Parlavo di lavoro».

«Mi dispiace, Oreste».

Esitavo. Una premessa come quella mi creò un po' di imbarazzo. Rana non migliorò la situazione dicendo:

«Hai un lavoro per me, Alessandro?».

«Non proprio, ho bisogno di un favore».

«Peccato. Le tue chiamate sono sempre state positive e concrete. Ma dimmi, cosa posso fare per te?».

«Posso offrirti una cena?».

«Sontuosa?».

«Ricca».

«Va bene».

Eravamo seduti al Paper Moon. Non lo vedevo da tempo ma Oreste aveva il solito aspetto scapigliato. Un intellettuale più deluso che arrabbiato, disinserito. Che noia. Ma ero gentile, naturalmente.

«Oreste, conosci l'ambiente degli artisti di strada?».

«Cosa intendi come artisti di strada... quelli che stanno lì, tutti bianchi, ingessati, o il ballerino di flamenco in corso Vittorio Emanuele?».

«No. Intendo i pittori di murales».

«Ho capito... sì, qualcuno lo conosco».

Cominciammo a mangiare. Dissi:

«Sai che mi incuriosisce quel mondo?».

«Infatti è un mondo curioso».

«Chi sono? Perché lo fanno?».

«Ci sono categorie diverse, anche profondamente. Quasi tutti sono imbrattamuri velleitari, nessun talento, solo vandalismo, alcuni invece sono bravi. Qualcuno è molto bravo. Perché lo fanno? Per molte ragioni. La principale è il solito vecchio discorso di distruggere, inquinare, deturpare ciò che può rappresentare un certo modello di vita borghese».

Scossi il capo.

«C'è ancora in giro gente così?».

«Ma certo, come ci sono sempre in giro gli insoddisfatti, i falliti rancorosi. Ti faccio un esempio. Conosci benissimo il fatto. Qualche mese fa una ventina di questi artisti si sono infiltrati in un corteo di studenti e hanno imbrattato cinquecento metri di muri adiacenti la Scala. Sappiamo bene cosa rappresenti la Scala».

Scossi ancora il capo.

«Ribadisco... davvero ci sono ancora quei fantasmi?».

«Te l'ho detto, gli irriducibili».

«E fra questi ce n'è qualcuno bravo?».

«No. È difficile che un artista davvero bravo abbia voglia di correre dietro a un progetto di quel genere. Ha altre cose. Ha il talento. È meno frustrato degli altri. Ha meno bisogno di distruggere. No, quelli bravi hanno il semplice piacere... l'ambizione, della rappresentazione».

Intervenni.

«Come se la strada fosse una mostra, o un museo...».

«Sì, proprio così. Una mostra con visitatori più credibili dei soliti frequentatori di gallerie. Gente vera. Giovani, poveri, incolti... la strada, appunto».

«Certo».
Mi guardò interessato.
«Ma perché vuoi sapere queste cose?».
«Per uno spot».
«Che prodotto?».
«Biscotti».
«E a cosa pensi?».
«L'idea..., forse, è quella di una trasgressione, ma di qualità. Fare qualcosa di desueto, cambiare, percorrere una strada che non si conosce, senza diffidenze. Ecco, seguire uno di questi artisti. Il suo mondo... Il movimento, il colore, la giovinezza, la trasgressione, appunto. Ma dev'essere qualcosa di assolutamente bello. Deve emergere il talento».
Fece un movimento positivo del capo.
«Vedo, Alessandro, che sei già al lavoro».
«Sì, più o meno».
«Da dove ti è venuto lo spunto?».
«Ero sull'Intercity e si è fermato proprio davanti a un grande murales, molto intenso, molto d'impatto».
«Bello. Sì, lo so che tu lavori in quel modo. Sei riuscito a leggere la firma?».
«Credo fosse Vilio».
Lo sguardo di Oreste Rana reagì come se quel nome fosse una sorta di chiave misteriosa e pericolosa. Un eroe latitante, o un killer delle tenebre.
Dissi:
«Che succede?».
Allora sorrise per stemperare.
«Dove hai visto quel murales?».
«Nella stazione di Bologna».
«Bologna... ma guarda».
«Mi dici, Oreste, cosa sono tutti questi misteri?».
Ci pensò un momento.
«Vedi, quel Vilio, se si tratta di lui, è un bel personaggio. Un mito, direbbe mia figlia».
«Davvero?».

«Certo. Lui ha operato sui più bei muri d'Italia. Da piazza San Marco al bugnato di palazzo Strozzi a Firenze. Ha lasciato la sua firma su una parte del Museo d'arte egiziana di Torino. Soprattutto ha segnato le ville di molti vip della finanza italiana. E così via».

«Ha imbrattato tutta l'Italia».

«Non userei quel termine. Vilio è un artista vero. Del resto tu me lo confermi. Cosa rappresentava quel murales?».

«Il volto di un ragazzo in mezzo a linee colorate... detto in tre parole».

«Sì, può essere lui».

«Ti chiedo ancora perché questa tensione misteriosa, come se parlassimo di uno Zorro brigatista».

Sorrise.

«Non sei così lontano. Vilio è un po' una primula rossa. Ci sono decine di denunce contro di lui. Ci sono anche delle taglie. È bene per lui star nascosto. E infatti non se ne hanno notizie da parecchio tempo».

«Lo conosci?».

«Lo conoscevo, ma vedo che si è rifatto vivo, è tornato in attività».

«Non potrei aver visto un suo vecchio lavoro?».

«No. Sono stati tutti cancellati».

Nel frattempo eravamo arrivati al caffè. Dissi:

«Voglio incontrarlo».

«Anche a me piacerebbe».

«È così difficile?».

«Te l'ho spiegata la situazione».

«Devo incontrarlo».

Oreste fece le sue considerazioni, poi concesse un leggero sorriso di speranza.

«Vedrò cosa posso fare. Ho un'amica che lo ha conosciuto».

Pagai il conto e domandai:

«Allora com'è stata la cena, ricca?».

«È l'aggettivo giusto. Da te non mi aspettavo di meno».

Prima dei saluti gli dissi che nella campagna ci sarebbe stato qualcosa anche per lui. Mi ringraziò e disse che si sarebbe fatto vivo.

Nei giorni successivi disegnai, anche in senso letterale, la sequenza dello spot. Un giovane artista girava nelle vie con gli attrezzi e dipingeva il suo graffito. Poi si faceva portare un bicchiere di latte da una sua collaboratrice, una giovane brasiliana, apriva la confezione di biscotti e se li gustava dopo averli intinti nel latte. La scatola recava, visibilmente, gli stessi motivi del murales.

Oreste Rana non si fece vivo. E io ritenni di non chiamarlo.

Un pomeriggio ero seduto, con tutti i miei foglietti colorati, a un tavolino di un bar di piazza Beccaria. Era il terzo giorno che lavoravo a quel tavolino. Un piccolo rito. Pagai la consumazione, poi mi spostai di due metri e misi la mano sulla spalla di un trentenne biondo, intento a leggere «Repubblica».

«Tu sei Vilio, vero?».

L'uomo mi guardò senza scomporsi. Non parlò, e nemmeno io.

Mi sembrò troppo sicuro e reattivo per dire una banalità come: "Guardi che non so proprio di cosa stia parlando".

A tempo debito atteggiò l'uno per cento di un sorriso, poi disse:

«Dove ho sbagliato?».

«Nei tuoi lavori non hai resistito alla tentazione di rappresentare te stesso. Come quasi tutti gli artisti».

«È evidente che dev'essere così. Cosa mi ha tradito?».

«Gli occhi».

«Certo. Ma ci vuole uno attento, molto esercitato all'immagine».

«Io lo sono».

«Sì, lo so... dai, andiamo via da qui».

Entrammo ai Giardini dal grande cancello di corso Venezia. Camminavamo intorno ai laghetti. Vilio, alla mia destra, cercava di scrutarmi. Sentivo la sua curiosità e anche la diffidenza.

Disse:

«Devo stare attento a non sottovalutarti».

«Non sono tuo nemico».

I suoi occhi erano davvero quelli del dipinto, di un artista sicuro del proprio talento e di un uomo che riesce a fare le cose cui era destinato. Erano buoni, l'ho già detto.

Nell'insieme un tipo interessante.

Dissi:

«Cosa ti ha detto Oreste?».

«Che mi cerchi per un lavoro».

«È vero».

«Perché?».

«Ho visto un tuo dipinto nella stazione di Bologna».

«Anche questo mi ha detto Oreste. Comunque è singolare».

«Ma perché? Io faccio film pubblicitari. Uso gli strumenti necessari. Potrebbe essere lo scatto di un fotografo americano, o un ballerino latino, o una famiglia, oppure un dipinto».

Vilio scosse il capo e sorrise.

«Oreste ti ha detto qualcosa?».

«Poco».

«Ti chiami Forte, vero?».

«Sì».

«Perché non sediamo su questa panchina?».

Sedemmo. Vilio mosse ancora il capo e si preparò a una dichiarazione.

«Hai visto un mio dipinto e mi hai chiamato. Non funziona così, per molti motivi. Te ne dico un paio, importanti. Prima di tutto io ho dei problemi. Non posso agire alla luce del sole...».

«Sì, qualcosa mi è stato detto».

«Inoltre non voglio farlo. Per una ragione semplice. Se ho ben capito, io dovrei prestarmi a qualcosa che in ultima analisi porta alla vendita di un prodotto».

«No, in prima analisi».

Mi guardò incredulo.

«Io odio tutto questo. Lo faccio di mestiere. E odio te. Conosco qualcuno dei tuoi film. Sono patinati, volgari, bugiardi, puzzano terribilmente di business, e di multinazionale».

«È la pubblicità».

«Appunto. E io sono io, Vilio, per combattere tutto questo. Ho scelto di avere dei guai, di nascondermi piuttosto che di far parte di quelle cazzate e adesso arrivi tu per farmi fare della pubblicità».

In un attimo elaborai una strategia. Decisi di non essergli simpatico.

«Ma davvero io sto ascoltando questi discorsi? Sono davvero qui seduto ad ascoltarli?».

Vilio mi guardò molto sorpreso. Doveva aver scarso allenamento alle aggressioni, quelle subite. Continuai con quel tono.

«Business... prodotti multinazionali. Ma davvero esci dalla latitanza per raccontarmi queste fesserie? Non faccio più questi dibattiti dai tempi dell'università. E adesso arrivi tu... ma sei proprio, sei proprio uno di quelli? Ancora?».

«Sì, sono uno di quelli. Ancora!».

«Le conosco le tue rivendicazioni. A tempo debito sono state anche le mie. Ho quindici anni più di te, allora avevo l'età giusta, c'ero dentro. Ma adesso lavoro. Le cose stanno così. Ci sono io che lavoro e ci sei tu con la tua politica di vita. Ognuno fa quello che crede. E con questo non intendo aggiungere una sola parola sull'argomento».

Il tono doveva aver funzionato. Per la prima volta Vilio sorrise senza allarmi e pregiudizi. Sorrise normale e rilassato.

«Sei un bel tipo. Mi sgridi e credi di ottenere un risultato. Sai quanti ne ho sentiti?».

«Tanti, immagino».

«Io non lavorerò mai per te».

«Ecco, così va bene. Senza tanti contorni».

Feci una diversione improvvisa.

«Vilio, conosci Marinoni?».

Lo avevo sorpreso un'altra volta, anche se il deterrente agì velocemente e ricompose l'espressione.

«Sì, lo conosco».

«Qualche volta ho lavorato con lui. È un ottimo artista. In quegli anni dipingeva sui muri Gianni Agnelli, con un impermeabile grigio, che aspettava un treno seduto su una panchina della stazione. Altri disegnavano Agnelli tra le fiamme dell'inferno. Marinoni era più efficace, perché oltre a essere più bravo era meno emotivo, ed era reale».

«Già e poi è finito a lavorare per te».

«Non ha meno dignità di allora».

«È uno stronzo».

«Non lo è. Lavora e ha una bella famiglia».

«Certo, certo... ma quanto siamo noiosi, Forte, e grotteschi».

«Sì, forse hai ragione».

«Per curiosità, Forte, dimmi cosa avevi in mente».

«Avrei voluto conoscerti, seguirti nel tuo lavoro. Pedinarti, documentare. Mi avresti fatto i disegni mirati. Poi avrei tirato le somme, raccolto il materiale, scritto la sceneggiatura definitiva. E poi il film».

«No».

«Appunto».

«Però mi fa piacere averti conosciuto».

Si alzò, e anch'io. Ci stringemmo la mano. Lo guardai allontanarsi, dinoccolato e con quella sua arroganza perdonabile.

Dunque azzerai tutto e ricominciai a ragionare sulla campagna. “Ci saranno altri artisti” pensavo. Era un peccato, però.

Una sera uscii tardi dallo studio. Era buio ed ero stanco. Non avevo mangiato e l’umore non era buono. In strada mi si avvicinò un ragazzo poco elegante. Istintivamente misi la mano in tasca in cerca di una moneta, poi lo guardai meglio e la tolsi.

Disse:

«Signor Forte?».

«Chi sei?».

«Un collaboratore di Vilio».

Guardai in giro.

«Davvero?».

«Vilio la sta aspettando».

«Perché?».

«Non è interessato?».

Sbuffai con un minimo di educazione.

«Sono molto stanco».

Alzò una mano e indicò.

«È là, su quel furgone».

Annuii.

«Va bene, andiamo».

Il ragazzo mi aprì la portiera posteriore ed entrai. Vilio mi sorrise dal sedile davanti. Domandò:

«Sei sorpreso?».

«No».

«Vuoi dire che ti aspettavi qualcosa del genere?».

«Ero certo che ti saresti rifatto vivo».

Fece un segno e il guidatore mise in moto.

«Perché ne eri certo?».

«Perché ti avevo proposto qualcosa di irresistibile per un ego come il tuo. Cosa ci avresti perso ad accettare? Potevi sempre tirarti indietro. Nel frattempo avresti giocato dando tu le carte. Essendo lusingato e importante».

«Infatti, non ci perdo niente. Conosci l’animo umano, Alessandro. Bravo».

Feci un cenno con il capo come a ringraziarlo del complimento. Domandai:

«Adesso cosa succede?».

«Volevi pedinare, documentare, vederci al lavoro? Ecco dunque».

«Bene, e dove andiamo?».

«A dipingere. Naturalmente».

Erano quasi le undici. In corso Buenos Aires girammo a destra in via Vitruvio. Mi parve che gli artisti cominciassero a essere guardinghi.

«Dove andiamo?» domandai.

Rispose Vilio:

«Non manca molto».

La via finisce nel grande piazzale della Stazione Centrale. Ci arrivammo. La piazza brulicava del solito popolo della notte: stranieri, qualche travestito, qualche poveraccio con una bottiglia di birra in mano. Parcheggiammo in una piccola via adiacente. Scendemmo. Il mio vicino aprì il bagagliaio e cominciò a tirare fuori gli strumenti da lavoro. Barattoli di vernice, bombolette di colori, grandi pennelli, stracci. Trasse anche una piccola telecamera. Disse: «È una Sony digitale». Risposi che andava bene. Richiusa la macchina, i tre artisti si girarono nella stessa direzione e guardarono in alto. Allora capii. Si trattava del grattacielo Pirelli, il cosiddetto Pirellone, sede della Regione Lombardia. Nientemeno.

Vilio disse:

«Sappiamo dove passare. Se ci vuoi riprendere bisognerà che tu corra qualche rischio insieme a noi. Oppure te ne starai lontano da bravo spettatore, passivo».

Non ero entusiasta di quel gioco. Nascondermi nella notte, giocare al palo non era il mio genere. Ma la definizione "spettatore passivo" quasi mi offendeva. E Vilio probabilmente lo aveva capito. Dissi:

«Vengo».

«Sai come si usa la telecamera?».

«Sì».

Ci incamminammo. Vilio davanti, io ultimo.

Il palazzo è completamente circondato da una cancellata e naturalmente era sorvegliato.

Ma Vilio procedeva sicuro, secondo un piano preciso. Aggirammo il grattacielo e ci trovammo davanti a un cancello. L'artista lo aprì. Dunque il piano prevedeva anche un complice interno. Arrivammo al fianco sinistro del palazzo. Ottima postazione, deserta, quasi tranquilla. Gli assistenti prepararono il materiale. Uno aprì i barattoli, immerse il grande pennello nel bianco e cominciò a preparare il fondo. L'altro sceglieva le bombole spray. Vilio toccava, accarezzava la superficie. Erano rapidi e organizzati. Il fondo era preparato. Vilio cominciò a farsi passare i colori. Io, defilato, riprendevo. Vilio era magnifico, il disegno si formava in velocità, carico e quasi fluorescente nel buio. Vilio disse: «Fatto». In pochi secondi il materiale fu raccolto. Silenziosi, di buon passo, percorremmo a ritroso il cammino. Riattraversammo la piazza. Eravamo in macchina. Tutto in venti minuti.

Il giorno dopo, alle due, con la luce ideale, Vilio e io passammo da quelle parti. Il disegno esplodeva letteralmente. Rappresentava un volto con i soliti occhi, e intorno un intreccio di linee e motivi curvi, mattoni rossi *trompe-l'œil*, punte e scritte in nessuna lingua. La sensazione che suscitava era quella di una grande oppressione. Tre ragazzi lo stavano guardando dalla parte esterna della cancellata. All'interno un gruppetto di persone, presumibilmente della Regione, stava studiando la situazione. Dissi:

«È proprio bello. Sei davvero un artista particolare. Sai rappresentare con due tratti».

Vilio sembrava non ascoltarmi. Guardava la sua opera, assorto. Comprensibilmente.

Camminando verso il Corso parlò:
«Hai avuto la sensazione del vandalismo?».
«No».
«Quel muro ti è sembrata una buona scelta?».
«Capisco la metafora. La Regione significa politica e tutto quello che sappiamo. Mi dispiace per Giò Ponti».
Vilio ghignò.
«Era un trombone».
«Era un grande architetto. Ed è un grande palazzo».
«In tal caso ci sarà più grancassa, scandalo».
Annuii.
«Già».
«Mi sembri scontento».
«Mi dispiace un po'. Un'opera contaminata. Ho detto contaminata, non ho parlato di vandalismo. Capisco che se ci deve essere un murales, ci deve essere un muro sul quale farlo».
Disse:
«Domani facciamo un altro lavoro. Vuoi venire?»
«Perché no? Dove andate?».
«In via Sirtori, e via Malpighi».
Ragionai brevemente.
«Il palazzo liberty».
«Proprio quello».
«Ma è già tutto affrescato... splendidamente. È sui libri di architettura».
«Appunto».
«No».
«Sì, invece».
«Non fatelo. A cosa serve?».
«A cosa serve? Mi chiedi ancora a cosa serve? Allora vuoi venire?».
«Sì».

Questa volta la mia complicità fu minore. Ero seduto al tavolino di un pub a una cinquantina di metri e assistevo alla solita operazione organizzata. C'era una complicazione, l'altezza. Gli affreschi erano al primo piano. Occorrevano delle scale. Ma gli artisti non si scoraggiano. Il solito perfetto lavoro a catena. Il palazzo non era abitato di notte. Erano le due, solo pochi passanti incuriositi dalle scale e dal movimento sostarono brevemente a guardare quei pazzi al lavoro. Il gruppo non venne disturbato.

Il giorno dopo, all'ora favorevole, tornai a guardare il palazzo liberty. Vilio aveva fatto tre disegni, speculari alle figure dell'affresco. A fronte di accademiche fanciulle che coglievano grappoli d'uva, ecco la solita violenza sociale di Vilio.

Ero infastidito. Mi apparteneva sempre meno quell'iniziativa. Alla fine si trattava di forti colpi di colore che inquinavano qualcosa di importante e tradizionale, patrimonio, grande o piccolo, comunque autentico, della città. E poco valeva che il murales fosse portatore di un suo significato, e anche di una sua certa qualità. Mi ero tanto arrabbiato per la sporca contaminazione Va-porella Va-pensiero e adesso ero complice di qualcosa di peggiore.

Tecnicamente, come spunto, invece, continuavo a pensare che l'idea fosse pubblicitariamente buona.

Un pomeriggio, appena uscito dallo studio, Vilio mi si affiancò.

«Come stai?» domandò.

«Come mai sei uscito dal nascondiglio?».

«Non mi aspettavi?».

«No. Pensavo che avessimo finito».

«Non vogliamo fare una delle nostre chiacchierate seduti al solito caffè? Offro io».

«Perché no?».

Seduti al caffè, disse:

«Sai che mi hai stimolato?».
«Non so se mi fa piacere».
«Ormai ti vedo come una specie di nemico interlocutore. Penso: "Se faccio questo, cosa ne dirà Alessandro?"».
«Non darmi queste responsabilità».
Aveva ordinato un tè freddo, stava sorseggiando, e pensando.
«Abbiamo fatto un sopralluogo».
«Davvero?».
«Con grande attenzione».
«Dove?».
«A Santa Maria delle Grazie».
Non trovai immediatamente la battuta di rimando. Non c'era da scherzare. Poi dissi:
«Parli del Cenacolo?».
«Sì».
Si divertiva.
«Sarebbe fantastico, non credi?».
«E quale sarebbe la giustificazione di lotta? Leonardo è accettato anche dai cinesi, anche da Castro».
«Le tue solite cazzate... la giustificazione si trova».
«Non mi chiederai di presenziare?».
«Perché no? Non sarebbe eccitante? E pensa che bello spot pubblicitario. Che spinta per un prodotto».
Dissi:
«Vilio, ricordi il tempio di Artemide a Efeso? Era il più bello dell'antichità, più del Partenone.
«Lo so».
«Nel 356 avanti Cristo un tale lo incendiò. Solo per avere un posto nella storia. Gli efesini lo condannarono a morte e decretarono che quel nome venisse cancellato da tutto. Anche in seguito le fonti cercarono di non citarlo».
«E tu lo conosci quel nome?».
«Sì».
«Qual è?».

«Non te lo dico. Nel mio piccolo voglio boicottare quell'imbecille».

«Si chiamava Erostrato. Ed era un grande. Io sto dalla sua parte».

«Stai dalla sua e non dalla parte di Leonardo?».

«Ma puoi tranquillizzarti, non si può fare».

«Un vero peccato per voi, un'occasione perduta».

Vilio pagò il conto.

«Non mi sembri bendisposto come al solito».

«È stato faticoso seguirvi».

«Sì, per forza».

Ci stavamo salutando. Disse:

«Il tuo progetto è sempre in piedi?».

«Sì».

«Magari fra qualche giorno mi rifaccio vivo».

Si rifece vivo, al telefono. Ci demmo appuntamento al caffè del nostro primo incontro.

Disse:

«Questa notte operiamo».

«Dove?».

«A cinquanta metri da qui».

Indicò l'imbocco di corso Vittorio Emanuele.

Seguii con lo sguardo l'indicazione e capii.

«Le Jaguar».

«Già».

Il Corso ospitava una mostra di Jaguar. Da piazza San Babila, verso il Duomo, in ordine cronologico di produzione, per un centinaio di metri, erano esposte quindici macchine storiche, lucide ed eroiche. Su una piattaforma di legno, protette da una piccola corda di seta.

«E in cosa consisterà la performance?».

«Un intervento sulla carrozzeria, naturalmente. La Jaguar, che simbolo... non ti sembra logico?».

«Dal tuo punto di vista. Dal mio mi sembra... un delitto».

«È naturale che per te lo sia... mi costringi a ripetermi».

«Vilio, tu sei un uomo intelligente, sei artista, come tale sei un esteta. Non ti disturba rovinare una cosa tanto bella...?».

Sorrise con opportuna ironia.

«Ogni conquista ha le sue vittime. In questo caso, belle macchine. Certo che disturba. Ma è un sacrificio che va fatto».

Quando mi domandò se sarei stato dei loro, stavo per dire di no, ma poi ci ripensai. Una parte di responsabilità continuavo a sentirmela. E mi sembrava di tradire me stesso sottraendomi. Evocai ancora il padrone del vecchio cane malato, che manda un altro a sopprimerlo.

Alle due del mattino il commando si dispose in tre punti. Vilio a metà dell'esposizione, il primo aiutante all'inizio in piazza San Babila, il secondo in fondo verso il Duomo. Io assistevo da dietro una colonna del porticato, all'altezza del cinema Astra. In tutto il Corso vedevo, lontano, un solo abitante della notte, un vecchio pieno di sacchetti, certamente poco pericoloso.

Il blitz scattò.

L'arma era solo una, lo spray. Ciascun artista aveva una bomboletta per mano e altre in uno zaino aperto, come in una faretra. Erano veloci ed efficienti. Al solito.

Vidi le macchine attaccate dai colori, umiliate. Vidi una regale Sovereign del millenovecentoquaranta da nera diventare a strisce bianche e gialle, con una spirale rossa sul radiatore d'argento. Vidi in fondo, alla mia destra, il più recente modello coupé imbrattato senza un progetto cromatico: il secondo assistente non aveva il talento di Vilio. Ma soprattutto fui testimone, a cinque metri da me, dell'assassinio della Jaguar E type, manifesto dell'auto sportiva di ogni tempo, la macchina di Diabolik, la più bella icona della mia generazione di adolescenti.

Non solo fu deturpata, Vilio ci aggiunse della cattiveria, la sfregiò sulle fiancate con un grande chiodo. Guardavo, e sentivo quel rumore. Era dolore. Come se la punta del chiodo mi graffiasse il fegato.

Rientrai a casa, con il primo chiaro, provatissimo.

Quella storia cominciava a costarmi cara. Mi sentivo responsabile dei brutti vespai sollevati. E non riuscivo a trovare contrappesi positivi a quei palazzi e a quelle macchine rovinate. Avevo visto un graffito e avevo dato nuovo impulso a motivazioni sopite. Vilio se ne sarebbe rimasto tranquillo, in letargo nella sua tana. E io avrei trovato un'altra idea.

Ci pensarono i telegiornali ad affondare il coltello. La bravata delle Jaguar trovò ampio spazio sia nelle cronache regionali sia in quelle nazionali. Vilio ne usciva come personaggio-notizia, non era un eroe e non era un vandalo. Ci stavano condanna e ammiccamento, garantismo e giustificazione. Come sempre, come in tutto.

Quello stesso pomeriggio, la mia segretaria mi avvertì che c'era una persona in attesa per me.

«Chi è?».

«Il signor Graffiti».

Risi fra me.

«Fallo entrare».

Fu come se vedessi Vilio sotto una diversa luce. Per cominciare era insolita la sua visita. Il venire nel mio studio, per uno come lui, doveva certamente avere un significato forte. E anche quel suo atteggiamento educato, diciamo così.

«Come mai qui?».

«Forse era tempo. Ci siamo via via conosciuti meglio, fa parte dell'evoluzione del rapporto».

«Sei su tutti i giornali».
«Sì».
«Le opinioni sono contrastanti».
«Come sempre. E la tua qual è, a questo punto?».
Decisi per la verità, gestita da un opportuno tono che sdrammatizzasse.
«Vorrei non aver visto il tuo graffito».
«Allora sono un cattivo».
«Sai bene che non esistete voi cattivi. Ormai siete garantiti, qualunque cosa facciate. Troveresti chi ti approverebbe anche se distruggessi il Cenacolo».
Sedette sulla poltroncina davanti alla scrivania. Disse:
«In questi giorni ho pensato. Forse non sono quel grande eroe che credevo».
Naturalmente quella frase mi colpì. Non gliel'avrei mai attribuita, per lo meno così, senza lotta. Continuò:
«Non voglio fare autocoscienza, rivedere la mia vita, vengo subito al dunque. Cosa ne dici se instaurassimo un rapporto di lavoro?».
Lo guardai con molta attenzione.
«Che fai?» dissi. «Abiuri?».
«No, cedo. Mi arrendo».
Prima di ribattere dovevo pensarci bene. Poteva anche essere una provocazione, o un trucco dialettico. Dissi:
«Non può che farmi piacere. Ma fammi capire... staresti alle regole? Accetti le mie indicazioni, sei disposto a vederti bocciare qualcosa, a rifare tutto?».
«Una volta che l'ho deciso».
«Vorrebbe dire che esci allo scoperto. Come la mettiamo coi tuoi guai?».
«Potrei affrontarli».
«Ne verrebbe compromesso il tuo alone di Zorro dei murales. Così sei unico, dopo saresti uno dei tanti benestanti prezzolati».

«Hai cercato di incoraggiarmi quando non ne avevo voglia, adesso fai marcia indietro?».
«Ma no».

Cominciai a dargli le indicazioni. Difese anche alcuni suoi punti di vista, legittimamente, senza rabbia o ideologia. Disse che avrebbe preparato qualche disegno, voleva un paio di giorni di tempo. Lo avevo visto all'opera, due giorni mi sembravano un'enormità. Rispose:
«Voglio fare le cose bene, prendermi il giusto tempo. Dovresti apprezzare».
Prima di separarci disse:
«Fra due giorni facciamo un'altra performance».
Lo guardai come se qualcosa non funzionasse.
«Perché?».
«Perché sono io, perché è il mio lavoro».
«Pensavo che il tuo lavoro adesso fosse un altro».
«Hai comprato i miei disegni. Rimango Vilio, l'artista».
«E dove la fate... la performance?».
«Sulle porte del Duomo».
«Ma siete matti?».
«Sarà una specie di esclusiva. Mai fatto un graffito su una superficie così».
«Ma sono gioielli, è un rilievo bellissimo. La gente si ferma davanti a pregare... è il nostro Duomo».
«Appunto, un'esclusiva».
Ero davvero arrabbiato.
«Non fatelo. Andate da un'altra parte».
«Vuoi venire a riprenderci?».
Era una domanda inutile, ed eccessiva. Ero sempre più arrabbiato.
«Te lo dico ancora: non fatelo».
«È deciso».
Mi salutò toccandomi un braccio. Fece tre passi, poi tornò indietro.

«Forte, te l'ho detto, sono Vilio, lavorerò per te, ma non sono un pentito».

Prima di andare in studio avevo qualcosa da fare. Percorsi il fianco sinistro del Duomo e arrivai in piazza. Camminavo lentamente lungo la facciata. Come sempre, nei giorni non festivi, una sola delle cinque porte era aperta. Ma quella volta non vi entrai. Mi interessavano quelle chiuse. Mi portai davanti alla porta di sinistra, opera recente, dello scultore Minguzzi. Poi indugiai davanti alle altre. Migliaia di figure bronzee che rappresentavano storie dei due Testamenti. Mi fermai davanti alla porta di destra, con le solite figure di bronzo sbiadito dal tempo. E vidi quella piccola testa d'angelo, che risaltava lucida, toccata dalle mani di milioni di fedeli da centinaia di anni, e dalle mani di mia madre.

Andai in studio di pessimo umore.

Due giorni dopo, guardando i telegiornali del mattino seppi che Vilio, il famoso graffitaro che teneva da tanto tempo in scacco le forze dell'ordine, era stato colto sul fatto da una pattuglia della polizia ed era stato arrestato. Con lui due suoi complici, se così potevano essere chiamati. I vandali sedicenti artisti si apprestavano a deturpare le porte del Duomo. Quel telegiornale non stava dalla parte degli artisti.

Un lunedì mattina facevo colazione seduto all'ormai storico bar di piazza Beccaria e Vilio mi si sedette vicino. Disse:

«Sono contento di rivederti. E tu?».

«Sono contento di vederti in giro».

«Ho un buon avvocato. Come saprai il mio è diventato un caso importante, tanti riflettori, porta pubblicità... ho detto pubblicità, parola chiave. Sono in attesa di giudizio. Ma sono tranquillo, i miei sono delitti veniali, come dicevi anche tu».

«Appunto».

«Ma io sono qui soprattutto per avere una conferma. Lo so che sei stato tu ad avvertire la polizia quella notte. Dunque ti chiedo di dirmelo di persona. Sarei contento di sentirtelo dire».

«Sono stato io».

Annuì con una certa, soddisfatta amarezza.

«Voglio farti un'altra domanda. Se non ti avessi chiesto di farmi lavorare, insomma, se fossi rimasto l'artista trasgressivo, l'eroe della notte..., se fossi rimasto coerente... avresti avvertito la polizia?».

«No».

«Lo credo. È per questo che resisterò alla tentazione di ricorrere alle mie peggiori frequentazioni e farti rompere qualche osso».

Non commentai. Continuò:

«Suppongo che uno come te, specialista delle sintesi, avrà una morale da trarre».

«Non è quella che mi interessa... mi ha ripugnato fare quella telefonata. Ma era per una buona causa. Non avevo scelta. E poi tu sei artista, e sei bravo, e devi stare più attento degli altri».

Dopo una dichiarazione come quella, alzarmi e andarmene sarebbe stata un'uscita esagerata. Così aspettai che fosse Vilio ad alzarsi e ad andarsene.

23

Guidavo verso Tiberiade. Il Gesù disse:

«È per tua madre, vero?».

«Come?».

«Lei aveva toccato i rilievi di quella porta migliaia di volte. È quella la ragione della tua... delazione?».

«Può darsi. È troppo debole... troppo privata?».

Si limitò a sorridere. Poi disse:

«Quel Vilio è molto rappresentativo. Ne ha fatti di danni».

A un centinaio di metri apparve qualcuno. Era un frate sul ciglio della strada. Faceva l'autostop. Il mio compagno disse:

«È un francescano».

«Lo faccio salire».

Fermai davanti al frate. Gli feci segno di salire. Disse grazie e salì. Chiuse la portiera e subito mi disse:

«Che il Signore sia con te».

Fu allora che il mio passeggero si girò verso di lui e gli sorrise. Il francescano non rispose. Rilevai, attraverso il retrovisore, una sua grande attenzione, e un certo sconcerto, forse una piccola paura. Faticai a non ridere. Il Signore era davvero con me.

Dopo qualche minuto il frate parlò:

«Non ho detto il mio nome: Giuseppe... potrei scendere?».

Ero perplesso.

«Vorrebbe scendere? Mancano chilometri a Tiberiade».

«Lo so. Ma... non mi farà male un po' di penitenza».

Fermai e lo salutai prima che scendesse. Anche il mio passeggero lo salutò. Ripartii. Avevo percorso qualche centinaio di metri. Il frate era sempre là. Immobile. Dissi:

«Lo hai spaventato».

24

L'*affaire* Ginevra Santi capitò in un momento professionale poco felice. Uscivo da un quasi-fallimento. Il quasi significa che per pagare i debiti e non fallire, appunto, avevo dato fondo a tutto ciò che avevo. E la depressione economica aveva naturalmente inciso sul rapporto familiare. Mia moglie mi aveva accusato, ed era la prima volta che entrava nel merito del mio lavoro, di essere stato imprudente e incosciente, di aver messo a repentaglio la sicurezza della famiglia e aver fatto pagare ad altri ambizione e velleità inopportune. Avevo insistito nel voler fare l'imprenditore, senza esserne capace.

Tutto vero.

Il tentativo imprenditoriale significava la produzione in proprio di alcuni spot pubblicitari. In sostanza, diventavo un'agenzia e mi prendevo carico dei costi di produzione. Avevo realizzato tre filmati e alla fine, fatti i conti, avevo perso centocinquantamila euro.

Se non fossi stato in difficoltà, non avrei accettato quel nuovo lavoro.

Ho già avuto modo di dire che il mio istinto mi ha quasi sempre ingannato. Ma quella volta avrei dovuto seguirlo.

Tra i miei pregiudizi c'è l'eccessiva eleganza. Ritengo che il tempo e l'attenzione nel vestirsi siano immensamente proporzionali allo spessore e all'intelligenza. Parlo di uomini. Non ho mai avuto amici che potessero definirsi raffinati.

L'architetto Giulio Rotondi, armaniano, padre di tutte le firme, era lindo come un manifesto sul metano. Il solito ventinovenne eroe del perfetto prodotto.

Mi aveva dato appuntamento all'hotel Grand Milan una mattina, alle otto.

Prima di affrontare l'argomento ordinò una colazione completa.

Domandai:

«Posso chiederle come siete arrivati a me?».

«Non attraverso qualcuno o per un'indicazione precisa... ci siamo informati».

«È un pochino misterioso».

«Sì, immagino di sì. E le chiedo scusa».

«Lei dice "ci" siamo informati. Chi siete?».

«Devo ancora chiederle scusa se dovrò andare per gradi anche in questo senso».

Se fosse stata una situazione meno sfavorevole, se avessi avuto più margini, avrei risposto a quella prassi con qualche battuta fulminante costringendo l'interlocutore a un cambiamento di rotta oppure a una rottura immediata. Ma sapevo che avrei comunque dovuto accettare il lavoro e quindi dovevo mostrarmi meno spinoso e curioso. Così dissi semplicemente: «Capisco».

«Dottor Forte, verrò subito al dunque. Immagino che lei conosca, almeno di fama, Ginevra Santi».

«Certamente. Chi non la conosce?».

Giulio Rotondi fece un sorriso che voleva avere una precisa, mirata intenzione.

«Appunto. Chi non la conosce?».

Si trattava proprio del celeberrimo personaggio televisivo.

Ginevra Santi, detta semplicemente Ginevra, come le regine e le chiromanti, era uno dei divi di maggior gradimento della televisione. La sua popolarità veniva, diciamo, da una combinazione di talenti. Sapeva leggere una mano prevedendo gli immancabili rosei futuri, sapeva anche ballare e cantare nei limiti della sufficienza risicata. E con una precisa, istintiva misura, inseriva battute sulla vita e sulla società, e sulla politica, con didascalie desunte da una filosofia povera, arciqualunquista, dunque perfetta per il popolo del piccolo schermo. Ma, si sa, il successo televisivo non significa necessariamente qualità. Anzi.

Rotondi riprese:

«Cosa pensa di lei?».

Era talmente sentita la mia risposta che non seppi porre mediazioni.

«La detesto».

«Sì, immagino. Lei non è certo il fan ideale di Ginevra... come non lo sono io, beninteso. Ma credo di poter dire che lei non sarà neppure un fedele consumatore dei prodotti che ha lanciato con i suoi filmati pubblicitari».

«Vero, sono poco fedele ai consumi».

«Appunto. Il nodo è proprio questo. Il mio non era un paradosso. Lei dovrebbe lavorare sul prodotto Ginevra».

«Capisco. Non ricordo di quali marche Ginevra sia testimone».

«Le dirò, Forte, che non le ricordo nemmeno io, ma non è uno spot che le si chiederebbe».

«No?».

«Lo dirò in termini chiari, lei dovrà accudirla, starle dietro, farle da suggeritore».

«Pigmalione».

«Non proprio, Ginevra basta perfettamente a se stessa come organizzatrice della propria immagine. C'è solo che... che è...».

«Ignorante».

Rotondi mi parve grato per avergli evitato il piccolo imbarazzo.

«Sì».
Aggiunsi:
«Ignorante senza saperlo, che è una bella complicazione in più. Nessuna autocritica. Stesso linguaggio e stessi concetti con parrucchieri, divi del cinema, scrittori, politici, papa...».
Rotondi fece un cenno compiaciuto.
«Vedo, dottor Forte, che non ci siamo sbagliati. Lei è certamente l'uomo per questo incarico».
«Mi creda, Rotondi, non è così difficile. Quasi tutte le colleghe di questa signora sono come lei. Mi ricordo che durante una trasmissione disse la parola *olocasto*, senza la u, una dozzina di volte».
«Quattordici volte. Ecco, l'esempio calza perfettamente».
Il ghiaccio era rotto, la colazione onorata, i concetti prendevano forma. E in ogni caso avevo deciso di accettare l'incarico.
Disse:
«Lei dovrà darle lo spessore che le manca. Parlo di informazioni generali, di cultura..., i libri, i film, i fatti salienti e attuali della politica, l'attualità... prepararla a interloquire con gente di qualità, appunto».
«Mi sembra più il lavoro di un giornalista, o di uno scrittore».
«Occorrono delle istantanee veloci. Selezione e sintesi immediate. Suggerimenti più che editoriali. Un giornalista chiacchiererebbe troppo, si incarterebbe. Uno scrittore peggio ancora. Ribadisco che Ginevra, una volta intuito il tema, sa poi svolgerlo a modo suo, è furba, è...».
«Puttanesca».
Annuì ancora.
«Sì, bravo».
L'architetto bevve un ultimo sorso di spremuta d'arancia, poi disse:

«Siamo entrambi architetti. È fuori luogo darci del tu?».

«No, non lo è».

«Benissimo».

«Allora, Alessandro. Capisco che non tutto può essere deciso a questo tavolo. Devi incontrare Ginevra e capire se la vostra chimica è compatibile. Non c'è altro modo».

«Sì. Hai ragione».

«In questa busta ci sono numeri e indirizzi. Dopo che vi sarete visti, chiamami. Ginevra farà altrettanto. Ma credo proprio che andrete d'accordo».

«E perché no?».

La villa romana di Ginevra Santi, alla Camilluccia, era assolutamente perfetta-per-diva. Due alani si aggiravano fra betulle e azalee, l'elemento centrale del giardino era una fontana con ninfee bordata da riproduzioni di statue classiche.

Fui introdotto a Ginevra da un cameriere nero con una livrea che ricordava Gioacchino Murat. La donna era seduta su un divano rosa al centro di un soggiorno dominato da un pianoforte e da una palma che nasceva dal pavimento. Intorno c'erano riproduzioni, manifesti, quadri, con un unico soggetto: Ginevra. Sulla parete più grande campeggiava un solo, immenso olio che rappresentava la diva seduta su una sorta di trono, in abito e in ambiente malamente vittoriano.

Mi sorrise e mi tese la mano. Indossava jeans e camicetta arancione. Poco sopra i quaranta, occhi nocciola gradevolmente febbrili, solite labbra turgide per chirurgia e sorriso automaticamente seduttivo. Sullo schermo appariva più o meno così. Per come mi aveva teso la mano mi sembrò appropriato baciargliela.

«Alessandro Forte».

«Ginevra».

«È un vero piacere».
«Siedi qui vicino a me».
Sedetti. Mi toccò una mano.
«Scorpione?».
«Ariete».
«Scapolo?».
«Sposato».
Fece un'espressione sapiente.
«Avevo capito tutto».
«Certamente».
Suonò un piccolo campanello dorato.
«Alessandro, bevi qualcosa?».
«No, grazie».
Arrivò Gioacchino Murat che ricevette l'ordine di preparare il tè. Ginevra sciolse le gambe e divenne più diretta.
«Mi dicono che sei molto bravo».
«Mi fa piacere».
«Vorresti collaborare con Ginevra?».
«Con Ginevra?... naturalmente».
Mi riprese la mano.
«Sento un po' di diffidenza».
«Forse è solo imbarazzo. Lei...».
«Tu».
«Sei un personaggio molto importante».
«Ginevra è una donna come tutte le altre».
«Sì, capisco».
Si alzò e andò a toccare una foglia della palma:
«Vedi, Alessandro, Ginevra dà molto di se stessa. E il suo pubblico lo sente. Le piace far felice la gente, risolvere i suoi problemi. Guidarla. Ha avuto questo dono e lo offre agli altri. Ma vorrebbe fare ancora di più. Cose più importanti... i libri da leggere, le scelte da fare, come votare, che scuole preferire... Ginevra ha una precisa responsabilità, nei confronti degli italiani...».
Cominciavo a essere seriamente imbarazzato. E

non sapevo cosa dire, e con quali parole. Me la cavai così:

«Mi sembra un ottimo progetto. Molto impegnativo».

«Ginevra non si tira indietro di fronte a niente».

Relazionai l'architetto Rotondi.

«Tremila anni di civiltà, guerre, rivoluzioni e libri. Tutto superfluo, visto che ci sono le verità di Ginevra. Seguiamola e tutto sarà risolto».

Rotondi rise di gusto, poi cercò le parole.

«Non ti ho mai detto che sarebbe stato agevole».

«Voglio parlarti chiaro..., Giulio. Accetterò questo lavoro, perché ne sono costretto. Come certamente saprai, esco da una brutta esperienza».

«Sì, lo so».

«Mi vuoi dire che cosa rappresenti in questo affare?».

«È molto semplice, rappresento Ginevra Santi».

Seguirono "lezioni" di attualità e di cultura spicciola: le davo informazioni e definizioni cercando di non avere pregiudizi, le spiegavo le solite due, normali, opposte prospettive che riguardano le cose. Le tendenze dei giornali, i processi, le istituzioni. Ascoltava.

Le lezioni venivano applicate. Ai vari argomenti. Tutti notarono il salto di qualità. Alessandro Forte funzionava.

I miei suggerimenti venivano filtrati da una sua istintiva furbizia e da un consolidato mestiere. Inseriva certe mie espressioni, che l'avevano evidentemente colpita, nel suo stile generale e nelle sue opinioni. Solo in assenza di opinioni adottava le mie. Diciamo che quasi sempre io le... lucidavo il linguaggio. Seguirono ospiti e trasmissioni. Facevo il mio lavoro. Ginevra mi ascoltava, poi parlava al popolo.

Una volta ebbe ospite un frate televisivo. I due avevano attitudini comuni, si capivano. Fu quando la diva non rinunciò a svelare la propria teoria sull'esistenza di Dio. Riassunse venti secoli di pensiero e quindici milioni di testi. «Come si può» disse «dubitare dell'esistenza di nostro Signore? Le prove? I profumi, la perfezione dei fiocchi di neve, gli uccellini che cantano, l'armonia delle stelle, il miracolo della vita, l'amore che tutto regola...».

Non commentavo mai, continuavo le mie lezioni private. Avevo bisogno di soldi. Produco alcuni stralci in sintesi. Perle autentiche. Farina del suo sacco.

«Un onorevole che fa un errore può anche pensare di cambiare schieramento, per riparare all'errore. La coerenza è la qualità degli imbecilli».

Disse anche la sua sui pentiti: «Chi si pente merita sempre rispetto. È una redenzione. Io credo ai pentimenti sinceri».

Si pronunciò sulla magistratura.

«I giudici sono troppo criticati. Alcuni sono miei amici, sono persone deliziose. A volte possono sbagliare perché sono esseri umani. Ma non succede quasi mai. Chiedo a te, fans di Ginevra: i giudici sono forse venuti a interrogare te, o i tuoi parenti, o i tuoi amici? Non credo proprio, perché tu sei innocente».

Lavoravo. Venivo pagato. Ma lo scoramento, definiamolo così, montava.

Nel programma di lezioni non potevano mancare i "territori".

Le nozioni di Ginevra erano naturalmente una cascata di luoghi comuni, figli dei titoli dei TG. Come sempre possedeva qualche informazione sul particolare, ma le sfuggiva il contesto generale. Sempre le sfuggiva la Storia. Così disse:

«Ma non si può proprio far niente per Israele e la Palestina?».

Le risposi che ci provavano da tanto tempo.

«Penso – disse – a quei matrimoni infelici, dove litigano sempre. Poi magari arriva una voce esterna, obiettiva, e come per miracolo fanno la pace».

«Ce ne sono state di voci esterne, anche molto obiettive, e qualificate. Del presidente degli Stati Uniti, per esempio».

«Sì, ma è sempre uno del giro. Parlavo di un estraneo vero».

«Parlavi di Ginevra...».

«Ginevra sa farsi ascoltare».

Divenni paziente. Scandivo.

«Litigano da secoli. E non è solo un fatto politico. Come mettere d'accordo Gesù e Maometto».

Non rispose subito. L'argomento meritava riflessione.

«Mettere d'accordo Gesù e Maometto. Sarebbe carinissimo».

Dolce, paterno, preoccupato, le misi una mano sul braccio.

«Ginevra, per favore, promettimi che non interverrai su questo argomento. Promettimelo».

Promise.

Ero a casa, sintonizzato sulla trasmissione. Ero curioso dell'argomento del giorno. Immersa nel buio intorno, con un riflettore addosso, con tappeto di dolciastra musica, Ginevra parlò:

«Oggi mi rivolgo ai potenti di Palestina e di Israele. E ai vescovi ebrei e arabi. Il mondo vi guarda da secoli e soffre per voi, e per le alture occupate del santo sepolcro. Mettetevi d'accordo. Ginevra è sicura che se si fossero incontrati personalmente Maometto e Gesù, che erano brave persone e non erano superbi, avrebbero trovato un compromesso. Ginevra sa parlare alla gente ed è a tua disposizione, Ariel, e a tua, Yasser. Sicura che guardate la sua trasmissione, è pronta a incontrarvi come un arbitro super *partis* (*sic!*) spirituale e umile al vostro servizio. Ginevra aggiunge che se i suoi impegni lo permetteranno verrà a trovarvi a Ramallah. Potete considerarla una promessa».

Per due giorni il mio stomaco non accettò cibo.

Quella volta incontrai Rotondi a Roma, al caffè Greco. Mi diede una busta.

«Ecco i tuoi soldi».

La presi con un labile sorriso che l'architetto interpretò perfettamente.

«Pochi, per la merda che devi ingoiare».

Lo guardai un po' sospettoso.

«Che espressione colorita; che fai, sputi nel piatto in cui mangi?».

Rotondi chiamò il cameriere e ordinò due aperitivi.

«Credi che sia un idiota acritico? Che non mi disgusti quello che vedo e sento?».

Bevemmo i nostri aperitivi. Dissi:

«Senti, Giulio, cosa c'è dietro tutto questo?».

«C'è il mercato, lo sai bene».

«Non è solo mercato. Chi c'è dietro?».

«Perché dovrebbe esserci qualcosa di particolare?».

«Per una certa sensazione di… mistero. Hotel, caffè gloriosi, mai un ufficio, poi la ragione sociale alla quale fatturo, generica, strana... chi c'è dietro: un megamanager, un senatore, una lobby?».

«Un senatore».

Minimizzai:

«Tutto qui?».

«Uno importante, di quelli che pensano in grande».

«…nuovo movimento, nuovo partito?».

«Roba del genere, e poi altre cose. Dai, prenditi i tuoi soldi e sii felice».

Una sera, a casa di Ginevra, non fu una delle solite sere. Aveva deciso di sedurmi. Si premurò di dirmi che tutta la servitù era in libertà. Indossava un abito nero assolutamente aderente, con scollatura che avrebbe dovuto uccidere. Ma c'era dell'altro. Sul tavolino di cristallo sfilavano tre strisce di polvere bianca che nemmeno vidi.

Fu Ginevra che, posando con troppa lentezza una coppa di champagne sul cristallo, me le fece notare. Disse:

«Questa è la nostra serata. Nostra, senza lezioni».

Credo di essere stato altrettanto imbarazzato solo per le *avances* di un vecchio omosessuale da ragazzo in un cinema. L'uno e l'altra non erano il mio tipo. E nemmeno la cocaina.

La donna si ritrasse leggermente.

«Beh? Non dici niente?».

«Sono molto... sorpreso».

«Anche Ginevra è una donna».

«Eccome».

Dovevo stare attento. Feci un sunto molto rapido di indicazioni e controindicazioni. Così, dopo aver contemplato l'opzione-verità (non faccio l'amore con la gomma o il silicone), scelsi una difficilissima diplomazia e dissi:

«Ginevra, dobbiamo lavorare insieme. Credi che non sia tentato? Non complichiamo le cose».

La diva smobilitò il sorriso di Rita Hayworth e divenne corrucciata.

«Come sei virtuoso... o magari ti ha dato fastidio la mia aggressività?».

Scossi il capo.

«Ginevra, è vero che sei una donna, ma sei anche molto di più. Sono solo un po' spaventato. L'ultima cosa che potevo pensare, sperare, è che ti interessassi a me. Devo convincermi che è vero. Superare lo shock. È chiaro che mi hai messo in crisi».

Mi guardava attenta. Forse avevo trovato le parole giuste.

Ebbi la sensazione di essere perdonato e l'avallo che seguì fu per me entusiasmante.

«Sì, hai ragione. Scusami».

Ero fuori pericolo, ma avevo anche firmato una cambiale. Speravo di non doverla pagare dopo.

E un sabato ricevetti una telefonata "fuori programma" da Ginevra.

«Vieni subito a Roma, c'è qualcuno che vuole conoscerti. 'Sta sera siamo tutti a cena da Sora Lella».

Ero allarmato, ma dovetti farmi violenza, correre all'aeroporto, salire sul primo aereo e farmi portare dal taxi direttamente al ristorante sull'isola Tiberina. Mi aspettavano Ginevra, Rotondi e un uomo che non conoscevo.

Si alzò quando l'architetto mi presentò.

Il dottor Salerni destava una sensazione non definibile e per questo un po' allarmante. Quel personaggio sottotono che è al tuo tavolo una certa sera, poi quando si è alzato qualcuno ti dice che è il quinto contribuente italiano. Sorrideva sempre.

Voglio tralasciare le chiacchiere spicciole, i dovuti omaggi quasi ex voto tributati a Ginevra e gli interventi di connessione di Rotondi.

Salerni:

«Lei ha fatto un ottimo lavoro, dottor Forte, la nostra Ginevra è entusiasta».

«Ho solo dato qualche informazione ben recepita, Ginevra ha le idee più chiare di tutti...».

Conclusi sorridendo:

«Mi ha usato benissimo».

«Abbiamo grandi progetti per Ginevra, ancora più grandi».

«Ancora più grandi» feci eco.

«Sì, due fasce unite. La preserale a striscia giornaliera, come adesso, e una giornata, magari il sabato, tutta con Ginevra, fino a tarda ora».

«Splendido».

Rivolse un sorriso di invereconda piaggeria alla diva.

«La nostra Ginevra condurrà per mano gli italiani, un'amica fidata e costante che ti rappresenta al meglio».

La donna sorrise a sua volta, compiaciuta.

Salerni concludeva:

«Dottor Forte, cosa ne dice di questa nuova formula... una vera amica di famiglia, una come tutti, umana e disponibile, ma che ha la possibilità di prendere il telefono e chiamare il numero privato del presidente del consiglio».

Sapevo che la mia risposta sarebbe stata decisiva, letta e riletta. Come in uno scrutinio. Dissi:

«Mi sembra magnifico».

Eravamo tutti contenti.

Un pomeriggio Ginevra mi sorprese. Assistevo a qualcosa di anomalo, come se la diva fosse capitata per caso in un altro programma. Dall'altra parte di quel tavolino di cattivo gusto non c'era la solita soubrettina scemetta, o un divo omologo di altra trasmissione, o una stilista che blaterava di estetica, o un cantante che spiegava l'amore e la vita, o un giornalista con *appeal* che aveva cambiato mestiere. Si era appena seduta una signora anziana, dai capelli grigi, dal timido sorriso riconoscente, con un vestitino violetto, fiorito, e si era messa le mani in grembo. Miracolosamente sapevo chi fosse. Dico miracolosamente perché avrei potuto accettare una scommessa: meno di dieci italiani – alludo a quelli che guardavano il programma di Ginevra – la conoscevano. Voleva il caso che qualche mese prima avessi regalato a mia moglie e alla mia amica Sara Colonna lo stesso libro di poesie scritto da lei. Sul retro del libretto c'era il volto dolce e sofferente della poetessa, il volto che vedevo adesso sul video. La donna si chiamava Wislawa Szymborska, era polacca. Wislawa e Ginevra, il bianco e il nero. Era impossibile immaginare nel mondo una correlazione più volgare. Parlo di qualità generale, non solo di comunicazione e cultura. Cercai di interpretare il mistero dell'immane stranezza, e ci arrivai. Wislawa non era solo una grande scrittrice lontana, voce dolorosa e profondissima, cuore e anima magnifici: anni prima aveva vinto il Nobel, e "premio Nobel", secondo gli schemi elementari di Ginevra, significava qualcosa di cui occuparsi, qualcosa di "intellettuale" con cui riconoscersi, e possibilmente confondersi.

Ginevra la presentò come grande poetessa di Cracovia vincitrice di premio Nobel. Disse di averla vista qualche sera prima in un ristorantino a Campo dei Fiori e di averla riconosciuta. Naturalmente non c'era una probabilità su un miliardo che Ginevra riconoscesse Wislawa. Successivamente approfondii e seppi che un editore amico del produttore del programma, sapendo della presenza della poetessa in Italia, aveva suggerito la partecipazione, per dare un tocco di nobiltà, in virtù del solito premio.

La donna parlava l'italiano. Disse che qualunque artista, di qualunque paese, scrittore o musicista o pittore, doveva considerare l'Italia come una seconda casa. «Quasi tutto è nato da voi» disse.

Ginevra le domandò cosa mangiasse, quale stilista firmasse la sua camicia da notte, se fosse al momento innamorata, quali fossero i suoi programmi televisivi preferiti, se avesse un cagnolino e, appurato che lo aveva, se dormisse con lui e quante volte lo portava a fare pipì.

Poi arrivò finalmente l'argomento poesia. Ginevra diede il meglio.

«Sa, Wislawa, che anch'io scrivo poesie?».

«Bene» fece l'altra compiaciuta.

«Un giorno scriverò qualche libro di poesia, per esprimermi ancora meglio. La televisione non può essere tutto, artisticamente».

Alla poetessa non rimase che ribadire con un altro "molto bene".

Ginevra aprì una cartelletta sulla scrivania e trasse un foglio.

«Vorrei sentire la sua opinione su due poesie da me scritte molti anni fa. Quando cominciavo a scoprire me stessa e a sbocciare alla vita».

Così lesse la prima poesia. Storia di una bambina solitaria nel vento, che guardava di nascosto la mamma mettersi lo smalto, e la sera, in campagna, si isolava sotto la luna a sentire i profumi messi lì solo per lei. In rima. Ne lesse una seconda: dove il ragazzo della sua migliore amica le lanciava sguardi intensi e, una volta, in chiesa, le loro mani si erano sfiorate bagnandosi nell'acqua santa. Un delicato segnale che tutto avrebbe dovuto rimanere com'era. Un sacrificio che purificava il cuore. Senza rima.

Ancora una volta, il premio Nobel seguì la via obbligata. Disse: «Molto... sentite».

Nella scaletta della conduttrice, il paragrafo poesia non riguardava Wislawa Szymborska.

Ginevra sorrise alla scrittrice, congedandola.

Per quanto mi riguardava, "la goccia che fa traboccare il vaso" era un'espressione corretta; ma certamente più vera e adeguata era un'altra: il boccone che mi faceva dar di stomaco.

Fu allora che presi la decisione. Quali sono le parole: giustiziere? Spinta ideale? Andava neutralizzata. Il mostro andava neutralizzato. Così aspettai l'occasione, che venne dopo due settimane di ordinaria amministrazione. L'argomento poteva prestarsi alla trappola.

Ginevra:

«Allora, Alessandro, oggi avrò come ospite uno dei capi gay italiani, un professore. Ha una protesta ufficiale da fare. Cosa ne pensi dei gay?».

«Niente».

«Come sarebbe?».

«Non lo considero un problema o qualcosa su cui avere opinioni. I gay ci sono. E basta. Non ho niente contro di loro se è questo che vuoi sapere. Peraltro non ho niente a favore. Così come non ho niente contro o a favore degli etero come categoria. Ma credo che l'importante sia cosa ne pensi tu».

«Dirò come te, che non ho niente contro... peraltro non ho niente a favore».

«Non farlo, Ginevra. Questo è un concetto che si può dire a quattr'occhi, non in televisione».

«E perché?».

«Perché c'è una misura diversa. Ci sono le chiacchiere e ci sono le espressioni politicamente corrette. Ma tu lo sai benissimo».

«Ecco, la differenza fra me e gli altri è che io sono sempre la stessa, a quattr'occhi come davanti a milioni di occhi».

«Non può funzionare così. Se tu dici che un gay è una persona come le altre, invece di negare il problema, lo poni, ottieni l'effetto opposto».

Ci pensò.

«E secondo te cosa dovrei fare?».

«Non pronunciare mai la parola gay se non è indispensabile, lasciala dire a lui. Se sei dalla sua parte, comportati come se avessi di fronte un amico».

Continuava a pensare. Fu in quel momento che decisi di innescare il meccanismo di distruzione di Ginevra. In quel preciso momento. Con enfasi dissi:

«Ginevra!».

«Sì?».

«Sai che forse hai ragione?».

«Su cosa?».

«È vero. Tu devi essere sempre la stessa. A quattr'occhi come in televisione. Perché tu sei Ginevra. Hai regole tue. Puoi permetterti ciò che gli altri non possono».

«Sì».

«E questo è l'argomento fatto apposta per importi in questo senso... i gay...».

«Sarebbe?».

«Dai, parliamoci chiaro, Ginevra. Alla gente normale i gay stanno sui coglioni, non credi?».

«È vero...».

«Solo che non si può dire. Non si può dire in pubblico. Saresti intollerante, razzista, scorretta eccetera. La regola è questa, Ginevra».

«Sì».

Portai gli occhi a pochi centimetri dai suoi.

«Ma non è la regola di Ginevra, lei ne ha altre. Può permettersi di dire tutte le verità».

«Sì, può permetterselo».

Mi alzai in piedi entusiasta.

«E allora fallo. Di' quello che pensi. Che poi è quello che pensa la gente per bene».

«Sì».

«Ti preparo il testo».

Durante la trasmissione Ginevra ascoltò gli argomenti del professore, era neutra e distaccata. Gli fece solo qualche domanda generica. Poi si dispose. Con sorriso metallico disse:

«Adesso Ginevra dirà la sua opinione...».

La camera inquadrò un sorriso positivo del professore e poi il pubblico attento.

«Ginevra fa distinzione fra i gay... ci sono gli invertiti che si vergognano e cercano di non farsi notare. Almeno sono educati. Poi ci sono i froci che insidiano i ragazzini. Andrebbero messi in galera. Poi le checche che danno uno spettacolo schifoso. Non gli basta farsi i fatti loro in privato. E poi ci sono i travestiti, sempre fatti di cocaina. Questo è il pensiero di Ginevra. E il pensiero di tanta maggioranza silenziosa...».

La telecamera indugiò sulle espressioni attonite del professore e del pubblico in sala, quel pubblico che poi era la maggioranza silenziosa.

Dai titoli dei giornali il giorno dopo, dai toni dei TG e dalle dichiarazioni di tutti emerse che nessuno avrebbe potuto salvare la diva della televisione. Nemmeno il senatore.

E io dovetti affrontare padroni e committenti: avevo attribuito a Ginevra troppo potere. Avevo clamorosamente sbagliato. Ero costernato. Eccetera. Potevo solo avere la sensazione del guaio che avevo combinato. E mi piaceva anche pensare di non correre nessun pericolo fisico. Mi dispiaceva per Rotondi. Anche se ero al corrente della sua complicità.

Per qualche tempo mi sentii davvero molto bene, con lo stato d'animo di un eroe nascosto, il custode invisibile di valori buoni e opportuni. Mangiavo, dormivo, parlavo con la gente ed ero compiaciuto. Proprio una bella sensazione.

Fui sollevato quando un pomeriggio mi telefonò Rotondi. Mi disse la frase che aspettavo "sai bene che non ce l'ho con te". E mi invitò a un ricevimento la sera stessa. Accettai perché pensavo di dovergli qualcosa. E quando, fra schiene scoperte, guance turgide e nasini stampati vidi Ginevra, quasi ne ero preparato. Rotondi disse:

«Alla fine ti ha perdonato. Io l'ho fatto subito».

«Ho rotto grosse uova nel paniere?».

Sorrise.

«Sai qual è il paradosso? Che forse hai fatto un favore a tutti. La signora era troppo ingombrante. Era bruciata. Non era più spendibile. E tu hai risolto il problema».

«Stupendo».

«Ma la domanda vera, e me l'hanno fatta in molti, era questa: chi c'è dietro di te».

«Nessuno. Non c'è nessuno».

«È quello che rispondevo io. Dietro Forte c'è solo Forte, l'eroe del sacro Graal».

Annuii sincero:

«Mi piace».

Poco dopo eravamo seduti in un salottino, Ginevra e io, appartati.

«Alla fine, Alessandro, mi hai reso un bel servigio».

«Mi fa piacere».

«Non c'era più niente di buono per me. La televisione sarebbe stata la mia prigione. Non c'era più destino. Nessuna possibilità di evolvermi...».

Stavo per domandarle chi le avesse scritto il testo. Rilevai anche che non parlava più in terza persona. Riprese:

«Il lato buono è che avrò finalmente il tempo per le riflessioni. Potrò esprimermi al meglio. Penso a due libri, una biografia di Ginevra e una raccolta di poesie».

Allora proprio non resistetti.

«Non farlo, Ginevra». Mi guardò molto sorpresa.

«No? E perché?».

«Perché non sei uno scrittore, e non sei un poeta».

«Ma sono Ginevra, sono sensibile. Sento di poter...».

«Non farlo. Sei una della televisione, non inquinare il resto».

«Inquinare? Ma che dici?».

«Sì, inquinare, avvelenare, appestare. Quell'intelligenza, quei sentimenti, tu non sai cosa siano. È roba seria, importante, non è per tutti. Lasciali alle persone capaci, che sanno come fare. Le differenze esistono, Ginevra».

Allora si alterò.

«Ma chi sei, chi cazzo sei tu per dirmi queste cose. Io parlo a dieci milioni di persone. Te non ti caga nessuno».

«Certo, Ginevra, tu hai *audience*, molta. Ma ascoltami...».

Decisi di non tradurmi più, ero stufo di mediazioni per imbecilli. Feci gli occhi più brucianti che potei.

«La quantità non è la qualità. Quasi tutta la gente di qualità, utile, magari geniale, non ha *audience*. E non vuole averne. Hai invitato una grande anima, una poetessa, e hai letto poesie tue. Le hai chiesto della sua camicia da notte e hai ignorato che Wislawa è di Cracovia. Ed era là nel trentanove. Era nel ghetto. Novecentotrentanove, Cracovia, ghetto. Ma non ti dicono niente? Non sai cos'è successo? Cosa significa?».

Anche lei fiammeggiava con gli occhi.

«Non lo so... stronzo. Ma so che prima che venisse alla mia trasmissione quella... quel premio Nobel la conoscevano dieci persone, e dopo, dieci milioni».

«È vero, Ginevra. Ma quelle dieci persone erano le migliori. L'*audience*... l'*audience* è un disastro».

Mi alzai, per andarmene.

«Non scrivere libri, Ginevra. Non scriverli anche se tutti te li pubblicherebbero».

Mi allontanavo, lei mi tallonava.

«Certo che lo farebbero. E a te, che sei tanto intelligente, a te li pubblicherebbero?».

Mi fermai sulla porta.

«Un'ultima cosa, Ginevra. Voglio che tu sappia che Arafat non ti guardava in televisione. Siine certa, non ti guardava».

Allora i suoi occhi divennero sfide lampanti.

«Ma cosa credi, Alessandro, che io sia così ignorante? So benissimo che non mi guardava. Gli israeliani gli avevano distrutto i ripetitori...».

25

La parabola Ginevra mi poneva, con il Gesù, in una posizione particolare. Ero imperfetto. Ero stato un complice pagato. Nel mosaico dei protagonisti avevo due ruoli: quello solito di giustiziere e quello di pentito. Il mio nuovo amico sapeva tutto dello scheletrino, ne conosceva il peso e lo stato di conservazione, osso per osso. Ci sarebbe stato purgatorio anche per me.

Era sera, il lago di Tiberiade riverberava il sole basso, sul punto di scendere oltre i monti. L'uomo sedeva con le ginocchia sotto il mento. Alcuni rari fari di automobili strisciavano lontani, alla nostra sinistra, sulla strada verso est.

Disse:

«L'hai fermata. Lo meritava».

«Dunque approvi».

«Certo. E le hai anche fatto un discreto favore. L'hai punita qui. Dovrò farle uno sconto di pena».

«Ne sarà entusiasta».

«Sì, Ginevra l'opinionista. C'erano anche ai miei tempi. Li chiamavano profeti».

Mi accorsi che metteva a fuoco. Che guardava lontano.

«In quel tempo c'era molta gente che parlava... forse più di adesso, fatte le proporzioni... parlavamo noi profeti, parlavano i sacerdoti, raccontavano i mercanti che giravano in quella parte di mondo. Parlavano poco i romani. Facevano la propaganda della forza e del silenzio. Erano specialisti di comunicazione e di immagine. Davanti alla fortezza Antonia, a Gerusalemme, ai lati del grande tempio d'oro, c'erano i busti di Cesare e di Ottaviano. Non erano di grandezza naturale, erano di marmo, imponenti e pesanti, molto severi. Avevi paura a passarci davanti. Ti squadravano la coscienza e le intenzioni. E dietro di loro, schierata, con i grandi elmi che nascondevano i volti, con le lance e i mantelli rossi: la guardia imperiale. Uomini alti come cavalli. Le centurie sfilavano tutti i giorni, compatte e rumorose, fra i sentieri e le vie. Si muovevano in forze solo per appendere un annuncio a una porta delle mura. Li vedevi, li conoscevi, ne avevi paura. Erano padroni e nemici. Li vedevi e li conoscevi...».

Fece un gesto largo con la mano destra come a reinquadrare quella terra e quel tempo, com'erano stati.

«...noi avevamo avuto padroni peggiori. Ai romani interessava l'unità del loro impero, non il possesso dei singoli individui. Ti lasciavano le tue abitudini, i tuoi dei e sacerdoti. Potevi commerciare e guadagnare. Erano... di larghe vedute, i padroni. E la realtà era quella, ed era chiara. Non aveva altri risvolti. Certo, l'istinto della libertà era normale... tradizionale. Era una delle parti del programma...».

Il sole era tramontato. Si alzò in piedi, come a rilanciare le idee.

«Ero sempre fra la gente. Da Nazareth mi incamminavo per Gerusalemme, partivamo in quindici, a sera eravamo quaranta, si mangiava, si dormiva tutti insieme. Ero sempre nel mezzo... controllato. In privato, diciamo così, parlavo con uno, con l'altro, di piccole cose, di tutto. Il giorno dopo eravamo cento, poi duecento. Ero sempre alla vista di tutti. Mi lavavo con gli altri. Poi salivo su una collina e parlavo.

Chiamiamola propaganda, ma senza dolo. Avevo il mio progetto. E so che era buono. E io, convinto e trasparente, non apparivo dopo essere stato in un palazzo, o in una tenda, rinchiuso con collaboratori colti, furbi e incaricati. Avrei potuto chiedere a mio padre, non alludo a Giuseppe, di collocarmi a Roma, in panni influenti, e comunicare in grande, mandare editti nei territori. Adesso ne ho la conferma, feci la scelta giusta, comunicando dal piccolo e dal basso, puntando non sugli editti, ma sul contatto diretto e sul passaparola. I miei erano gente semplice e ignorante, ma non era ignoranza... alla Ginevra. Erano incapaci di piani avanzati, avevano solo la fiducia, e un coraggio eccezionale, e riportavano fedelmente le mie parole, pronti anche a farsi ammazzare, e infatti, dopo di me, si sono fatti ammazzare, quasi tutti...».

Si prendeva delle pause come un uomo che pensa; non era un testo.

«Ciò che volevamo si capiva. Ciò che raccontavo era metafora, andava interpretato, ma era univoco. Era quello. C'erano scarse informazioni, ma c'era verità. Adesso ci sono tutte le informazioni, senza verità. Qualcuno ti mostra un bambino e ti dice "è morto". Un altro ti dice "no, dorme felice". C'è chi vuol credere alla prima informazione, chi alla seconda».

Annuii, per stare dalla sua parte.

«Sì, ci sono un sacco di informazioni».

«Più delle mie. E non dovrebbe...».

«Mi sembri... un po' risentito».

«Mi risento quando non capisco».

In macchina registrai la buffa anomalia alla quale non mi abituavo: in questo caso Dio sul sedile di una Golf, con tanto di *air bag*. Mi guardò.

«E tu, cos'hai?».

«Perché?».

«Hai fatto giustizia. Non sei soddisfatto?».

«Non del tutto».
«Perché?».
«Ho preso i soldi. E me li sono tenuti. Non ero senza peccato e ho scagliato la pietra».
Ci guardammo in tralice, in attesa della mossa dell'altro come nel gioco infantile di chi resiste più a lungo senza ridere. Vinsi io. Disse:
«Che fai, mi sfotti?».

26

Nell'età vulnerabile, diciamo intorno ai quindici anni, Cesara era stata un mio flirt senza malizia: il poco che si riesce a fare seduti in ultima fila al cinema.

I suoi genitori erano insegnanti di lettere al liceo, persone di una certa qualità. Cesara li contestò, secondo copione, verso i sedici anni, si scontrò con loro a diciotto, se ne distaccò a venti. Quando il discorso cadeva sulla figlia, i due professori si irrigidivano e tacevano. Lo fecero anche con me, bruscamente, una volta che li incontrai per caso alla presentazione di un libro. Ricordo che mi ero appena laureato. Curiosamente, il giorno dopo, al bar Jamaica di via Brera, vidi una ragazza mora, vestita di larghi parei colorati. Era Cesara seduta a un tavolino con un libro in mano. La salutai con un certo slancio, lei rispose contenta e le sedetti accanto. Esclamò:

«Mamma mia, quanto tempo!».

«Davvero. Come stai Cesara?».

«Molto bene, adesso».

«Adesso? Cosa ti è successo?».

Mi guardò un momento, con un piccolo sospetto. Poi decise di fidarsi di me.

«Cosa mi è successo? Sono lesbica, e l'ho accettato».

Già allora avevo un debole per le dichiarazioni impegnative. E un'istintiva simpatia per quel tipo di coraggio. Il rapido ricordo dell'ultima fila al cinema mi diede un solo, piccolo momento di perplessità. Cesara sembrò indovinare. Disse:

«Non devi prenderlo come un fatto personale».

Poi rise.

«Ti do un'altra notizia. Sai chi è stata la rivelazione?... la ragazza del destino?».

«Non lo so proprio».

«Lori».

La mia memoria compose velocemente i dati di tempo e di frequentazioni.

«Lori D'Agostino?».

«Proprio lei».

Anche Lori era stata un mio flirt senza malizia. Commentai:

«Vedo che vi ho dato gli stimoli giusti».

Da allora, per vent'anni, a intervalli, ho sempre rivisto Cesara. E mai in situazioni banali, o statiche. Sempre in momenti di azione umana. Cesara aiutava la gente.

La rividi un paio d'anni dopo il Jamaica, in una delle sale dell'Anteo, cinema d'essai. Qualcuno tenne aperta la tenda d'ingresso e lei entrò spingendo una carrozzella. Sopra c'era un giovane scoordinato ma non particolarmente triste. Nell'intervallo mi feci vedere. Uscimmo dalla sala e sedemmo nell'ingresso già pieno di fumatori. Dopo i normali saluti e preamboli le chiesi chi fosse il poveretto.

«Non è mio parente, e nemmeno un amico. Beh, adesso lo siamo diventati. Faccio parte di un'associazione che aiuta le persone colpite da sclerosi multipla. Lui si chiama Giorgio, pensa, ha poco più di trent'anni».

Ebbi la sensazione, salda, che l'impegno di Cesara non fosse il meccanismo che porta la signora annoiata a dar soldi per la sopravvivenza delle balene. Era un impegno consapevole.

Come quasi sempre succede, il caso si ripeté poco tempo dopo, in un'altra sala. Cesara accompagnava una donna. Quella volta non la disturbai.

Mi telefonò verso la fine dell'anno e andammo a cena insieme. Vedendola ciclicamente potevo misurare il tempo che passava, nel tono suo generale, nell'entusiasmo, nel corpo. Quella volta non era al meglio. Mi disse prima di tutto che i suoi non stavano bene. Si erano ammalati insieme. Dissi:

«Niente di grave, spero».

«Lo spero anch'io».

Intesi che l'argomento le dispiaceva. Allora le domandai, con assoluta disinvoltura, dei suoi amori.

«In questo momento ho altre precedenze, purtroppo».

L'avevo invitata al Paper Moon, in via Bagutta, ritrovo di artisti. Domandai:

«Come vanno i tuoi malati?».

«Continuo a seguirli, anche se meno di prima».

Le domande, fra noi, erano sempre state senza complicazioni.

«Cesara, mi sono spesso domandato come tu vivessi».

Fece quel suo sorriso capace di uniformare tutto.

«Mi vedi un po' logora».

E si guardò il vestito.

«Non sei mai stata elegante. Ma non lo dicevo per l'abito».

«Un po' di soldini li avevo. Da quando è morta mia nonna. Li avevo appunto, adesso sono finiti. Ho dovuto inventarmi qualcosa. Anche per questo ti ho chiamato».

Organizzò rapidamente l'argomento e riprese:

«Con una mia amica abbiamo aperto un asilo privato. Accogliamo bambini da due a sei anni. È tutto molto bello, ti assicuro, ben organizzato».

«Ne sono più che certo».

«Tu conosci tanta gente. Molti tuoi amici, coetanei avranno il problema dei bambini. Ecco, volevo darti questa informazione».

«Bene. Ne prendo atto. Mi muoverò senz'altro».

Feci promozione all'iniziativa di Cesara e le procurai dei clienti. Più volte feci visita all'asilo. Era davvero ben organizzato, e Cesara era all'altezza, come sempre.

Le difficoltà naturalmente sopravvennero. Le avevo previste. Il primo problema era il sentimento. Si può dirlo in un altro modo: erano i bambini non paganti. Se un genitore non poteva pagare la retta non succedeva proprio niente. Il bambino continuava a essere accolto. Anzi, c'era il valore aggiunto della pena. "Che fai, lo lasci in strada, poverino?". Ben presto l'asilo ospitò bimbi di ogni razza, africani, orientali, slavi, sudamericani. Figli di lavavetri, di venditori di accendini e di donne a ore, di prostitute. Così arrivò, inevitabile, il momento del disagio della fascia bene. Una volta fui testimone di un episodio esemplare.

Ero nel salottino di attesa, aspettavo Cesara per andare a cena. Seduta vicino a me, una bella mamma trentenne, sana e sicura, ritenne di manifestarmi il suo malumore. Probabilmente mi credeva un genitore, probabile partecipe del malcontento.

«Sa, sono seriamente preoccupata. Io non ho niente contro nessuno. Ma davvero mi sembra che la promiscuità cominci a essere pesante. Io ho qui una bambina di sei anni. Insomma sembra proprio che le responsabili dedichino molte più attenzioni ai bimbi extracomunitari. Hanno tutti i privilegi, compreso quello di non pagare».

«Ma la sua bambina come si trova...» chiesi «ha lamentato qualche mancanza?».

«No, direi di no».
«Mi sembra una cosa da non sottovalutare».
«Sa... non sono l'unico genitore a lamentarsi. Molti hanno già portato via i loro figli».
Poco dopo sopraggiunse la bambina. Saltellava a proprio agio. Uscirono altri bimbi, anche stranieri, e lei si mescolò a loro, felice. La mamma la chiamava. La piccola non voleva saperne di staccarsi.
Un'altra volta una mamma eritrea, grassa, a disagio, aspettava guardando per terra. Cesara arrivò con il suo bambino, salutò la donna, parlò brevemente con lei e le diede una busta.
Poco dopo al bar, seduti davanti a un caffè, le dissi:
«Ma la busta... non doveva fare il percorso inverso?».
«Che faccio, lascio che tutta la famiglia muoia di fame?».
«Posso chiederti come va il bilancio dell'asilo?».
«Malissimo».

Qualche tempo dopo l'asilo era diventato una sorta di istituto gratuito. La categoria dei paganti si era sempre più ridotta, fino a estinguersi.
Cesara prolungò l'avventura quanto più poté, ma alla fine dovette arrendersi. Non fu semplice, naturalmente. Per gestire i vari aspetti, pratici, emotivi, amministrativi, l'aiutò un certo Sansoni, un commercialista, che si prestò gratis perché era mio amico. Mi disse:
«Non ho mai conosciuto una persona così. Solo cuore. Una missionaria nel centro di Milano. Ha perso tutto quello che aveva».
Ma l'avventura non era finita. Una sera, a casa sua, Cesara mi presentò Marco, un bambino di sei anni.
«Si può dire che è mio figlio, ormai».
«Tuo figlio? Non farai un'altra delle tue fesserie?».
«Anche se fosse, "fesseria" è la parola sbagliata».
Così mi raccontò la storia.

«I suoi genitori sono albanesi. Devo dire erano, perché non li ha più visti. Mi hanno portato il bambino. In un mese sono venuti a vederlo due volte... è venuta la madre, poi sono spariti».

«E non ne sai niente?».

«Niente».

«E il bambino?».

«Ne deve aver passate tante che per lui l'unica cosa che conta è aver da mangiare e da dormire. Mi ha chiesto dei genitori non più di tre volte. Era un animaletto, ma è buono, intelligente».

«E cosa farai?».

«Che vuoi che faccia... lo tengo».

Dei genitori Cesara mi aveva detto: «Si sono ammalati insieme». Più avanti la malattia si aggravò. E come sempre accadeva a Cesara, l'ipotesi peggiore si avverava. Incredibilmente i coniugi Guidi si erano ammalati di cancro, dello stesso tumore ai reni, nello stesso periodo. Ne avevano avuto il sospetto lo stesso giorno, lo avevano riscontrato insieme e insieme si erano messi in terapia. La solita terribile spirale delle applicazioni, dei controlli e di tutti i dolori. Perdevano i capelli, andavano all'Istituto per mano, sempre più magri, sempre più spenti.

L'evoluzione fu rapida da non lasciare speranze, ma non rapidissima da evitare sofferenze a tutti.

E fu Cesara, naturalmente, ad affrontare la situazione. La forza maggiore fece cadere i pregiudizi dei genitori. La figlia assistette i suoi notte e giorno per cinque mesi. Il fratello maggiore, il cocco di tutti, che aveva famiglia, si defilò.

L'esasperata coscienza impediva a Cesara di chiedere denaro. I Guidi, probabilmente convinti che la figlia potesse ancora contare sull'eredità della nonna, non pensarono di darle soldi. Per puro scrupolo una volta o due le chiesero se ne avesse bisogno, lei disse di no. Prese a lavorare in un locale sul Naviglio Grande, come cameriera. Era una bolgia giovanile. Tutto era frenetico e rumoroso. Ci andai un paio di volte, resistendo non più di un quarto d'ora. Prendeva servizio alle dieci e finiva verso le quattro del mattino. Alle sette cominciava a curare mamma e papà. Poi correva a casa ad accudire il bambino che nelle emergenze affidava a questa o quell'amica, e anche a me. Fece quella vita fino alla fine, finché morì il padre. Era metà marzo. Ai primi di aprile morì anche la madre. I Guidi lasciarono tutto al fratello eterosessuale, con famiglia. Nelle loro valutazioni, i professori avevano ritenuto che quei mesi di sacrificio fossero una legittima espiazione. Un ulteriore premio sarebbe stato fuori luogo. Come sempre, Cesara accettò. Le fu consigliato di impugnare il testamento, ma non lo fece.

Prima dell'estate ci incontrammo al Jamaica. Cesara aveva sempre una faccia migliore delle cose che le succedevano, ma io sapevo come interpretare. Ma quella volta, stranamente, ebbi la sensazione che quanto le stava per capitare non fosse una tragedia.

«Cosa ti è successo?» domandai.

«Certo, quella domanda con me è sempre opportuna. Come la storia della moglie cinese. Del resto hai ragione. Mi è successo che sono in partenza».

«In partenza?».

«Stai per chiedermi se è una delle mie solite iniziative sballate, non lo è. Vado in Sicilia. Raggiungo una mia amica. Ha una piccola azienda che produce olio d'oliva. Le darò una mano e lei mi ospiterà con Marco».

Le sorrisi.

«Bene, Cesara. Ti meriti un po' di tranquillità».

«Ti chiamerò per darti l'indirizzo, se mai capitassi dalle parti di Sciacca».

«Certo».

Ebbi sue notizie dopo l'estate. Mi telefonò, mi chiese come stavo, con la sua solita voce brillante.

«Cesara... ma dove sei?».

«A Milano».

«Dunque sei tornata...».

«Già».

«Pensavo che...».

Interruppe.

«Posso invitarti a cena?».

«Ma certo».

L'attesi al nostro tavolino del Jamaica. Eccola con i suoi soliti vestiti colorati e il sorriso del tutto va bene. Ma questa volta la sua immancabile spinta goliardica mi apparve stonata. Non era felice e si capiva.

L'abbracciai e lei rispose come se si sentisse un pochino al sicuro. Sedemmo. La guardai sorridendo e dissi:

«Allora, cosa ti è successo?».

«La solita domanda azzeccata».

«Dunque?».

«Sono rientrata alla fine di agosto».

«E la tua amica dell'olio d'oliva?».

«È una carissima ragazza, ma l'olio è sufficiente appena per lei».

E mentre stavo per porle la nuova domanda, ebbi una sensazione negativa, persino dolorosa.

«E... Marco?».

«Marco non ce l'ho più».

«E come mai?».

«Ero a Milano da tre giorni ed è ricomparso il padre. Si è portato via il figlio».

«È ricomparso e se lo è portato via... così?».

«È suo padre. Ne aveva tutto il diritto».

Ritenni di abbandonare l'argomento.

Cesara mi raccontò della Sicilia, dell'olio, dei problemi insuperabili. Io non avevo l'umore per offrirle una sponda efficace. Così per la prima volta cedette. Scosse il capo e mi guardò con gli occhi lucidi.

«Ma no..., caro Alessandro, non va, proprio non va. Non ho niente, dovunque mi giro non ho niente. Non più famiglia, lavoro... persone».

Fu una delle volte, rare, in cui cercai con impegno le parole per aiutare qualcuno. Come avrei fatto più avanti, con Sara, integrai il legittimo sentimento con la professione. Cercai di vendere alla mia amica un po' di coraggio.

«Cesara... è quasi inutile e un po' grottesco che ti dica "coraggio". Però c'è un dato di fatto che funziona, magari in ritardo, ma funziona. Tu sei una persona straordinaria. Aiuti la gente senza chiedere niente in cambio. Sei quasi sempre piena di gioia. Io sono sicuro che ti sarà restituito».

«Davvero? E da chi?».

«C'è un equilibrio e tu sei abbastanza forte da farti aiutare».

Le sorrisi cercando di trasmettere la migliore umanità che potessi, e le diedi un bacio sottile sulla bocca.

«Al nostro prossimo incontro mi parlerai di una magnifica novità nella tua vita. Inutile pensare a che cosa potrà essere. Accadrà. Adesso ricomincia da una piccola, normalissima cosa. Pensaci». Più tardi, salutandoci, disse: «Hai trovato buoni argomenti. Mi hanno fatto bene».

«Dunque, al prossimo incontro, Cesara».

«Con la... magnifica novità?».

«Ne sono più che sicuro».

Una volta pensai che Cesara entrava e usciva dalla mia vita come un personaggio di Dickens. I buoni sempre più buoni, i cattivi sempre più cattivi, i tristi sempre più tristi. E Cesara sempre Cesara.

Era inverno. Ero seduto nella solita sala del cinema Anteo. Nell'intervallo si aprì la tenda d'ingresso e lei uscì spingendo una carrozzella sulla quale sedeva una donna portatrice di handicap. Anche quella volta rimasi seduto, non mi feci vedere. Forse perché quella situazione ripetuta rappresentava una sorta di regresso, valeva come uno *stand by* in attesa di qualcosa da registrare. Sapevo che avrei dovuto soltanto aspettare. Però sorrisi per lei, che era sempre Cesara. Che aiutava.

Aspettai un paio di mesi. Passando una sera davanti al locale sul Naviglio Grande guardai attraverso i vetri.

"Vuoi vedere che Cesara...".

Infatti la vidi. Stava prendendo le ordinazioni da una giovane coppia. La vedevo di scorcio. Se non avessi notato un tavolino libero probabilmente non sarei entrato.

Sedetti. Lei non mi vide subito. Feci in tempo a seguirla e a immaginare. Due mesi di intervallo di Cesara: la fede, l'entusiasmo e i contrattempi. E notai che qualcosa era cambiato nel suo aspetto. Forse aveva qualche chilo in più.

Quando mi vide manifestò la sorpresa come mi aspettavo, come se dichiarasse un'attesa conclusa, finalmente.

Fece un segno a una collega.

«Servi tu quei due tavoli, mi siedo un momento con un vecchio amico».

La ragazza le sorrise. Dissi:

«Vedo che ti vogliono bene».

«È vero. Siamo come una famiglia».

«Ti trovo bene, molto bene. Più in carne, forse».

Fece un sorriso particolare, quasi ambiguo, che non era il suo.

Ci portarono da bere. E io continuavo a guardarla, e c'era qualcosa di strano, come un piccolo mistero subdolo. Come quando incontri un amico, lo trovi diverso e te ne accorgi solo quando ti dice che si è rasato la barba. Poi credetti di capire, anzi di sospettare, perché era una cosa che non poteva appartenere a Cesara. Con il tono più naturale e piatto che trovai le domandai:

«Ma Cesara... sei incinta?».

Lei cercò lo stesso tono naturale e piatto.

«Certo che lo sono».

Le battute che avrei potuto trovare, anche intelligenti, anche spiritose, sarebbero state scontate, e inutili come un grumo evaporato. E fu come se lei le intendesse tutte. Ma una curiosità irresistibile, e fondamentale c'era, e quella non poteva esser taciuta. Ma fu taciuta perché Cesara la prevenne.

«No, no, Alessandro, non pensare male. Non ho tradito me stessa».

Non capii subito. Lei mi guardò decisa e annunciò, non prima di un sorriso adeguato:

«Inseminazione artificiale».

Con Cesara avevo imparato a far decantare rapidamente il mio stupore. Come se non la riguardassero eventi straordinari ma fosse sempre normale amministrazione. Dunque, anche se la notizia era clamorosa, mostrai di averla recepita solo come un inatteso fatto positivo.

Aspettai con buona impazienza che finisse il turno, poi mi raggiunse al tavolino portando due birre.

Le domandai:

«A che mese sei?».

«Al quarto».

«Va tutto bene?».

«Benissimo».

Prese a raccontare.

«Sono andata in Belgio, a Lovanio. Lì è abbastanza semplice. Pochissima burocrazia».

«Bene».

«Sai, ero davvero sola. Avevo provato a fare la mamma. Mi era piaciuto. Vedi, avevi ragione».

«Davvero? Su cosa?».

«Ricordi quando mi avevi annunciato una "magnifica novità"?».

«Certo che lo ricordo».

«Mi avevi detto anche che era inutile cercare di immaginarla».

Sorrisi.

«Non ci sarebbe riuscito neppure il padreterno».

Dopo un breve momento, che servì a mutare il tono, chiese:

«Molto seriamente. Cosa ne pensi?».

«Che non esiste una mamma, anzi, genitori migliori di te».

«Sei sincero?».

«Mai come adesso».

«Giura».

«Te lo giuro».

Ero a Milano. Il telefono suonò in piena notte di ferragosto.

«Signor Forte?».

«Ma chi parla?».

«Mi chiamo Rosa, sono un'infermiera dell'ospedale Mangiagalli. Abbiamo ricoverato la signora Cesara Guidi, che domanda di lei».

«Vengo subito».

Mi venne incontro un medico con lo sguardo di chi non vuole impressionarti. Non era giovane e ne fui incoraggiato. Mi tese la mano.

«Lei è il marito?».

«...sì».

Mi resi conto che cercava accuratamente le parole.

«Si sta prospettando una situazione non semplice. Dall'ecografia risulta una sorta di anomalia del funicolo ombelicale... sì, l'ombelico. Sembrerebbe la formazione di un nodo».

«Un nodo?».

«Il feto si è mosso. In teoria potrebbe aver annodato l'ombelico».

«Mi sembra un fatto grave».

«Certo, è molto più facile creare una situazione come quella che uscirne».

«Non sono un medico, ma mi sembra proprio impossibile. Come può il feto rifare al contrario quell'esatto movimento?».

Il medico guardò a terra e scosse il capo.

«In teoria...».

«In teoria... ma che dice? E Cesara, mia moglie, come sta?».

«Lei sta bene».

«Posso vederla?».

«Aspetti solo un momento».

Si allontanò nel corridoio, entrò nella stanza e ne uscì quasi subito.

«Venga pure».

Cesara trovò l'energia per sorridermi. Le chiesi: «Come ti senti?».

«Non male, io. Perderò il bambino».

«Ma no».

«Lo sento. Le cose davvero belle, importanti, a me non succedono».

«Ma che dici».

«Ma sì. Può darsi che io funzioni per gli altri. Non per me stessa. E non per lui... il bambino. Poveretto».

A quel punto davvero non trovai le parole. Solo le presi la mano. E di nuovo ebbe lo spunto per sorridere.

«Grazie, Alessandro, grazie per aver detto che sei mio marito».

Mi svegliò una mano sulla spalla e sentii un dolore alla schiena. Mi ero addormentato su una sedia di metallo. Il dottore mi disse:

«È successo un fatto molto, molto strano. L'ecografia non mostra più anomalie del funicolo ombelicale».

«Come?».

«Sembrerebbe tutto normale».

«Si è sciolto il nodo?».

«Una cosa incredibile. Mai vista in carriera».

Fece un bel sorriso per sdrammatizzare.

«Direi un miracolo».

Ero a Palermo per lavoro quando la chiamata di Cesara mi raggiunse in albergo. Il bambino era nato il giorno prima e stavano bene tutti e due.

«Come lo hai chiamato?».

«Giovanni».

«Bel nome, semplice, finalmente».

«Il nome di mio padre».

Ero un po' commosso.

«Brava, Cesara, brava. Sarai una famiglia fantastica».

«Grazie, grazie, Alessandro».

Mi telefonò ancora per dirmi che si stabiliva per qualche giorno all'isola d'Elba. Una sua amica aveva un piccolo albergo a Fetovaia. Il clima non poteva che far bene al bambino.

Poi un giorno, verso la metà di settembre, mentre attraversavo i giardini pubblici per accorciare la distanza fra piazza Cavour e corso Buenos Aires, vidi Cesara seduta su una panchina. Teneva la mano su un passeggino e lo faceva oscillare dolcemente. Il bambino dormiva. E la mamma era felice. Non la disturbai.

27

Guardai il Gesù con una curiosità che volevo, in ogni modo, non dissimulare.

«Dunque l'hai gradita Cesara».

«Ti sembra strano?».

«Forse».

Mi restituì il mio stesso sguardo.

«Dici davvero?».

Parlai sostenendo una parte: l'avvocato del diavolo.

«Pensavo a quel bambino, alla famiglia. Un esempio anomalo di madre, la mancanza della figura maschile eccetera. Non gli mancherà qualcosa? Non sarebbe stata più appropriata una famiglia...» cercavo una parola difficile «normale, sì, normale?».

«Forse sarebbe stata più appropriata. Ma non so se il bambino sarebbe stato più felice. Magari gli mancherà qualcosa, ma sarà marginale».

Non potevo che essere rassicurato.

«Ed ecco spiegato un altro fatto inspiegabile».

«Perché? Quel medico ti disse "quasi un miracolo"».

Scossi il capo.

«Sono sicuro che il "quasi" non c'entrava».

28

Un uomo con una faccia d'oro, un vestito bianco rigido, stretto su una pancia che sporgeva e sembrava di marmo rosa, con un bastone ricurvo intorno al quale erano attorcigliati fiori di rame, mi diceva che non serviva a niente. Io mi domandavo: "Che cosa non serve a niente?" e poi mi dicevo che nulla poteva farmi paura, anche non capire quella domanda. Perché ero un privilegiato e avrei potuto dimostrarlo a chiunque. Dunque non avevo paura ma ero affaticato. Il punto era quello, e il pericolo: la fatica. Forse la lingua non sarebbe riuscita a formare le parole, forse le gambe non sarebbero riuscite a spostarmi, anche di poco. Poi pensai che l'abito bianco è inadatto a qualsiasi cosa. "Ci vorrebbe un tessuto alla Ermenegildo Zegna, come quelli che usava mio padre". Non avevo paura ma sospettavo. Perché non sapevo cosa sarebbe successo subito dopo.

E mi svegliai. Che quella faccia d'oro, il bastone, le domande e i deliri non esistessero mi sembrava già un passo avanti. Ero in macchina, dolorante, di fronte a me c'era un'entità vera, c'era dell'acqua, faceva parte dell'ordine naturale delle cose, e l'acqua era delimitata dalle sponde, e quasi certamente non avrebbe tracimato.

Piano piano mi ripresi, capii. Ero sveglio, avevo dormito in macchina. Ecco perché ero dolorante. Recuperai la coscienza e la memoria. Mi guardai al fianco per vedere se c'era seduto Dio. E ancora una volta mi dissi che non poteva essere, che mi era successo qualcosa, qualcosa di sconvolgente ma che dovevo mantenere la calma, perché tutto era curabile. Io lo sapevo perché ne avevo viste di tutti i colori. C'era chi aveva due personalità, una da bancario e una da assassino, chi parlava tutte le sere al telefono con la moglie morta da anni, chi conosceva alla perfezione i segreti di un antico palazzo che non aveva mai visto. Anch'io avrei potuto essere curato e guarire. Avevo dato retta a un tale sceso da un dipinto del Quattrocento, avevo delirato, visto cose che non c'erano, ero stato vittima di forti suggestioni, di spettri ancestrali.

Niente che non rientrasse nelle normali patologie proprie delle civiltà avanzate. Certo, mi ripetevo. Il dente continuava a battere...

Scesi dalla macchina e mi guardai intorno. Il sole non era ancora alto e riverberava sull'acqua calma. Ero su uno spiazzo di terra battuta proprio in prossimità di una curva della strada, che proseguiva a sinistra fino a un paese. Era Cafarnao. Intorno la natura era eterogenea, colline coltivate, prati, zone di rocce e muretti a secco. C'era vento. Non faceva molto caldo. Non c'era nessuno.

Davanti a me un sentiero che mi sembrava di aver già percorso. Scendeva all'acqua. Era là in fondo che avevo parlato l'ultima volta con Gesù.

Che *forse* avevo parlato con Gesù.

Salii in macchina e partii. Dieci minuti dopo entravo in Cafarnao.

La città viveva naturalmente di commercio sacro. Piccole vie, molta gente. L'attrazione principale era la casa di Pietro. Ma rinunciai a visitarla. Non ero sereno, non avevo un programma. Mi guardavo intorno, in cerca di qualcuno. Non c'era una strada particolare, con una luce anomala, o una piazzetta con un tempio. Luoghi consoni ad atti mistici, o a richiami di tempi lontani. Finché aprii un vecchio cancello dissestato: un gruppo di turisti mi aveva incuriosito. Mi trovai nel cortile liscio di un tempio. Un grande muro non restaurato, protetto da quattro colonne che non reggevano niente. E la solita piccola entrata nera di lato. Un uomo minuto, anziano, stanco in modo impressionante, vestito di scuro, con sandali e pantaloni corti mi si avvicinò pieno di buone intenzioni.

«Buon giorno».

«Buon giorno» gli risposi.

«Sono di Macerata».

«Io di Milano».

«Mi chiamo Luciano».

«Alessandro».

Indicò intorno.

«È l'antica sinagoga. La trovo bellissima. Cafarnao è il paese più emozionante. Senti che qui è davvero successo qualcosa».

«Sì. Forse».

«È qui che Gesù entrò e si mise a insegnare».

Annuii mostrandomi interessato. Continuò:

«Cafarnao gli era congeniale. Prima di tutto vi conobbe Pietro. È qui che guarì tutta quella gente... il lebbroso, il servo del centurione, l'ossesso, la suocera di Pietro, il paralitico e la figlia di Giairo, e l'uomo dalla mano secca».

«È molto documentato».

«Aveva un rapporto ambiguo con la città. La maledì... le predisse l'inferno perché gli abitanti erano scettici, increduli, non gli davano soddisfazione».

«Era così suscettibile?».

«Era autoritario. Voleva che la gente la pensasse come lui. Gli dava fastidio chi dubitava».

«Io gli avrei dato molto fastidio».

«Immagino di sì. Ma penso che sarebbe stato attratto da lei. Avrebbe cercato di condurla alla ragione».

«Perché mi dice questo?».

«Perché sono un chiacchierone. Mi scusi».

«Ma no... l'ho ascoltata volentieri».

Guardai il piccolo pertugio d'entrata. Mi rivolsi all'esile interlocutore, ma non c'era più. Mi guardai intorno senza riuscire a scorgerlo. Era sparito. La gente se ne stava a gruppetti, ferma o muovendosi lentamente, a guardare e far fotografie. Non riuscii a individuare l'omino in nero.

Allora sbuffai. Pensai a un nuovo personaggio dell'incredibile cast che occupava la mia vita fra sogno e realtà. Non avevo voglia di star dietro ad altre ombre mistiche. Pensai semplicemente: "Li incontro tutti io".

Ma non volevo rinunciare all'ultima, ridicola scommessa. Un sintomo in più di malattia, una piccola ricaduta non avrebbe compromesso granché.

Quell'uomo aveva detto cose particolari e significative, che si prestavano alla solita ambigua lettura. Così dedicai la mia attenzione a quel buco nero che certamente conduceva a qualcosa.

Nessuno sembrava interessato all'entrata. Cercai di guardare all'interno, ma c'era troppa diversità di luce, così varcai la soglia. La prima differenza era naturalmente la temperatura, più fresca, e poi l'odore, di chiuso, com'era giusto. Feci tre passi tenendo le mani avanti per proteggermi. Poi la vista si abituò al buio e cominciai a distinguere i muri della stanza. Dentro non c'era niente, salvo una piattaforma centrale. Pensai che fosse il sostegno dei rotoli sacri, letti dai rabbini. Cercai di concentrarmi per cogliere una presenza particolare. Dissi: «Allora vuoi farti vivo?... Dove sei finito?... Se esisti, salta fuori... È il posto giusto, spettacolare, c'è stato pure il segno del Luciano in nero».

Anche quest'ultima fase sarebbe stata confessata allo psichiatra al momento opportuno.

Comunque, niente.

Decisi di tornare a Gerusalemme nella normalità e in un minimo di sicurezza, se non altro c'era un mediocre albergo in cui avevo diritto a stare.

Sulla strada decisi di fermarmi a visitare anche Tiberiade, la città che dava il nome al lago, il cosiddetto mare di Galilea. Aveva minori sapori e sortilegi di Cafarnao. C'erano più macchine e palazzi alti. Mi dissi che se mai il mio amico avesse deciso di farmi una sorpresa non me l'avrebbe fatta in quel luogo. E comunque volevo avere una memoria completa, di suggestioni e di immagini, anche per il mio lavoro. Caso mai qualcuno in futuro avesse avuto ancora intenzione di affidarmi campagne.

Era sera quando ripresi la via di Gerusalemme.

29

Aprii gli occhi. Era mattina ed ero sospettoso. Come chi non ha sicurezze e una gamma infinita di brutte sorprese ad aspettarlo.

La vicenda, vera o sognata che fosse, mi creava una tensione insopportabile già dal primo minuto.

Situazione: avevo avuto pessime notizie sulla mia salute. Ero in un albergo con l'impianto di aria condizionata rotto, avevo pochi soldi, e tre giorni certamente dolorosi da riempire prima del ritorno.

Prospettive: nessuno mi avrebbe più dato lavoro, ma questo poteva anche essere normalità, deprecabile ma normalità. La mia paura evocava me stesso in una casa di cura, seduto con una coperta sulle ginocchia, lobotomizzato, a tutti sorridente come uno scemo, con un paio di amici che si dicono: «È perfettamente normale», cercando di farsi sentire da me, con mia moglie che mi nasconde alla bambina.

Poi composi un'altra immagine, di me stesso che facevo la solita serena visita in Duomo. Che rapporto avrei avuto in futuro con il padreterno, che si era insinuato di sua iniziativa o di mia patologia? Comunque il prodotto non cambiava. Il disagio sarebbe stato ingombrante. E il recupero rovinoso.

Uscii in città.

"Dove mi avrebbero portato i piedi". Era stata la regola dettata da Elvira e io avevo eseguito. Senza altre stravolgenti implicazioni girai da turista. Avevo atteso che scorressero le ore del grande caldo e camminavo in una zona che avevo già visto. Arrivai a varcare la porta di Damasco, come il primo giorno. Ecco laggiù la collina rocciosa e la lunga strada diritta. Ed ecco seduto sul capitello lo stesso uomo.

Ricordai il nome, Angelo Profeti, campano. Sempre con i suoi sandali e la camicia aperta sulla pancia.

Gli dissi:

«Buon giorno, Angelo».

Mi guardò incuriosito.

«Buon giorno a te».

«Ricordi quando ci siamo incontrati qui, qualche giorno fa?».

«Lo ricordo benissimo. Sei andato in quella direzione, verso Emmaus».

«Ecco, torno adesso».

«Queste parole le ha dette anche un mio compaesano».

«Non ti sei più mosso di qui?».

«Sembrerebbe. Alessandro, ti chiami vero? Ricordo che camminavi in cerca di qualcosa. L'hai trovato?».

«Ho incontrato Gesù».

«Era arrabbiato?».

«Non molto».

«Cosa ti ha detto?».

«Che mi comporto abbastanza bene».

Fece un cenno sapiente.

«Era lui o era un sogno?».

«Ecco, il punto è quello, non lo so. Non mi sembri molto colpito».

Indicò la pista di Emmaus.

«Ricordi cosa ti dissi? Qui ognuno può credere ciò che vuole. Se lo credi, ne trovi conferma».

«Sì, capisco. Dev'essere vero. Ho chiesto a quel tale di farmi vedere mia madre morta e lui me l'ha fatta vedere».

«Appunto, che ti ho detto?».

«Hai qualche altra indicazione da darmi? In tal caso ti chiederei di tenertela per te».

Rise di gusto.

«È interessante quello che racconti. Ma com'è successo? Ti si è affiancato un tipo strano mentre camminavi?».

«Sì».

«E poi si è rivolto a te con molta naturalezza?».

«Proprio così».

Approvò.

«Tu sai chi è Cleopa?».

«No».

«Era un discepolo di Gesù. Stava camminando sulla strada di Emmaus con un suo amico che non viene nominato dalle Scritture. Gesù era morto da tre giorni. Un tale si affianca ai due viandanti e chiede loro da dove vengano. Ricordi questa storia?».

«No».

«Pensaci bene».

«Non la ricordo, ti ho detto».

«Non è possibile. Sei un uomo colto, non puoi avere una lacuna del genere. Prova a sforzarti».

Ero scettico, ma ci provai. E incredibilmente qualcosa venne richiamato. Anche questa volta.

Angelo lo intuì.

«Comincia a succedere qualcosa?».

«Forse».

«Coraggio, cerca di mettere insieme i pezzi. È come una canzone che avevi rimosso. Ricostruisci la prima strofa, che poi si porta tutta la canzone. Coraggio...».

Tentai.

«Il tale che li affianca è Gesù, che non si fa riconoscere».

«E come possono non riconoscerlo?».

«Forse perché è sera, il sole tramonta proprio verso occidente, Emmaus è in quella direzione. Forse si nasconde parzialmente il viso, o magari, essendo uno che fa i miracoli, è un giochino risibile per lui non farsi riconoscere. Inoltre, per i due, Gesù è morto...».

«Appunto».

«Gesù domanda a Cleopa: "Di cosa state parlando?". "Di ciò di cui parlano tutti" risponde. E Gesù: "Di che si tratta?". "Ma come, non dirmi che sei l'unico a non sapere che tre giorni fa Gesù di Nazareth è stato condannato a morte da Pilato e poi ucciso sulla croce". Gesù per un po' sta al gioco, poi parla dei profeti e delle Scritture, li esorta ad aver fede».

Angelo annuiva.

«Vai bene. Continua».

«Arrivano ad Emmaus e invitano quell'uomo a cena. Mangiando, Gesù fa qualche gesto particolare, un rito, il modo di tagliare il pane, o di tirarsi su le maniche... insomma lo riconoscono».

«Già, lo riconoscono. E che fanno?».

«Diventano matti dalla gioia. Si rendono conto dell'enormità dell'avvenimento. Nemmeno il tempo di abbracciarsi che Gesù è già scomparso. Tornano di corsa a Gerusalemme per dire agli altri compagni che il figlio di Dio è risorto».

Angelo mi guardò come se mi avesse colto in castagna.

«Vedi. La conoscevi perfettamente questa storia».

«Ti giuro che non la sapevo nemmeno io».

«Te l'ho già detto che qui avvengono cose strane. Troppi fatti, troppa storia, troppe entità vaganti e gente che prega e che chiede, che si concentra, che viene da lontano».

Con le mani fu come se impugnasse lo spazio.

«Questa non è aria normale. Tutto gira qui, tutto rimane. Non ci passi indenne. Ma guarda che non è un miracolo. Puoi intenderlo come fatto fisico. Se vuoi. La storia di Emmaus te l'hanno raccontata da bambino ed è rimasta lì fino al momento di riportarla in superficie».

«Può darsi, in effetti è una storia magnifica. C'è tutto: mistero, thriller, passione, avventura, l'eroe, colpo di scena, atmosfera...; il tramonto, la cena con le luci soffuse, i gesti rivelatori, il gotico, il mito del ritorno, la favola. Pochi scrittori avrebbero potuto inventarla, forse nessuno...».

«Parli come un docente».

«Me ne accorgo, e ti giuro che non mi riconosco. Voglio rifare quella strada».

«Perché no?».

«Vieni con me?».

«Non posso. Sto aspettando una persona».

«Addio, Angelo».

«Addio».

Feci qualche passo e sentii:

«Alessandro!».

«Sì?».

«Voglio darti un'ultima indicazione. Ti ho detto che sono qui da tre anni. Ho esperienza. Posso farti risparmiare un sacco di tempo. Ascoltami...».

«Ti ascolto».

«Questa città è stata distrutta una ventina di volte. Ma una volta, come aveva previsto il tuo amico, non ne rimase pietra su pietra. Esattamente nel settanta dopo Cristo, quando questa gente fece arrabbiare una volta di troppo i romani e l'imperatore Tito diede ordine di distruggere Gerusalemme, disse proprio: "Che non rimanga pietra su pietra". Tutto fu distrutto e bruciato, sistematicamente, secondo la nota organizzazione romana. Così rimase intatto solo un pavimento. Che esiste ancora. Ed è l'unico segno, l'unica pietra davvero toccata da Gesù, senza dubbi, senza atti di fede, senza superstizioni o commercio. E non è un sogno. È quella, ed è là. Potresti partire da quel pavimento».

«Dov'è?».

«Nell'antico consolato romano. Adesso si chiama convento dell'*Ecce homo*».

«Ho capito».

«Ci andrai?».

«Naturalmente. Io faccio tutto quello che mi si dice».

Camminavo di nuovo su "quella" pista. Nessun pedone, poche macchine. Il sole che scendeva a sinistra. Mi guardavo intorno, soprattutto guardavo dietro. Camminai fino alla pietra del primo incontro. Guardai la stradina bianca che scendeva sotto il ciglio. La percorsi fino all'aria fresca della grotta. Girai intorno lo sguardo. Resistetti alla tentazione di chiamare: "Gesù". Entrai nell'anfratto. Era scuro, ma riconobbi tutto. Uscii e risalii sulla strada. Il sole era arrivato al limite delle colline. Diedi ancora un'occhiata in giro.

Ripresi la via di Gerusalemme.

30

La sede dell'antico presidio romano interessava poco. Avevo eseguito il mio bravo compitino. Quell'edificio si chiamava convento dell'*Ecce homo* perché era lì che Pilato aveva consegnato Gesù alla folla, dopo il processo sommario. Voleva liberarsi della patata bollente.

Entrai in quello spazio percorrendo una piccola galleria buia, poi un corridoio. Muri di intonaco bianco, larghi archi, ringhiere di ferro, una pesante pietra rosa, piatta, su un piedistallo di ferro, sulla quale era aperto un libro antico. Un'icona del Gesù appesa a una colonna quadrata. Tre luci. Nessuno.

Il pavimento era costituito da enormi pietre rossicce, e antiche. Recavano i solchi che impedivano ai cavalli di scivolare. Una pietra più chiara mostrava disegni semplici, un cerchio, un quadrato, un pesce, tracce per i giochi dei soldati della guarnigione. Poteva essere da lì che schernivano il prigioniero, gli preparavano la corona di spine. Giovanni parla della pietra davanti alla quale, seduto su uno scranno, Pilato giudicava Gesù. Eccola: più brillante, più protagonista, con più storia. L'unica sicurezza, l'unica materia autentica, a sentire il misterioso Angelo Profeti.

Con una certa attenzione ci salii sopra. Stavo immobile e scrutavo dentro di me, se si componesse l'emozione. Non riuscii a coglierla perché quasi all'istante non fui più padrone di ciò che sentivo. Stavo male, semplicemente. Gli archi e l'icona mi passarono, dal fianco, sotto i piedi, e anche lo stomaco mi parve che decidesse in assoluta autonomia qualche brutto movimento. Ricordo che riuscii a non cadere, ma mi tolsi dal sasso. Piano piano gli archi tornarono in alto e la nausea diminuì. Feci qualche passo e mi appoggiai al muro.

Storia, mistero, sogno, patologie: ci stava tutto. In una parola stavo sempre peggio. Stavo davvero male.

Aspettavo che cuore e respiro recuperassero la normale cadenza. E che la vista riacquistasse il fuoco. Mi accorsi che sudavo. Alla base di una ringhiera c'era uno scalino di pietra, buono per sedersi.

Fu un altro dei momenti estremi della mia vicenda. Era panico serio quello, non depressioni, visioni, misteri. Era malattia vera, che condizionava e comandava, e niente potevo. E deliravo: "Chissà come sono gli ospedali qui... gli ebrei sono efficienti... chissà come trasferiscono i malati in un altro paese...".

Poi mi parve di riemergere da un lungo sonno. Intorno continuava a non esserci anima viva.

Ma a guardar bene non ero solo. A guardar bene.

Nel mezzo della stanza, sul sasso dell'antica condanna, c'era lui, il mio Gesù.

Era immobile, a testa bassa, assorto. Un raggio di luce gli colpiva il capo, proiettato forte e lineare da una fessura del soffitto. Era un'immagine tanto strepitosa da non poter esistere. Una contaminazione fra Hollywood e il Tintoretto. Una grafica davvero leggendaria, più perfetta di una sfera.

Pensai: "Adesso guardo altrove per qualche secondo, poi mi giro e non c'è più". Lo feci, ma anche questa volta andò male, era ancora lì. Davanti a me.

Dissi:

«Rieccoti».

«Come stai?».

«Dove sei stato?».

«Avevo da fare».
Sedette accanto a me.
Dissi:
«Ti rendi credibile, simpatico, mi fai pensare "vuoi vedere che questo qui è davvero Dio?". Poi fai marcia indietro. Tutto da capo».
«Hai ancora dei dubbi?».
«Alla grande!».
«Ma non dovresti. Ti ho dato prove forti».
«Mi hai dato un accidente. Ti ho lasciato che guardavi il tramonto sul mare di Galilea a disquisire sui media. Poi mi sono svegliato in macchina in un parcheggio a qualche chilometro da Tiberiade. Ti ho cercato tentando di indovinare dove potessi essere. Ma non è facile mettersi nella tua testa. Ti ho cercato come un idiota. E tutti che mi spiegavano qualcosa, gente da corte dei miracoli, il cadavere in nero di Macerata, statistico delle tue guarigioni in quel di Cafarnao. Senza contare il profeta campano che mi manda a destra e a manca per tutta la Terra Santa. Chi sono? Angeli, tuoi complici? E poi mi riappari come uno spot della fede, con l'aureola».
«Sei nervoso».
«Nervoso? E come potrei? Ho incontrato mia madre morta. Sono in analisi con Dio. Tutte cose che potrebbero anche non esistere, potrebbero essere un sogno. Che ragione avrei di essere nervoso?...».
Cercai di calmarmi, ma non riuscivo.
«Ho conosciuto tanta gente, visionaria, ti racconta le terapie. Fanno parte della vita di oggi, ti dicono. Chi non è stressato? Ma il mio caso è diverso. Diventerò un precedente per le cliniche universitarie: l'uomo medio che credeva di aver incontrato un Gesù postmoderno sulla via di Emmaus. Io voglio sapere adesso se esisti e perché sono qui. Voglio che tu mi dimostri che non è suggestione, insomma che non sono matto. E voglio che duri, perché quando spari-

rai di nuovo io ancora mi domanderò se ti ho incontrato davvero».

Ero proprio furibondo, un fiume in piena.

«Ho raccontato la storia di quel tuo amico, Cleopa...».

Gesù sorrise con dolcezza.

«...che non avevo mai sentito nominare. E l'ho raccontata in tutti i particolari. E allora? La conoscevo e l'avevo rimossa? Oppure anche questa è magia. Valgono tutte e due le ipotesi. E chi mi dice qual è la verità? Divento matto».

Il Gesù cercò di trasmettermi una certa calma.

«Non ti ho mai visto così aggressivo, e ostile. Ci parliamo da giorni. Ci conosciamo. Ho fatto tutto quello che mi hai chiesto, tutto. Abbiamo parlato di tante cose. Ho risposto a quasi tutte le tue domande».

«Abbiamo parlato di me e delle mie esperienze. Guarda, non sono in grado. Oggi non sono in grado».

Mi sorrise come a un amico. Sedette vicino a me, avvicinò la mano alla mia fronte. Disse:

«Voglio che tu stia bene. Voglio che ti tranquillizzi e recuperi la tua disponibilità».

Mi irritai perché ero certo che quella mano avrebbe prodotto l'effetto. Infatti poco dopo cominciai a reagire, come a un potente tranquillante. E così cedetti, non avevo più voglia di lotta, adesso mi interessava quella tregua, quel piccolo benessere in prestito.

La grinta si era spenta, ma l'attenzione era vigile. Dissi:

«Guardati in giro. Possibile che un luogo tanto importante sia ignorato dai turisti? Che nessuno entri qui dentro? Perché? Hai ordinato che non dobbiamo essere disturbati?».

Volevo fare qualcosa, impormi in qualche modo. E poi, l'ho detto, ero nervoso. Gli indicai i polsi. Ebbi anche l'impulso di afferrarli. Ma non lo feci. Per rispetto. O forse paura. Insomma, non osai. Li guardai con attenzione, all'interno e all'esterno.

«Non hai neppure un segno, un piccolo segno dei chiodi».

Poi gli guardai i piedi.

«E metti bene i piedi... sulla croce non erano così. Il destro dev'essere sopra il sinistro».

«No, sono messi bene».

«Nei quadri non sono così».

«Vuoi che non ricordi... dove mi è entrata la punta? E poi nessuno mi ha mai fatto il ritratto. Usciamo da qui».

«Va bene».

Ci alzammo. Si mosse davanti a me nella grande stanza, poi attraverso il corridoio, poi nella stretta buia galleria, verso l'uscita, verso il sole, in fondo. Non incontrammo anima viva.

Camminavamo sulla strada di Emmaus. Il tempo era cambiato. Nuvole scure arrivavano da occidente, dal mare. Si era levato il vento. Il Gesù avanzava con quel suo passo che la lunga veste rendeva altalenante, i capelli ondulavano, gli occhi erano socchiusi e concentrati in avanti. Io procedevo al suo fianco. Eravamo silenziosi. La strada era tanto vuota da sembrare un set, o una protezione per noi. Non sentivo la fatica.

Poi parlò:

«Hai citato Cleopa. Ecco, è qui che l'ho incontrato, con il suo amico».

«Hai un po' giocato con loro. Eri contento».

«Contento? Ero eccitato. Puoi ben capirlo».

«Lo credo. Eri morto e risorto».

«Appunto, avevo compiuto una missione impossibile. C'ero riuscito. Era stato tutto predisposto, ma avevo avuto paura lo stesso. Mi ero anche sentito abbandonato. E una volta risorto mi sono mostrato a questo e a quello, ai miei, a tanta gente insieme».

«Dovevi comunicare la parte nuova del tuo programma. Come al solito lo hai fatto molto bene, eri efficace».

Mi fermai, e anche lui.

«Cosa c'è?» domandò.

«Tutto ciò che mi stai raccontando è scritto, è tradizione. Mi dai altri particolari, magari suggestivi, di una storia che già conosco. Per questa ragione quando tu scompari e resto solo, finisco per pensare che tu possa essere un mio prodotto, elaborato dalla mia esperienza e dalla mia fantasia malata. Non mi hai dato niente di esclusivo».

Gesù mi guardò con molta attenzione.

«Capisco cosa intendi dire».

In quel momento passò una vecchia Renault, diretta a ovest.

Cominciò:

«Il compagno di Cleopa, al quale le Scritture non danno un nome, si chiamava Giusto, detto nella tua lingua, ed era di Giaffa».

Fui io a guardarlo con attenzione. E mi rendevo conto che stava accadendo qualcosa di molto importante. Un supplemento autentico di novella. Una verità dalla prima fonte. Come un nuovo reperto col quale si confronterà il mondo. Un reperto mio personale.

«Era un brav'uomo, Giusto. Era di una famiglia di muratori, suo padre ottimo amico del mio. Non avevo avuto occasione di parlare spesso con lui dei miei argomenti. Aveva poco tempo per spostarsi con noi, perché era sposato. Ed ero in colpa nei suoi confronti, proprio in quel senso. Ero io che, involontariamente, avevo ritardato il suo matrimonio...».

Ascoltavo curioso, e bendisposto.

«...Giusto era venuto nella bottega di mio padre per ordinare alcuni mobili. Due panche e un tavolo. L'addetto al legno sarei stato io. Mio padre era impegnato in altri lavori. Non saremmo mai riusciti a sopravvivere solo con la falegnameria. Quella terra... questa terra era poverissima di legno. Giuseppe era falegname ed era carpentiere, nel senso più ampio. Lavorava i mattoni, le pietre. Diciamo che le entrate maggiori derivavano dalle opere pubbliche, dagli edifici e dai templi di Erode. Ricordo mio padre sempre fuori casa a scalpellare le pietre. Ma torniamo al committente. Mio padre gli dice: "Il lavoro te lo fa Gesù, siete giovani, capirà meglio le tue esigenze". In quel tempo ero già molto distratto. Avevo ventinove anni. Ti confesso che non ero mai stato un falegname entusiasta. Certo, aiutavo, ma facevo lo stretto indispensabile. Insomma, Giusto mi dà la commissione e poche indicazioni. Infine fissa la data. I primi di ottobre, a Betania. "Consegnami la roba dieci giorni prima". Dunque ho quasi tre mesi di tempo. Giravo già molto, e studiavo, e parlavo con la gente. In sostanza lavoravo sempre meno. E ti do un'altra esclusiva, come la chiami tu. Proprio in quelle settimane avevo conosciuto un greco di Antiochia, certo Alessandro, uomo colto e d'esperienza, che voleva insegnarmi la sua lingua. Mi diceva: "Tu hai grandi ambizioni, vuoi essere un maestro per le genti, non puoi ignorare il greco, devi leggere i nostri filosofi, i poeti". Gli risposi, ringraziandolo, che non avevo il tempo. E poi il mio territorio era piccolo, anche se sufficiente per ciò che volevo fare. Mi sentivo attrezzato. Ma ti dico che mi sono pentito di non aver seguito il consiglio di Alessandro...».

Fece una pausa.

«Giusto veniva spesso a vedere se c'erano progressi. Ero sempre allo stesso punto: non avevo ancora cominciato, e lui era sempre più preoccupato».

Sorrisi.

«Non avresti dovuto sentirti in colpa. È una pratica normale anche oggi».

«Veniva tutte le settimane. E ti confesso un'altra cosa, molto imbarazzante per me. Per due volte, vedendolo arrivare dalla strada, uscii dal retro per non farmi trovare».

Questa volta risi.

«Questo sì che è interessante».

«Però avevo le mie buone ragioni. Mio padre falegname si arrabbiava, ma il cliente mi scusava».

«Insomma l'hai fatto il lavoro o no?».

«Gli ultimi due giorni di settembre mi metto a lavorare. Davvero una corsa. E anche Giuseppe mi dà una mano. Riusciamo a finire il lavoro».

«Beh, allora è andato tutto bene».

«No, perché Giusto, vedendo che ero così indietro, per prudenza aveva rimandato le nozze di due settimane».

«Comunque alla fine a Emmaus gli hai fatto una gran bella sorpresa».

«Gliela dovevo».

Due massi ci diedero lo spunto per sederci. Dissi:

«È una bella storia simpatica e normale, però non porta alcun nuovo contributo al grande mistero, niente di concreto. È un po' la vita di tutti i giorni ai tempi di Gesù. Un libro già scritto, tra l'altro».

«Non sei simpatico, Alessandro. Oggi proprio non sei simpatico».

Sorrisi, ma solo dentro. Ma era lo stesso. Lui vedeva tutto, no?

Rimanemmo silenziosi per qualche minuto. Nel frattempo passò un camion militare scoperto. Pieno di soldati con i fucili in mano.

Poi disse:

«Vogliamo ricominciare da dov'eravamo rimasti?».

«Va bene. Il nome».

«Cesare Piano».

31

Una volta l'agenzia Armando Testa mi affidò una campagna importante su un liquore di erbe. Dovevo inventare una comunicazione particolare, diversa, che facesse emergere il prodotto in un mercato intasato. Il titolare della fabbrica si chiamava Cesare Piano, ingegnere, un uomo che ben presto mi interessò più della campagna. E non mi accadeva mai.

Quando mi venne presentato mi parve, così, alla stretta di mano, pulito e triste. Capelli brizzolati, tradizionalmente elegante con buoni tessuti sul grigio, poco più che cinquantenne. Durante la prima riunione ascoltò e parlò poco. La sera mi telefonò a casa. Disse:

«Le dispiace se la chiamo in privato?».

«Certamente no».

«Trasgredisco a qualche regola?».

«Non credo, non ci sono misteri. Io devo lavorare per lei, con o senza mediatori».

«Sì certo, con o senza... signor Forte, vorrebbe venire a casa mia? Io per abitudine mi trovo meglio con un unico interlocutore. Visto che è lei il leader del progetto...».

«Ma certo, ingegnere».

Completò:

«...e poi lei mi sembra un professionista molto svelto, sono sicuro che ha già qualcosa in mente».

«...un embrione».

«Mi basta».

L'incontro era stabilito dopo cena. Arrivai alle nove e mezzo. I Piano abitavano in una villetta in zona Porta Vittoria. Ebbi subito, molto forte, la sensazione della casa di famiglia, mobili di generazioni, sapore di buona borghesia, tavolini d'epoca con fotografie di personaggi seri e benestanti. Piano mi venne incontro.

«Saremmo stati contenti se fosse venuto a cena».

«Proprio non potevo».

Ci appartammo nello studio e Piano ritenne di darmi qualche rapida informazione sulla ditta. La famiglia produceva il liquore da quasi cent'anni. Ascoltavo quell'uomo così poco conforme ai personaggi omologhi che mi capitava di frequentare. Era un gentiluomo che dava la sensazione di coltivare altri interessi oltre la ditta. Era stata di suo padre e di suo nonno e lui aveva un dovere da compiere. Poi c'era il resto, più vasto dell'azienda, e doloroso mi pareva.

Sorrise porgendomi un bicchierino di Porto.

«Mi parlava di un embrione, dottor Forte».

«Sì, è solo uno spunto... il fatto è che quasi tutte le strade sono state percorse. Liquore d'erbe evoca ecologia. Ma è una pista... già degradata».

«Sì, immagino di sì».

«Su quel concetto è stato messo un punto, siamo nel terzo millennio eccetera. Mi scusi per la parola, ma siamo già al postecologico».

Annuì.

«Capisco».

Provai un intimo fastidio per quella mia ultima astrusa frase da *copy writer*. Così cercai un'immediata contropartita efficace e non astratta. Dissi:

«Pensavo alla moda dell'arte, i musei sono gremiti, bisogna prenotarsi come al ristorante».

«È vero. Mi sembra uno spunto buono».

Guardò l'orologio e disse:

«Mi scusi. Devo dare una medicina a mia moglie».

«Niente di grave, spero».

«Purtroppo non è così».

E si alzò senza lasciarmi il tempo di sentirmi imbarazzato.

Tornò dopo un paio di minuti. Mi parve un po' a disagio. Si sentiva in dovere di darmi una spiegazione.

«Mia moglie è paralizzata, da tre anni».

«Mi dispiace molto, davvero».

Disse una frase naturale:

«È una donna straordinaria».

E una frase personale, a se stesso:

«Non è stata colpa di nessuno».

Capii che indugiava su quel pensiero. Non voleva abbandonarlo.

«Ha affrontato quella... disgrazia con una forza eccezionale... è sempre sorridente, poveretta».

«Mi stimola a conoscerla, ingegnere».

«Davvero?».

«Mi creda, non lo dico per gentilezza, o perché lei mi farà guadagnare del denaro».

«Sì, le credo. Aspetti un minuto».

Uscì di nuovo dalla stanza e ritornò poco dopo, sorridente. «Venga, dottor Forte. Anche mia moglie gradisce conoscerla».

Mi guidò nella stanza da letto. La signora Piano era bionda, con occhiali, bella. E, appunto, sorridente. Era su una sedia a rotelle ma non dava la sensazione della paralisi. Non aveva coperte sulle gambe, o pantaloni che nascondessero. Indossava calze a rete e scarpe eleganti. E attraverso la gonna si intuiva una bella forma dei fianchi.

Le baciai la mano.

«Alessandro Forte».

«Marta».

Mi fece cenno di sedere su un divano davanti a lei.

«Lei è quello della pubblicità».
«Sì».
«Conosco qualcuno dei suoi film».
Non ebbi una battuta di rimando.
«Mi piacciono».
Intervenne il marito.
«Mi spieghi, Marta, perché il dottor Forte sarebbe qui, altrimenti?».
Sorridemmo tutti.
Suonò il telefono e Piano disse:
«È certamente Caloja».
La donna scosse il capo.
«Naturalmente. Quel noioso. Cerca di cavartela prima della solita mezz'ora. Per educazione nei confronti di un ospite».
«Farò il possibile» disse lui. «E comunque dubito molto che l'ospite si annoierà, qui con te».
Accompagnò con lo sguardo il marito che usciva dalla stanza. Disse:
«Poveretto, che vita fa».
«Perché dice questo?».
«Ma non mi vede? Non creda all'apparenza dignitosa, io non sono più buona per niente. Per niente».
Un'affermazione tanto diretta accorciava tutti i tempi. Potevo dunque domandarle della "disgrazia".
«Posso chiederle cosa le è successo?».
«È una malattia delle ossa. Non rapida, purtroppo...».
Interpretò una mia mimica che doveva essersi formata mio malgrado e riprese:
«Le chiedo scusa, Alessandro. Non voglio sembrarle frustrata e disperata... quella mia ultima frase era terribile».
Allora cercai parole adeguate in un repertorio adeguato. Non avrei dovuto avere grandi problemi, era il mio mestiere. Ma avrei potuto far meglio.
«Le assicuro che la parola "disperata" non le si adatta in alcun modo».

«E quale mi si adatta?».

«Affascinante».

Scosse il capo e fece gli occhi che sanno fare solo certe donne che hanno raccolto molti, legittimi, complimenti.

«Lei è davvero gentile, Alessandro».

Prima che il marito si liberasse della telefonata, Marta Piano, consapevole e diretta, mi raccontò della sua vita ridotta. Del salvabile da salvare, della pena degli altri, soprattutto del suo magnifico marito che le voleva bene e l'assisteva con troppa dedizione, rinunciando a tutto ciò cui era possibile rinunciare. Quando tornò Piano si accorse, perché anche in quel caso traspariva, che non mi ero annoiato.

Qualche giorno dopo ero nell'ufficio di Piano e la sua assistente mi disse che il dottore era in ritardo per via del volo.

«Niente di grave» dissi. «Torno più tardi. Scendo a mangiare qualcosa».

Ricordo che era freddo e pioveva e mi ero rifugiato in una delle tante tavole calde della zona di Porta Romana. Mangiavo seduto a un tavolino e vidi una donna che si aggirava con un vassoio in mano cercando un posto su cui appoggiarlo. Era l'assistente di Piano. Le feci un cenno, mi vide e dissi:

«Venga qui. Ci stiamo se ci stringiamo».

«Non vorrei disturbarla».

«È un piacere».

Parlammo di lavoro. Si chiamava Chiara, era doverosamente discreta. Era gentile e trattenuta. La perfetta collaboratrice che si identifica con il proprio lavoro.

Con il caffè in mano le dissi appunto che dava la sensazione di grande efficienza.

«Scommetto che lei è indispensabile al dottor Piano».

«Cerco di essergli utile».

Poi ebbe un quasi invisibile risentimento. Come a giustificarsi.

«Guardi che non sono il tipo che si porta i compiti a casa».

Le sorrisi.

«Meglio così. C'è tutta una vita, dopo il lavoro».

Mi accorsi che sospettava.

«Cosa intende dire?».

«Niente di più di ciò che ho detto. Il lavoro non può essere tutto».

Però un piccolo segnale di suscettibilità era rimasto in quegli occhi.

Tornammo insieme in ufficio.

Quando rientrò Piano, l'assistente gli disse che ero stato molto paziente e che avevamo mangiato insieme.

Eravamo tutti nella stanza del capo. Piano si tolse il soprabito, entrò nel piccolo bagno per lavarsi le mani, si mise alla scrivania e guardò velocemente alcune lettere. Chiara lo seguiva con lo sguardo, devotamente, pronta ad ascoltare e a rendersi utile.

Mostrai al cliente il materiale che avevo preparato.

Due giorni dopo la mia segretaria mi disse che aveva telefonato la signora Piano: «Vorrebbe che la richiamasse».

Lo feci.

«Spero di non disturbarla, Alessandro».

«Niente affatto, Marta».

«Bene, vedo che ci è riuscito».

«Riuscito?».

«A chiamarmi Marta. Le ho telefonato per invitarla da me a bere qualcosa».

Non ebbi la battuta pronta. La ebbe lei.

«Sa bene che non sono nelle condizioni di sedurla...».

Osai.

«Un vero peccato».

«Allora l'aspetto?».

«Va bene. Fra un'ora».

Il marito non c'era. Era prevedibile.

Muovendosi con molta disinvoltura con la sua sedia, la donna preparò il tè e lo servì in uno splendido servizio d'argento, inglese.

Mescolando lo zucchero, disse con la solita qualità di sorriso:

«Io ho molta fiducia in lei».

«Mi fa piacere».

«E anche mio marito. Dice che non è solo un ottimo professionista, è anche una persona di grande umanità».

Abbozzai un'espressione di compiacimento.

Marta posò la tazzina e raccolse le idee.

«Ciò che sto per dirle è molto delicato... molto. Alessandro, lei conosce la mia condizione. Sono un relitto. Come le ho già detto mi sono inibite tutte le funzioni, tutte».

Dovevo dare un segnale di risposta a un segnale tanto deciso.

«Sì, ho capito».

«Io vivo al dieci per cento delle normali possibilità vitali. Lo stesso vale per mio marito. E non deve essere così. È un uomo ancora giovane... sano».

Ascoltavo, molto compreso.

«Alessandro, mio marito vive al mio fianco come se fossi una donna normale. Tutto il tempo, forse di più. Significa che vive qui dentro. Non fa nulla. Niente cinema, o ristoranti, o inviti dagli amici, o passeggiate per fare spese, mostre e librerie. Piccole, magnifiche cose, che ci piacevano tanto. Niente. Tutto finito per me, e questo è inevitabile, ma lo è anche per lui, e questo non può essere. E un'ultima cosa... il sesso. Cesare non fa l'amore da tre anni, mi è inutilmente fedele. Mi capisce?».

«Certamente».

«Alessandro, lei ha conosciuto Chiara, l'assistente

di Cesare. È una donna straordinaria, ed è segretamente innamorata di Cesare. Segretamente significa che non vuole farlo trapelare nemmeno a se stessa. Perché è troppo per bene, troppo corretta. Soffre in silenzio, soffre molto. E anche Cesare soffre. È attratto, le vuol bene, anche lui senza saperlo, probabilmente. Sono nove anni che Chiara si prende cura di lui, gli risolve i problemi. Mio marito ha avuto a che fare molto più con lei che con me... mi capisce Alessandro?».

«Forse».

«Non è facile per me dirle queste cose, e pensarle. Non sono così fredda e generosa, mi creda. Sono sempre stata viziata. Mi interessava soprattutto Marta Piano. Ma poi accadono le cose, e bisogna affrontarle. Vuole dell'altro tè?».

«Cosa?».

«Ancora tè?».

«No, grazie... Marta, cosa si aspetta da me?».

«Le ho già detto che Cesare ha molta stima di lei, al di là del lavoro. Lei sa come accadono certe cose. Si parla, si specula all'infinito su un problema, sembra che tutto sia stato detto e tentato. Poi arriva un esterno che dice una frase, una piccola frase e tutto si risolve, tutto è chiaro, il sipario si apre».

«Sì, a volte succede».

«Voglio che lei gli parli».

Mi alzai. Ero a disagio. Andai alla finestra a guardare il giardino della villa. Due gatti giocavano sotto un nocciolo.

«Marta, ma come mi comporto? Lo invito a cena e gli faccio la predica?».

«Trovi le parole per... per liberarlo. Lei ne è capace».

E invece in quel momento non trovavo proprio le parole.

Marta mi guardò come se fosse in colpa.

«Le chiedo scusa se l'ho imbarazzata. Non voglio

premere... costringerla. Però le chiedo di pensarci. Lei vedrà spesso mio marito, e vedrà anche Chiara. Chissà che non le venga lo spunto per prendere a cuore questo... caso pietoso».

Tornai a sedere, un po' frastornato.

«Mettiamola in questo modo. Non voglio che diventi un incarico, mi angoscerei, non lo porterei a termine. Però le prometto che se nel quadro normale dei rapporti che avrò con suo marito si aprirà uno spiraglio, io cercherò di entrarci».

La donna annuì

«Lei non mi sembra una persona che parli a vanvera. Se lo dice, so che lo farà. E la ringrazio».

Nella settimana successiva vidi Piano due volte. E un tardo pomeriggio, nel suo ufficio, le tesi della signora Marta vennero tutte ratificate. Chiara e Piano: gli sguardi erano quelli, così come le discrezioni, e le tensioni, e i gesti. "Quelli" che aveva detto la moglie.

Una sera, mentre aspettavo che Piano arrivasse, mi intrattenevo con la sua assistente. Parlavamo di lavoro, di vita domestica, di prospettive. E così mi inventai uno spiraglio. Con la premeditazione di cinque secondi, col tono più naturale possibile dissi:

«Lei deve voler molto bene all'ingegnere».

Chiara aveva le mani sulla scrivania. Non le mosse. Né mosse gli occhi, o la fronte. Dopo il tempo necessario fece un cenno col capo, con difficoltà.

«Sì, certo, è naturale. Sono qui da molti anni».

«Certo, è naturale».

Con Piano, invece, lo spiraglio si presentò. Improvviso e anche sproporzionato. E favorevole.

Era sera, erano passate le otto, entrai nella sede, e non c'era nessuno. Percorsi il corridoio che portava all'ufficio di Piano, Chiara non c'era, la porta dell'ingegnere era socchiusa, bussai e mi affacciai. Piano era seduto alla sua scrivania, con i gomiti appoggiati al piano di legno, la testa fra le mani e le dita fra i capelli. Una rappresentazione così efficace del dolore che sembrava una *réclame*.

Decisi di entrare nello spiraglio.

«Ingegnere, cosa le succede?».

Si ricompose immediatamente, ma non riuscì a ricomporre il rossore e la forte tristezza degli occhi. Disse una delle poche cose che si possono dire in una situazione come quella.

«Sono un po' stanco».

Sedetti di fronte a lui. Cercando di essere dolce, e amichevole.

«Questa non è solo stanchezza, Piano... pensava a sua moglie?».

«Già».

«Vedo che lei le si dedica completamente».

«Sì, infatti».

«Suppongo sia difficile, quasi una missione».

«Sì, sono le parole giuste».

Tentai un'azione difficile, ma c'erano le condizioni: da conoscente diventare amico con un gesto o una battuta. Mi alzai, girai intorno alla scrivania e gli misi una mano sulla spalla.

«Lei si comporta al meglio... ma non sarebbe un delitto se pensasse un pochino anche a se stesso».

Mi guardò dal basso come se fossi un amico ritrovato.

«La ringrazio molto, Forte».

«Alessandro».

«Grazie, Alessandro. Lo so che sei una persona che comprende le cose».

«Se posso fare qualcosa... per te».

«Cosa ne dici di uscire a mangiare un boccone?».

«Molto volentieri».

«Paga il committente?».

«Certamente. In conto alla ditta».

Al Don Lisander l'ingegner Piano era di casa. Era evidente. Del resto, il tradizionale, elegante, vecchio ristorante milanese gli si adattava alla perfezione.

Ordinammo e Piano disse subito ciò che gli premeva.

«Mia moglie è stata... è straordinaria, merita tutto il mio rispetto. Non posso ignorare che è inferma. Non posso comportarmi come se non lo fosse».

«Cesare, per mia natura, e per il lavoro che faccio, credo di saper osservare la gente. Scusami se sarò molto diretto».

«Ma no, ti prego».

«Non occorre una particolare attitudine per accorgersi dei sentimenti di Chiara nei tuoi confronti…».

Cesare non reagì.

«E dei tuoi nei suoi confronti».

Per guadagnare tempo si versò del vino bianco.

«Vedi, Alessandro, io non sono abituato ad argomenti tanto diretti. Mi fanno un po' paura. Ti assicuro che ho il polso della situazione, ma non posso comportarmi diversamente. Non posso».

«Scusami, se sarò un po'… un po' volgare. Chi mai potrebbe rimproverarti se nascesse qualcosa fra te e Chiara? E ripeto, da quanto ho capito, sarebbe la cosa più naturale. E arrivo a dirti che tua moglie non ne soffrirebbe anche se lo intuisse».

Mi accorsi che la sua disponibilità era al limite ed era buona per un'ultima battuta, sua.

«Alessandro, non è solo un fatto di sentimenti, ma anche di convinzioni».

Gli sorrisi cercando di mostrargli tutta la mia nuova amicizia.

«Scusami Cesare, se ho parlato troppo».

Non lo vidi per qualche giorno. Aspettavo la telefonata di Marta Piano, che non venne. Ma era giusto così: c'era stata una scivolata di indiscrezione e di debolezza.

Per una donna come lei non ci sarebbe stata una seconda volta.

Invece mi chiamò Chiara. Mi domandò qualcosa di generico sul lavoro, capii quasi subito che era un pretesto, poi disse:

«So che avete avuto un *tête-à-tête* lei e l'ingegnere».

«Sì, è vero».

«Da quella sera è molto strano».

«Davvero? In che modo?».

«Direi che... è meno gentile del solito».

«E lei ritiene che sia colpa mia?».

«Non mi permetterei, dottore. Ho solo notato la coincidenza».

Decisi che quella chiamata non doveva morire così informalmente.

«Chiara».

«Sì».

«Lei è molto discreta. Molto attenta nelle parole».

«Può essere».

«Questa telefonata le deve essere costata. Deve aver avuto una forte motivazione».

Non rispose. Continuai:

«Io ho molta stima di lei, e anche Cesare...».

Pensai attentamente alle parole di chiusura, molto delicate. E dovevano essere semplici.

«Le auguro buona fortuna».

Ancora non rispose. Salutai e appesi.

Nel frattempo il lavoro proseguiva e avevo un nuovo interlocutore, il solito giovane del marketing, tipologia che ben conoscevo.

Non vedendo il titolare da alcuni giorni – mai intervallo era stato così lungo –, ritenni che la mia indiscrezione dopo tutto non era stata gradita, e che il rapporto fosse compromesso, sul piano "confidenziale" almeno.

Invece un pomeriggio telefonò Chiara per chiedermi la disponibilità per una cena in casa Piano per quella stessa sera.

Come al solito l'ingegnere "era in arrivo". La signora Marta, con il suo bel sorriso, aggiunse:

«Il suo quarto d'ora di ritardo fisiologico».

Eravamo in sala da pranzo, il domestico orientale stava servendo gli aperitivi.

Ero imbarazzato e timoroso. Temevo che da un momento all'altro potesse essere introdotto "quel" discorso. Invece la donna parlò di altri argomenti, generici. Quando capii che non ci sarebbero state indiscrezioni, cominciai a sentirmi a mio agio. E poi, puntuale nel suo ritardo, arrivò l'ingegnere.

Eravamo noi tre. Cesare disse:

«Non ci siamo visti per alcuni giorni. Non volevo che pensassi a una fine prematura della nostra nuova amicizia».

Non potei che sorridere. Continuò:

«Sono stato via. Sono stato informato dei progressi del lavoro. Quello che state facendo tu e l'agenzia piace a tutti. Direi proprio che siamo in dirittura».

«Bene».

La signora Marta disse:

«Complimenti, Alessandro».

Poi parlammo di altre cose, solite, normali.

Finché Cesare disse:

«Alessandro, lo penseresti che io sono un cinefilo?».

«Sinceramente no».

«Non ne riscontri le caratteristiche?».

«Francamente mi sembri troppo equilibrato per farti coinvolgere dalla finzione».

Guardò la moglie e fece finta di offendersi.

«Non mi sembra assolutamente un complimento questa frase».

La moglie alzò un braccio, come in segno di resa.

«Alessandro, temo che mio marito stia per mostrarle certe logore locandine degli anni Trenta. Ne approfitto per salutarvi. Sono un po' stanca».

Cesare si dedicò alla moglie. Evidentemente andare a dormire, per una persona in quelle condizioni, non significava spogliarsi, lavarsi i denti ed entrare nel letto. Doveva essere una pratica difficile e dolorosa. Aspettai Piano per quasi mezz'ora. Pensai che in quell'intervallo non ci fosse solo l'abituale prassi di medicine e di faticosi movimenti pilotati, ma anche il tempo per l'affetto vero, non dovuto.

«Scusami tanto», disse subito Cesare «la fine di una giornata è sempre un momento delicato per Marta. Vieni a vedere le logore locandine».

Mi mostrò materiale davvero interessante, mirato, originale, di valore anche. Ero l'uomo adatto ad apprezzare.

Poi sedemmo in studio, con i liquori.

Tenendo lo sguardo accuratamente lontano dal mio, Cesare cominciò a parlare.

«È stata importante quella nostra cena, Alessandro. Le parole che mi hai detto. L'opinione esterna di un uomo sensibile quale sei. Naturalmente sono servite a farmi pensare. Non che io non abbia mai pensato a quelle cose, naturalmente. E allora ho cercato di prefigurarmi le situazioni...».

Accese una sigaretta e scelse le parole.

«Accettando il fatto che Chiara sia, diciamo così, favorevole, che facciamo, la porto in un motel? Oppure andiamo il *week-end* in un ritrovo fuori mano? E magari in quel momento Marta ha bisogno urgentissimo di me e io non ci sono per aiutarla? E l'aiuta il filippino? Poi il lunedì Chiara e io ci sediamo dietro la scrivania come se niente fosse. Con l'unica, latente speranza che possiamo avere: che mia moglie prima o poi tolga il disturbo? Senza contare che Marta, al primo sguardo, entrato in casa, capirebbe tutto, ma proprio tutto. E magari lo accetterebbe... Certo, molti uomini lo fanno. E, come hai detto anche tu, chi avrebbe a ridire, data la situazione...».

Scosse il capo e finalmente spostò i suoi occhi sui miei.

«Non è per me, Alessandro. Preferisco rinunciare, anche se qualcosa mi costa certamente... come puoi immaginare. Ti ho portato argomenti molto semplici, banali, ma terribilmente importanti per me. Marta e io ci siamo sposati vent'anni fa. Adesso lei è malata. Io sono il marito. È la nostra vita. Non me la sento di stralciarne una parte per rendermela... più comoda».

Scese un silenzio lungo e pieno di emozione.

Cesare fumava, io sorseggiavo del Porto. Dissi:

«Tutto questo ti fa onore, Cesare. Ma non ne dubitavo. Sai, nessuno è più abituato a certi comportamenti».

«Molti diranno che sono un cretino, magari un po' maniaco, che soffro e faccio soffrire. Che saremmo tutti contenti se... Magari anche tu la pensi così».

Cercai le parole più oneste che potei.

«Magari di primo acchito, Cesare. Ma non dopo stasera. Resti fedele ai tuoi sentimenti e alla tua religione».

Non rispose subito. Mi accorsi che cercava di capire.

«Religione?».

«Ricordo le parole che mi hai detto. Che non era solo un fatto di sentimenti, ma di religione».

Scosse il capo e sorrise.

«La parola era convinzione, non religione».

«E cosa cambia?».

«Molto, o forse niente. Comunque io sono ateo».

La frase cadde con il giusto rumore.

Dissi:

«Davvero?».

«Davvero».

Mi soccorse un debole sorriso.

«Tuttavia non ho mai sentito un discorso più religioso del tuo di stasera».

«Sì, capisco cosa vuoi dire. Eppure io non credo».

«Ma allora perché tanta devozione, tanto spirito di sacrificio? In funzione di cosa?».

«Ma per me. Per rispetto di me stesso. Solo di me stesso».

Mi resi conto che ogni altra parola sarebbe stata di troppo. Bello restare all'essenza.

32

Il Gesù disse:

«Quel Piano è un uomo che ho seguito. Hai detto bene parlando di quel suo discorso tanto religioso. E anche il suo comportamento lo è. Spero che sia dei nostri al più presto».

«Credevo lo fosse già».

Sorrise.

«Manca un dettaglio».

«Già, non ti crede» dissi. «Non è un piccolo dettaglio. Una volta ti avrebbe fatto molto arrabbiare».

«A Cesare Piano manca pochissimo. Salvo non credermi, come dici tu, è un uomo di profonda religione. Con il linguaggio di un tempo avrei detto che quell'uomo raccoglieva tesori per il cielo. Adesso dico che investe a medio termine. Ha agito senza pensare a una ricompensa, ha fatto sacrifici senza che fosse spinto da uno spauracchio, solo per rispetto di se stesso, lo ha detto lui. Spero che faccia anche quell'ultimo salto di qualità».

Lo guardai incredulo. Pulito, bello, senza sudore, con il suo abito in ordine. Dissi:

«Ti è piaciuta Cesara Guidi, lesbica con figlio artificiale, ti piace Cesare Piano, ateo reo confesso». Sorrisi. «Sono solo persone buone, oneste e generose in fin dei conti».

«È passato tanto tempo, sono tornato per capire,

per aggiornarmi magari. Considerami... anche una specie di mediatore in avanscoperta».

Davvero mi venne un accesso di riso. Ma mi trattenni.

«Gesù, stai dicendo cose enormi».

«Scuserai l'immodestia, ma le ho sempre dette».

Era una perfetta battuta a chiudere, ci saremmo visti l'indomani. Ma quella volta non lo assecondai. Dissi:

«Scusa».

«Sì?».

«Dove vai adesso?».

«Perché?».

«Mi interessa».

Era incuriosito.

«Davvero?».

«Sì, dove vai dopo che ci lasciamo? Hai qualcuno che ti cura, sei sempre lindo e pinto. E poi… mangi, dormi? Mi interessa».

«Ho da fare».

«Sì, lo immagino. Però questa sera mi piacerebbe… qualcosa di normale. Beviamo una bibita…».

Sorrise.

«Non posso».

«Insisto».

«Davvero, non posso».

Ci pensai qualche secondo.

«Voglio farti una proposta, irresistibile per te. Una offerta che non puoi rifiutare».

Lo avevo incuriosito. Sapeva che non sarei stato banale. Fece un cenno col capo, di attesa. E glielo dissi:

«Una cena».

Annuì come a dire che aveva colto lo scherzo, apprezzabile.

33

Una mattina mi chiamò Sante Tomasi.

A Milano il nome ricorreva, troppo. Si era appena dimesso dall'assessorato alla cultura, per coerenza aveva detto lui, per opportunità dicevano tutti. Il nome ricorreva perché Tomasi era uno di quei politici che si fanno notare. Ci sono politici attivi o passivi, positivi o negativi. Se vogliamo farlo entrare in questa definizione semplice diciamo che era un "attivo-negativo". Insomma era un frenetico. Sempre a proporre iniziative, a dar risalto alla proposta attraverso i media, e a dar altrettanto risalto all'impossibilità di realizzarla per l'immobilismo e l'ostruzionismo altrui. Tomasi era riuscito a connotarsi come un operativo lungimirante e generoso, costantemente avversato da nemici ciechi, burocrati e corrotti. Fra le tante iniziative che aveva promosso c'era la costruzione di grandi fontane di plastica usa e getta, per i mesi estivi; l'organizzazione di manifestazioni culturali generalmente di scarso interesse, più ingombranti che importanti; zone ciclabili che paralizzavano quartieri, con biciclette date in dotazione dal comune, sulle quali nessuno pedalava, e col tempo tutte rigorosamente rubate; facciate di palazzi storici della città, in piazza Mercanti, piazza del Duomo e corso Vittorio Emanuele, consegnati ai grandi stilisti che li avevano soffocati con abnormi immagini pubblicitarie; e altre decine di azioni che fossero comunque, in primo luogo, di grande spettacolarità.

Nel privato Tomasi gestiva una casa editrice di testate medicali e farmaceutiche. Era stato legato a doppio filo con i vari ministeri della Sanità e si diceva che avesse fatto un mucchio di soldi, riuscendo ad abbandonare quella nave nei momenti di tempesta a mani-quasi-nette. Ecco, c'era ancora quel "quasi" sospeso, e preoccupante. Ma non troppo.

Insomma, un politico vero.

Ci incontrammo nel suo ufficio di corso Buenos Aires.

Recandomi all'appuntamento avevo cercato di prefigurare una faccia, o una situazione, ma inutilmente. Tomasi non faceva parte della mia memoria cosciente. Eppure, come lo vidi, mi ispirò qualcosa. E fu lui, quasi subito, a sciogliere quel nodo. Poco meno di sessant'anni, capelli troppo neri, troppo elegante e troppo sorridente. Fece il giro della sua vasta scrivania, e mi tese la mano.

«Architetto, si ricorda di me?».

«Forse».

«Io invece ricordo benissimo lei, sieda pure».

Tornò al suo posto e proseguì:

«Eravamo a una cena privata, dopo la presentazione al Palazzo delle Stelline di quel pittore piemontese, Brero».

«Sì, ricordo il pittore, molto bravo».

«Alla cena lei era seduto a due posti da me e a un certo punto cominciò a parlare male dei politici».

Assentii con un sorriso rassicurante.

«È possibile».

«Era talmente cattivo e lucido che ne fui colpito. Pensai: "Guarda questo tizio come conosce bene le debolezze dei politici, e come le espone con efficacia". Lo pensai e lo dissi anche, al tale che stava in mezzo a noi, certo Marco Stroppa...».

Allora annuii con più convinzione, sapevo chi era Marco Stroppa.

«...e lui mi disse: "È un pubblicitario, piuttosto noto, si chiama Alessandro Forte"».

Feci un gesto come a giustificarmi e proteggermi.

«Spero non mi abbia convocato per farmela pagare».

Rise troppo divertito.

«Memorizzai lei e il suo nome. E così, arrivato il momento, le ho telefonato».

«Sono lusingato... arrivato il momento?».

«Sì, di farla entrare nel mio staff. Concorro per le prossime europee... come forse lei saprà».

«Sì, lo so. E cosa dovrei fare?».

«Davvero non lo immagina?».

«Sì, posso immaginarlo».

«Forte, lei detesta abbastanza ciò che rappresento per poter essere molto efficace nella comunicazione contraria. Invece di essere contro di me, lei dovrà essere con me, con la stessa qualità. È molto semplice, pensi al negativo di una pellicola: basta un piccolo trattamento e si trasforma in positivo, i bianchi diventano neri e viceversa. Naturalmente le parlo così perché lei è un professionista. Chissà quanti prodotti ha venduto che si è guardato bene dal consumare».

Il solito ricorrente concetto.

Dissi:

«Sì, qualcuno».

«Inoltre vedo dai suoi occhi e dalla palpabile diffidenza che lei non solo detesta ciò che rappresento, ma non ha neppure simpatia per me come individuo. Tuttavia non considero questo suo sentimento un ostacolo, anzi».

Sorrisi fra me e pensai che sarebbe stata la migliore premessa per chiedergli un sacco di soldi, se la collaborazione si fosse avviata.

Perfezionò:

«Mi permetto di essere franco perché io posso offrirle molti soldi. Ma credo che a questo lei stia già pensando. Senza cinismo o inutili scorie morali. Soldi e disprezzo: non ci può essere migliore garante, diciamo così».

Naturalmente non ho mai provato simpatia per chi mi ha spiegato le mie idee, però ho sempre provato curiosità per chi non cerca di apparire migliore di quanto sia.

«Capisco perfettamente, dottor Tomasi. Sentiamo».

Non dovette pensare molto. Gli argomenti erano pronti da tempo.

«Alessandro, precorro i tempi se ti do del tu?».

Non potevo certo rispondergli che precorreva i tempi.

«Figurati, Sante».

«Alessandro, io faccio di professione il politico. E ti dico subito che non sono più onesto degli altri. Ci sono delle vie obbligate e io le ho percorse tutte. È inutile che ti racconti delle favole. Ma ti dico anche che non sono più cattivo degli altri. Inoltre voglio operare. Voglio davvero migliorare le cose. So di averne le capacità. So che potrei migliorare la vita della gente. Ci sono riuscito in un contesto ridotto, la città, e ci riuscirei in un contesto molto più ampio, l'Europa. Sono preparato ad agire, non mi sono inventato un ruolo o una candidatura perché conduco una trasmissione televisiva e ho una certa popolarità presso la fascia delle donne che consumano detersivi».

Lo ascoltavo interessato, e anche curioso, perché conoscevo quella lingua, era una delle molte che la professione mi aveva insegnato. E anch'io sarei stato in grado di spiegare all'ex assessore le sue stesse idee. Dissi:

«Sei già stato esauriente, Sante. E credo di aver capito la sostanza. Ma non devi autopromuoverti. Se decido di lavorare per te, non avrà nessuna importanza che tu sia buono o cattivo... mi correggo, avrebbe importanza se tu fossi troppo cattivo, questo sì».

Sorrise.

«Come un avvocato che non vuol sapere se il suo cliente ha commesso il delitto».

«Sì, più o meno».

Si prese qualche secondo di silenzio. Poi domandò:

«Dunque. La premessa è stata esauriente? Ci siamo fatti un'idea abbastanza precisa delle nostre armi?».

Lo rassicurai.

«Andremo d'accordo».

«Adesso ne sono più che sicuro».

«Alludevi a molti soldi. Quanti?».

«Venticinquemila euro se sarò eletto».

Anche il mio argomento era pronto da tempo, e non ci fu soluzione di continuità del dibattito.

«Sei tu, Sante, quello che si candida. Puoi essere eletto oppure no. Io non mi candido. Posso solo essere pagato».

Scattò sulla sedia.

«Bravissimo, Alessandro. Qua la mano».

Due giorni dopo presi servizio. Tomasi era furbo e svelto. Sapeva cosa fare, sceglieva una strada e avanzava, ma si teneva sempre un'alternativa. Era un politico. Mi presentò il suo staff: una decina di giovani dai cognomi conosciuti in città, che ci credevano e si battevano. Lo ascoltavano con occhi incantati e poi partivano in tromba. Mi piacevano e mi facevano tenerezza.

Mi aveva spiegato i fondamentali.

«Alessandro, io so cosa fare e cosa dire. L'ho sempre saputo e ho quasi sempre vinto. Ma questa volta potrebbe non bastare. Sento che non ci sono margini nemmeno per il più piccolo errore. La posta è alta, e so che in questa campagna non basta il convenzionale, anche se efficace. E non basta l'ottimizzazione. Questa volta c'è bisogno di qualcosa di nuovo, di geniale, se possibile. Un'arma nucleare. Per questo ci sei tu».

«Mi fai carico di una bella responsabilità».

Quella volta mi prese sottobraccio e uscimmo in strada.

«Siamo all'inizio del millennio, tutti gli spunti elettorali partiranno da lì. Non voglio confondermi con gli altri. I soliti programmi, l'ecologia, le categorie meno protette, la pressione fiscale...».

Com'è mia abitudine già funzionavo, e la precisa dialettica del mio datore di lavoro mi aiutava. E proprio quella sera trovai lo spunto. Lo ricordo benissimo, eravamo davanti alla libreria Feltrinelli di corso Buenos Aires.

Dissi:

«Nessuna astrazione. Nessun concetto generico, tutto personalizzato. Gente vera, nomi veri. Situazioni reali. Visibili, tattili. E nessuna promessa a vanvera. Dovrai dare la sensazione che non farai tutto. Affronterai cinque problemi invece di cento, ma quelli li risolverai».

Tomasi mi si parò davanti.

«Sì».

Così, letteralmente, inventai personaggi e sceneggiature.

Se io avevo immaginato uno studente che vinceva una borsa di studio, ecco che lo staff cercava lo studente e il politico gli faceva assegnare la borsa. Missione compiuta in due settimane.

Fu trovato un pensionato al quale Tomasi, con una stretta di mano, promise che si sarebbe interessato della sua annosa questione di pensione arretrata. E la pensione arrivò.

Una madre senegalese di bambina nata con malformazione cardiaca ricevette la sollecita prenotazione per il costoso intervento da parte del "più qualificato chirurgo di Milano".

Cinque sfrattati con famiglie ricevettero dignitoso alloggio a tempo di record.

Io scrivevo, Tomasi telefonava, lo staff eseguiva.

E c'era il rivale da tener d'occhio. Una parte del gruppo si dedicava solo alla ricerca di qualche vecchio errore, o peccato, magari dimenticati, anche insignificanti, ma incoraggianti, "gonfiabili". Ma non trovavano niente, non una piccola tassa evasa, non una foto lontanamente ambigua, neppure una filippina senza tredicesima. Alba Sforza era proprio impeccabile, godeva di radicata, tradizionale stima familiare, non era nemmeno divorziata. Un osso duro.

E c'erano i sondaggi. I due candidati procedevano quasi alla pari. Dunque tutto diventava molto importante, anche i minimi errori e iniziative. Appunto.

Avevo suggerito che le azioni mirate e costruite – dello studente, del pensionato eccetera – non avessero grancassa immediata. Tomasi era perplesso.

«Non mi interessa acquisire meriti per l'altra vita».

«Li acquisirai per questa vita. Ma non avere fretta».

Allargò le braccia a significare "se lo dici tu, saprai quello che fai".

E poi credetti di trovare l'arma nucleare. Come me, il politico amava il momento spettacolare delle decisioni e degli eventi e gli piaceva connotarlo, a futura memoria: "...ero qui seduto quando...". Così lo invitai al vicino bar Basso e gli comunicai l'idea.

«Lascia perdere i comizi. Fanne qualcuno come promemoria e prassi, invece va' di casa in casa. Scegli duecento famiglie, selezionate con un certo criterio, in zone diverse della città. Introduciti nel loro appartamento e fa' tutti i tuoi discorsetti. Il concetto è sempre la personalizzazione, il privato, la strada e i muri, le facce della gente, non i grandi assembramenti, dove non guardi nessuno negli occhi...».

Scuoteva il capo incredulo.

«Bravo... bravo, Forte. Bravo».

Cominciò ad agire. Vennero scelte le famiglie, secondo le utilità: tutte le fasce, senza privilegi.

Gli scrissi i testi, anzi, i concetti. Sapeva metterci parole sue.

Si fidava.

Quando venne il momento, un "nostro amico" della televisione ebbe gli indirizzi del ragazzo della borsa di studio, della mamma con bambina operata, di tutti, e anche delle famiglie visitate. Tutte quelle belle, ardenti verità generarono un servizio vuoto di chiacchiere e pieno di vicende ed emozioni: il politico sulla strada e nelle case, l'uomo dei piccoli, grandi problemi individuali. L'identificazione potente della gente vera con altra gente vera, che avrebbe votato.

Facemmo un sondaggio. Tomasi aveva acquisito quattordici punti. Era largamente in testa.

E io ero venerato. Come un dio.

Poi una sera accadde quell'imponderabile che tutto rimise in gioco. Allora non riuscivo a farmene una ragione. Adesso naturalmente me la sono fatta. Venne il momento in cui il sipario si lacerò, per caso.

Saranno state le otto, eravamo tutti stanchi. I ragazzi avevano lasciato la sede. Io boccheggiavo sprofondato in una poltrona nel salottino adiacente lo studio del capo.

Nel dormiveglia sentivo la voce di Tomasi. Diversa e sciolta, era la sua, ma a ruota libera. Credeva di essere solo. La telefonata che fece capitò, selezionata, puntuale e volgare, come la pagina del crimine di un copione. Era il Caso a metterla lì. Il grande Caso.

Tomasi:

«La mia non è una piccola recriminazione. Voglio che quella professoressa venga cacciata via. Tutto qui».

«...».

«Ma certo che puoi farlo».

«...».

«Non sarebbe una cosa grave? Un due e un tre sul registro, immeritati, non sono una cosa grave?».

«...».

«Certo che credo a mio figlio. Lo conosco, e ho tutte le ragioni per credergli».

«...».

«Ti dico che c'è un patto di ferro tra noi, non mi mentirebbe mai».

«...».

«Io continuo a pensare che sia grave, a meno che tu consideri non grave la malafede in un'insegnante».

«...».

«No, caro amico, c'era pregiudizio, e come. Detesto chi pensa che i figli debbano pagare le idee politiche dei padri».

«...».

«Invece è proprio una così. Ho raccolto le mie informazioni».

«...».

«Insisto perché venga mandata via. Se così non fosse, la considererei una mancanza di riguardo da parte tua».

«...».

«Ripeto, mancanza di riguardo. Dopo tutti i riguardi che ho avuto per te».

«...».

«Credimi, sarà giusto così».

«...».

«Va bene, non voglio fucilazioni in piazza. Può benissimo finire l'anno».

Il politico si era perfettamente dichiarato. Il grande Caso aveva elaborato la sua strategia, per me, su una poltrona riparata, alle otto di sera. Mi presentai alla soglia della stanza padronale. Un po' sorpreso il politico disse:

«Ah, sei ancora qui? Che faccia... stavi dormendo?».

«Sì, ma adesso sono sveglio».

Forse, involontariamente, alterai il tono di quella battuta, e a un marpione come Tomasi non sfuggì la metafora. Strinse gli occhietti sospettosi e disse:

«Hai sentito la telefonata».

Non risposi. Era una conferma. Si alzò, fece il giro della scrivania e venne da me. Mise il braccio sotto il mio.

«Bene, Alessandro, così tutto sarà cristallino».

Uscimmo. Tomasi amava fare i pronunciamenti in strada, fra la gente, come fosse il suo perfetto teatro. Disse:

«Sì, non sono stato simpatico in quella telefonata. Ho difeso mio figlio... non è la prima volta. Te l'ho già detto, non sono un santo. Ho un mucchio di difetti, debolezze, prepotenze. Ma ne sono conscio e arrivo a dichiararlo, anche a te, e questo mi rende... pulito. Mi capisci?».

«Non so».

«Ma voglio arrivare in fondo... ho un'amante. Ma solo per il sesso, non tolgo niente alla famiglia. Tengo in pugno un paio di giudici utili... conosco certi loro... incidenti. Ho preso soldi per finanziare le mie campagne. E altre piccole cose. Sono vie obbligate, le ho percorse tutte. Si chiama *realpolitik*, si chiama potere. Ma ti giuro, Alessandro, sono integro. Vivo per la gente. Il Caravaggio era un assassino, Kafka era innamorato di sua sorella ma guarda che opere ci hanno lasciato. Capisci?».

«Certo che capisco... anche se non mi pare che Kafka...».

«E questa mia confessione, forte, pesante, non depone a mio favore?... Dichiaro la mia disonestà, non è un grande segno di onestà?».

Non risposi.

Disse:

«Non mi rispondi. Vuol dire che disapprovi. Vorrei che rispondessi».

«Allora ti dirò “non so”».

Restammo così.

Lo staff di Tomasi aveva inutilmente cercato nel passato dell'altro candidato. Ma lo staff dell'altro candidato fu più efficiente. Cercò e trovò. L'apparato legato all'altra parte politica, attraverso le opportune fughe di notizie e i servizi sui quotidiani e i Tg, fece in modo che cominciassero a emergere se non crimini, sospetti di crimini. Anche se l'aggettivo più pronunciato era “presunto”, la campagna funzionò. Era una storia conosciuta: il sospetto era più che sufficiente.

I dossier, più o meno impolverati, erano tre, per ora.

Il primo era, diciamo, privato. Qualche anno prima, la Porsche di Roby, figlio maggiore di Tomasi, aveva investito una ragazza in bicicletta. A bordo erano in due. Erano fuggiti. Ma la polizia era riuscita a risalire all'auto. A quel punto, Mattia, amico di Roby, si era assunto la colpa, dichiarando di essere stato lui al volante. I sospetti, fondati, erano che in realtà al volante ci fosse il giovane Tomasi, e che il padre avesse sistemato le cose elargendo denaro alla famiglia di Mattia, in cambio della responsabilità, e a quella della ragazza, rimasta definitivamente offesa a una gamba – ed era stata fortunata –, per prevenire altre denunce.

I fatti nuovi erano la paura crescente di una ritrattazione del falso colpevole e le pressioni, su tutte le parti in gioco, dei nuovi indagatori politicamente innescati dal candidato avversario. Insomma non si trattava, parole di Sante Tomasi, «di una bomba atomica, ma nemmeno di un fucile ad aria compressa».

Il secondo dossier: "Concussione". Tomasi era il presunto corruttore di un alto funzionario del ministero della Sanità in un brutto intreccio di medicine inutili, forse pericolose, sponsorizzate dalle testate di Tomasi, e messe sul mercato arbitrariamente e a prezzi esorbitanti.

E anche questo non era un fuciletto.

Il terzo dossier riguardava un imbroglio in Regione. C'erano state le solite licenze di costruzione pilotate, con le solite capientissime bustarelle. E il nome di Tomasi era ricorso.

Il dossier davvero pericoloso era il primo. Sugli altri due c'erano già state indagini e non era emerso niente di concreto. E comunque il pericolo avrebbe a lungo incubato, e, male che andasse, Tomasi avrebbe anche potuto affrontarlo comodamente seduto su una poltrona della Comunità europea.

Poco prima che i media facessero "trapelare" le notizie, i sondaggi ci davano con due punti di vantaggio. Qualche giorno dopo, con due punti di svantaggio.

Dissi:

«Mi aspettavo di peggio».

Tomasi era moderatamente soddisfatto.

«Significa che qualcosa di buono l'ho costruito. Ed è abbastanza solido da resistere a queste calunnie».

Il silenzio che seguì, poiché si aspettava una mia battuta di commento, lo incuriosì.

«Cosa c'è, Alessandro?».

Dovevo stare molto attento, Tomasi aveva già dimostrato di essere un ottimo interprete di sensazioni. Ma lo conoscevo e sapevo giocare di rimando, così mi sarebbe stato sufficiente aspettare che fosse lui a porre la domanda a se stesso. Risposi:

«Niente».
«Credi che non siano calunnie?».
«Lo sono?».
Divenne serio. Ero in attesa. Non era scontato ciò che avrebbe potuto dire.
«Non lo sono».
Eravamo seduti in una delle stanze operative. C'erano un paio di collaboratori. Disse:
«Andiamo nel mio studio».
Molto compreso, serio come non lo avevo mai visto, disse:
«È mio figlio. Farei qualunque cosa per lui».
«Certo».
«Mi capisci?».
«Ti capisco».
«Davvero?».
«Non ti convinco?».
Mi parve che stesse pesando le parole.
«Da qualche giorno mi sembri diverso... non so, meno motivato».
«Non credo, Sante».
«Eppure ti ho parlato... col cuore in mano».
Inspirò con una certa fatica, poi disse:
«Forse queste ultime vicende mi hanno provato. Non ho la mia solita lucidità».

Un nuovo sondaggio segnalò che avevamo perso un altro punto. Il candidato disse:
«I numeri non sono drammatici, ma ho la sensazione che non ci possa essere inversione di tendenza. Discesa lenta, ma inesorabile. A meno che non riusciamo a mettere qualcosa di molto pesante sul piatto».
Aveva ragione. In un quadro di lotta a colpi di fioretto anche tre punti erano una barriera d'acciaio. Solo un'anomalia favorevole avrebbe potuto determinare un'inversione di tendenza.
Una mattina dissi:

«Dai, usciamo, andiamo al nostro caffè delle grandi decisioni».

Si illuminò.

«Hai qualche sorpresa per me?».

«Forse».

Sedemmo e mi godetti la sua impazienza mentre raccoglievo le idee. Parlai:

«Qualche giorno fa mi hai detto che per tuo figlio faresti qualsiasi cosa...».

«Sì, ricordo».

«Credo che sia la posizione di tutti i padri del mondo».

«Certo. Continua, forse capisco dove vuoi parare».

«Un uomo del genere non è così disprezzabile. Si può anche cercare di capirlo».

«Sì, e allora?».

«Secondo me, dovresti tenere un bel discorso e ammettere tutto».

Non era sconvolto, ma turbato certamente sì. Dopo un giusto intervallo continuai:

«Dovresti fare in pubblico quello che hai fatto con me in privato. Debolezze veniali a fronte di progetti e capacità importanti».

«È molto pericoloso».

«Sì, lo è. Ma secondo me non c'è alternativa».

«In fin dei conti nessuno può dire con certezza che io abbia dato dei soldi a quella gente. È una questione di parola contro parola».

Dissi di no con la testa.

«Sai bene che in questa fase non c'è bisogno di prove, non siamo in tribunale. La gente penserà subito al peggio. Quasi tutti ti riterranno colpevole, per cominciare. E ti riterranno bugiardo perché non lo ammetti. Ammettendolo, comincerai a essere colpevole a metà. Sarai considerato come un padre che ha sbagliato per amore del figlio ma è tanto onesto da ammetterlo… del resto, è la tua strategia, no?».

Vedevo che lottava terribilmente.
«Capisco... ma ho paura».
«Secondo me, è la sola alternativa».
«Secondo me, no... però tu sei più bravo di me in queste cose».
Feci un gesto che significava "dovrebbe essere così".
Disse:
«Ti chiedo ancora se ne sei sicuro».
«Sai bene che non si è mai sicuri di niente, figuriamoci dei sentimenti della gente».
«Dammi una percentuale».
Due secondi per rispondere.
«Ottantacinque».
«Faresti una scommessa?».
«Sentiamo».
«Cinquantamila euro».
Sorrisi, avevo capito. «Mi stai dicendo che se vinci mi dai centomila euro, se perdi non mi dai niente?».
«Sì».
«Accetto».

Preparammo il testo insieme. Lui lo scrisse e io perfezionai. Faceva leva sui sentimenti comuni, ma senza enfasi. Diceva che certamente aveva sbagliato, concludendo: "Ma chi non lo farebbe?". Corressi: "Lo farebbero in molti".

Indisse una conferenza stampa e confessò. Per il resto, ottimi argomenti. Disse che la ragazza ferita aveva comunque avuto le cure migliori, e i genitori, pur inadeguato, un risarcimento. Scagionò, tra virgolette, anche l'amico del figlio che si era preso la colpa ed era passibile di denuncia per falsa testimonianza. «Gli feci tali pressioni, e anche un po' di paura, credo, che non poté proprio rifiutare. Sì, era spaventato...». Concluse: «...lo so che ho sbagliato, che sono stato prepotente e volgare. Però, come vedete, non riesco a tenermelo per me. Sono pronto ad affrontare la giustizia. E comunque vada, mi sento meglio».

Avrebbe voluto chiudere con il suggello emotivo, parlando dell'onestà che comunque aveva dimostrato. Glielo impedii.

«Non suggerire mai pensieri diretti, *pro domo tua*» gli dissi. «E poi, sarebbe una scusa non richiesta, che è il primo segnale della coscienza sporca».

Mi diede retta, ancora una volta.

Decidemmo di non organizzare un sondaggio *in extremis*.

Mancavano solo tre giorni al voto. Avevamo fatto il possibile. Non restava che aspettare.

La notte della resa dei conti eravamo tutti in apnea. Non c'era nell'aria la sconfitta, ma la paura sì. E comunque non fu un calvario massacrante. Dai primissimi dati emerse che non ci sarebbe stata *suspense* e nemmeno competizione. Alcune telefonate che ci arrivarono da amici che avevamo nei seggi ci dissero che il nome Tomasi era estratto di media due volte su cinque. Era un'informazione approssimativa, ma efficace. Così la grande angoscia cadde quasi subito e quando qualcuno accese il televisore e arrivarono le immagini di Alba Sforza, trionfante fra i suoi sostenitori, tutta l'adrenalina era stata bruciata. Eravamo solo tristissimi.

Tomasi e io giravamo nelle vie di Brera in cerca di un locale aperto. Lo trovammo e sedemmo. Stavamo "smaltendo", come diceva lo sconfitto.

«Dovrò farmene una ragione».

«Avrai altre occasioni».

«Certo, si dice sempre così. Peccato, avrei potuto fare ottime cose. Io so come si fa. Quella Sforza sa solo essere perfettamente a punto nelle situazioni. Non sbaglia una mossa se si tratta di organizzare l'arrivo di un capo di Stato, o di un cardinale, ma vorrò vederla a contatto con i marpioni europei, quando si tratterà di dar credito a un Paese come il nostro, che credito non ha, e non hai alcun argomento a favore, solo chiacchiere e niente numeri. Vorrò vederla l'elegante... titolata».

Finii di bere la mia birra e dissi:

«Mi sento proprio vuoto, svuotato».

Tomasi mi guardò con tenerezza.

«Mi dispiace anche per i tuoi soldi».

Non trovai una battuta adeguatamente spiritosa.

Albeggiava quando ci demmo la buona notte.

Tomasi mi telefonò qualche giorno dopo. Stava bene. Mi disse che forse era il caso di meditare sulla sconfitta e trarne degli insegnamenti. Sì, il vecchio rifugio dei battuti. Mi invitò a cena. Eravamo tristi, non disperati. Poi mi accompagnò a casa. E in macchina aveva ancora qualcosa da dirmi.

«Sai qual è stato il mio più grave errore?».

«Quello con tuo figlio».

«No. È stato confessare».

«No, non credo».

«Non ne ero convinto, dovevo seguire il mio istinto».

«Il senno di poi».

«E anche un'altra volta avrei dovuto seguire il mio istinto, quando mi diceva di non fidarmi più di te».

«Credo, Sante, che tu stia cercando motivi esterni perché hai perso. Come tutte le persone abituate ad avere sempre ragione, non ti pare possibile aver sbagliato».

«Può darsi».

Rimanemmo in silenzio per un minuto. Riprese:

«Eppure sai che un indizio ci sarebbe?».

«Quale?».

«La scommessa».

«Davvero?».

«Hai accettato di getto, non ci hai pensato un momento».

«E allora?».

Mi prese un braccio, voleva un punto fermo in più, oltre le parole.

«*Volevi* perdere».

«Perdere il mio compenso?».

«In questi due mesi ho imparato a conoscerti. Rimani sempre quello che detesta i politici, e detesta me come tale. Non volevi prendere soldi da uno come me. Volevi che perdessi. Volevi uscirne pulito. Fare l'eroe. Sapevi che quella conferenza stampa mi avrebbe tagliato le gambe».

«No, non è così».

«Davvero? Ci credevi in quella strategia? Volevi davvero che io vincessi? Adesso puoi dirmi la verità. Che motivo hai per non dirmela? Tu hai accettato quella scommessa perché eri sicuro di perdere, non di vincere. Te lo chiedo di nuovo. Volevi che vincessi?».

«Sì».

34

Disse il Gesù:

«Dunque Sante Tomasi è stato fermato. Lo hai fermato».

«Ho contribuito, senza volerlo».

«Non essere modesto, lo hai fermato tu. E volevi fermarlo».

«Era già compromesso. Non avrebbe recuperato nemmeno con una strategia più ortodossa».

«Tu credi?».

«Non c'è la controprova, nessuno lo saprà mai».

«Come ho già avuto modo di dirti, io lo so».

Sorrisi con un piccolo segnale di colpa.

«Già, è vero. Dunque?».

«Avrebbe vinto lui. Di poco, ma avrebbe vinto».

«Allora ho reso un bel servizio a tutti quanti».

«Credi?».

Lo guardai colpito. Non riuscivo proprio a immaginare un dubbio in quel senso, anche irragionevole.

«Ma era un uomo pessimo. Lo sappiamo».

«Sì, lo sappiamo. Ma chi ha vinto è anche peggiore».

«Alba Sforza? Peggiore?».

«Sì».

«Già, tu lo sai».

«Infatti».

Scossi il capo sinceramente colpito.

«Non lo avrei mai detto. Ma non si sa niente, non è mai stata toccata, sospettata».

«È il privilegio di certe famiglie».

«Ma cosa può aver fatto?».

«Speculazioni, licenze, gente rimossa da ruoli determinanti, in banche, in aziende della regione, amici nei punti chiave...».

«La solita storia».

«La storia di famiglie come la sua, appunto. Tomasi ha pagato la voglia di emergere. Ha voluto che il suo nome apparisse, fosse scritto e pronunciato. Ha peccato di vanità. E può costar caro. Alba Sforza ha avuto il suo nome in evidenza per secoli, non è quella la sua gratificazione».

«Allora il buon Tomasi era quello che diceva di essere, un politico non peggiore di altri».

«Sì, è così».

Ragionai fra me.

«E la Sforza come si comporterà?».

«Come al solito, male. È la sua cultura».

«E non si può far niente?».

«Tu che ne dici, Alessandro?».

«Niente sto zitto».

35

Stavo arrivando con la macchina alla solita pietra a sette chilometri da Gerusalemme ed ero certo che non ci sarebbero stati dubbi e attese, cedimenti psichici, o immani interrogativi metafisici. Ero sicuro che il mio amico sarebbe stato lì ad aspettarmi.

Mi sorrise mentre ancora stavo rallentando. Fermai e gli aprii la portiera. Salì. Disse:

«Tornerei volentieri a Gerusalemme».

«Va bene, dove?».

«Andiamo al monte degli ulivi».

Stavamo percorrendo, a piedi, la valle di Kidron, che separa la città vecchia dal monte degli ulivi. Sassi, reperti disseminati qua e là, un po' di verde irregolare bruciacchiato, una strada bianca quasi deserta, un lungo muro sulla sinistra oltre il quale una fila di alberi alti e sottili stendeva l'unica zona d'ombra sulla strada. Sulla destra, remotissime, semidistrutte, perentorie, le tombe dei profeti. Il solito caldo, la solita fatica. Per me.

Arrivammo in cima. Disse:

«Mi è sempre piaciuto questo posto».

Annuii.

«Sì, è noto».

«Quelli sono i monti di Moab, quelle le colline della Giudea. Allora, quasi tutti i giorni, era possibile vedere anche il Mar Morto. Perché sorridi?».

«Perché fa parte del tuo personaggio».

«Che cosa?».

«La rappresentazione. Per un anno, da ragazzo, sono stato in un collegio di preti. Uno di loro, don Domenico, per un po' ci ha fatto leggere le Scritture, e ce le spiegava. Era intelligente, moderno, più avanti degli altri. Poi naturalmente ho dimenticato tutto, ma in questi ultimi tempi mi è tornato in mente. So che le tue storie più belle le hai raccontate qui. È un posto che si adatta».

Si guardò intorno, come sollecitato dalle mie parole.

«Sì, è perfetto».

«Non ti offendere se darò una definizione che può sembrare inopportuna, svilente, ma sei stato proprio un comunicatore geniale, furbo. Il più grande *copy*, ecco la parola svilente, della storia dell'uomo».

Non mi prestava grande attenzione, guardava quel suo luogo.

«Venivamo qui. Sedevo, parlavo agli altri intorno a me. Ero a mio agio, era bello».

«Sì, mi sembra di vederti. Eri un maestro informale, all'avanguardia. Non parlavi come un docente, insegnavi visivamente. Ed eri autoritario».

Questa volta mi guardò, interessato. Continuai:

«Eri semplice da essere capito dai bambini, e complesso da essere travisato dai colti. Diffidavi dei sapientoni, e dei religiosi, li mettevi in difficoltà. Bravissimo. Hai meritato il successo».

Mi ascoltava guardandomi, trascurando la Terra Santa intorno.

«Ti infastidisce essere analizzato?».

«No. Dici cose interessanti. Non mi sono mai visto così. Ma ti capisco. Sai, io venivo da Nazareth, era una città colta. Oggi direste snob. Era più progressista di Gerusalemme. Un crocevia di commercianti e di intellettuali che venivano da altri Paesi, dalla Grecia per esempio. Salivo al tempio di Gerusalemme molto preparato, ero in vantaggio, si può dire che avessi buon gioco quaggiù».

«Ma non basta Nazareth. Eri proprio tu, la tua parola. Parlavi, non hai mai scritto niente, perché volevi solo rapporti diretti. Gli altri maestri avevano detto, e avrebbero detto e scritto: "Ecco qui gli esempi". Tu invece ponevi te stesso come esempio. Dicevi, fate come me, mandate i bambini a me. Rivendicavi tutto. Eri tutto. Giocavi con la posta più alta. O eri il più grande pazzo di tutta la storia dell'uomo o eri quello che dicevi di essere. Poteva essere pazzo uno che a dodici anni affrontava alla pari gli uomini più colti di tutta la Palestina? È stato rischioso, ma la posta era molto alta. E ce l'hai fatta...».

Mi fermai, stavo davvero chiacchierando troppo. Una didattica che non sarebbe piaciuta al primo Gesù. Me ne resi conto e gli chiesi scusa.

«Non scusarti, mi fa bene sentire l'opinione di un uomo. Sono stato io a chiamarti. Ce lo siamo detto che non sei un pastorello».

E poi lo vidi così umano quando mi disse:

«Illustrami qualche altra mia invenzione».

Sorrisi perché mi fece sentire più forte di lui.

«Non presentavi limiti. Ed eri *contro*, con violenza, con estro, come quando dicevi "beati i poveri di spirito", altro che rivoluzioni... Eri solitario e aperto, dolce e fortissimo. E non eri nemmeno lontanamente imitabile. Non c'era possibilità di identificazione con te. E sapevi essere magnificamente pratico. Un manager molto paragnetico».

«Davvero?».

«Ti faccio un esempio. Ti eri esposto terribilmente proponendoti come riferimento unico, in questa e nell'altra vita. Dicevi: "Rivolgetevi a me, solo a me". Pensa un po': quante preghiere per ogni secondo. Miliardi. Complicato, anche per te. E allora, da perfetto organizzatore, hai posto dei limiti, hai sintetizzato. Dicevi: io conosco le vostre necessità, non sprecate tante parole, pregate così: Padre nostro, che sei nei cieli... eccetera. Tutto molto più semplice».

Lo guardai attentamente.

«O mi sbaglio?».

«Erano proprio le mie parole. Ma non le ho mai considerate in quella chiave».

Il normale meccanismo della citazione – quell'anno di collegio dai preti – andò a reperire, nelle cellule in sonno, una remota suggestione, che si propose subito, data la situazione favorevole, come domanda.

«C'è un'altra mia vecchia curiosità che ti riguarda. Ti prego, sii diretto nella risposta. Dimmi un sì o un no».

«Messa in questi termini...».

«Dunque... sei morto, tre giorni dopo sei risorto e, se ben ricordo, hai girovagato qua e là. Ti sei divertito. C'è da pensare che nei tre giorni in cui eri stato *altrove* non ti fossi molto divertito. Hai partecipato a un meeting molto serio, suppongo...».

Era onnisciente, ritengo immaginasse la mia intenzione, anche se non avevo quella sensazione. Era curiosamente allarmato. Continuavo:

«Ti facevi vedere dagli amici. Apparivi e scomparivi, giocavi».

Cominciava a sorridere. Appena.

«Poi c'è stata, come si dice, l'ascensione. Ho letto da una parte che sei *partito* dalla Galilea, da un'altra che invece eri vicino a Gerusalemme. Con gli occhi verso Betania».

Era attentissimo. Continuai:

«Betania, mi pare, era il paese dei tuoi amici, Lazzaro, Marta... Maria. I tuoi amici appunto. Non gli apostoli».

Era più concentrato e meno sorridente.

«Allora?... da dove sei partito?».

«Da Betania».

«Per via degli amici... quelli terreni, senza missioni, quelli *normali*?».

Non rispose.

«Guarda, amico mio, ti favorisco. Ti concedo la famosa zona franca per questa risposta. Anche se io la conosco, la risposta. La conosco anche se non sono te».

Dopo la buona notizia gli diedi la cattiva.

«Ma adesso mi aspetto quel sì o quel no. Ti dispiaceva andartene?».

Non rispose.

«Ti dispiaceva andartene?».

«Sì».

Ci guardammo per un minuto. Entrambi avevamo qualcosa da metabolizzare. Ma ero implacabile.

«Non ho finito. Là dov'eri, dove sei stato per tanto tempo...».

Indicai tutt'intorno.

«... tutto questo, tutto questo ti è mancato? Dai, un sì o un no».

«Sì».

Si fece silenzioso, assorto, tranquillo. A lungo. Gli avevo spiegato qualcosa che non conosceva.

Perché anch'io ero un *copy*.

36

Avevo imparato, per forza, a non farmi assalire dal panico in situazioni che non controllavo. Sapevo di non stare bene, di essere debole. Vivevo una parte di vita dove niente era chiaro, univoco. E dove mi accadevano cose superiori a tutte le possibilità umane di comprensione e accettazione. A volte svenivo, pazienza. Pensai che al posto mio tutti sarebbero svenuti, o quasi. E poi i sogni che avevo fatto, allarmanti e oscuri, che assomigliavano alla morte: li consideravo del tutto normali per uno che aveva incontrato Dio e aveva visto sua madre morta da anni.

Così esplorai con un certo spavento, ma vigile, sotto controllo, l'ennesimo stacco di coscienza, forse un sogno, forse un malessere...

Per cominciare, un dolore al cuore. E Gesù, serio, che mi indicava la via, in leggera discesa, e scivolosa, dove sentivo che avrei potuto perdere per un momento l'equilibrio, ma sarei stato sostenuto e non sarei caduto. Ecco mia madre e non era estranea come nel primo incontro. Adesso aveva il sorriso della persona cara che ti vede dopo tanto tempo. E poi mio padre, stesso modo della moglie. E scendeva con me, mi accompagnava un tratto. E anche mia madre. Poi un bambino che ero certamente io. Perché non solo aveva la mia faccia, ma ci legava una complicità naturale, e fisica, come se fosse uscito da un mio braccio. Il terreno non era più scivoloso, ma prato, con un bucaneve ogni metro quadrato. Seduto per terra un altro bambino, più piccolo, che ero sempre io, ma con minore complicità e parentela, come un fratello, o un figlio di secondo o terzo grado. Gesù era al mio fianco. E passammo sotto un frassino che si piegava da una parte e dall'altra mosso da un vento che non c'era. Poi un uomo, non era vestito e non era nudo – nessuno mi chieda mai com'è possibile, mi dicevo, lucidamente – ed era Cleopa. Poi non c'era più l'erba ma c'era il mare basso e caldo e la sabbia fine, ondulata e tattile sotto i piedi nudi. E ogni passo era importante, perché a un passo ero angosciato, quello dopo respiravo meravigliosamente, quello successivo dicevo una bugia ed ero a disagio, quello dopo facevo un'elemosina ed ero a mio agio, quello dopo cercavo un corpo estraneo nell'occhio di un vecchio e stavo bene, quello dopo volevo l'ultima parola, violenta, e avevo un nodo allo stomaco. Poi mi rendevo conto che l'acqua si faceva più profonda e la sabbia era meno tattile sotto i piedi.

Sentii che qualcuno mi chiamava. Aprii gli occhi e a pochi centimetri vidi la fronte del Gesù, poi gli occhi. Disse:

«Come ti senti?».

«Non so» risposi, ma non sentivo le mie parole. Sentivo invece:

«Sta' tranquillo, riprenditi con calma... non avere fretta».

Mi stavo riavendo. Prendeva colore il cielo e prendeva forma il muro che c'era alla mia destra.

Ero abbastanza in forze e cercai di alzarmi in piedi.

Chiesi al Gesù:

«Sono svenuto da molto?».

«Non da molto».

Ero in piedi. Dissi:

«Non ricordo quasi niente. Dove siamo?».

«Proprio ai piedi del monte degli ulivi. Stai bene adesso?».

«Sì, credo di sì».

«Forse sarà opportuno che torni in albergo».

«Sì, credo anch'io, senti ma... ci vediamo ancora?».

«Certo, hai ancora un giorno, mi pare».

«Sì, ho ancora un giorno».

37

Mi svegliai. Ormai conoscevo bene i miei risvegli, i malesseri, i dolori, i fastidi, le ansie che si mettevano in moto. Era così anche quella volta. Era sera.

Entrare nella *hall*, vedere i turisti e gli inservienti mi diede per un momento la benefica sensazione di normalità. Poi sarebbero accadute le cose di mia esclusiva competenza. Nel frattempo mi sarei seduto a un tavolo e avrei preso un caffè.

Colsi una tensione diversa, una certa apprensione generale. Come se tutti si muovessero un po' più velocemente. Poi sentii un italiano che diceva: «Siamo passati proprio lì mezz'ora prima». Vicino a lui una donna, forse la moglie, aggiunse: «Sarò tranquilla solo domani, quando l'aereo atterrerà a Roma».

Vicino a me era seduta una coppia chiaramente italiana. Domandai all'uomo:

«Ma cos'è successo?».

«Non lo sa? Si parla solo di questo... hanno sparato, giù sulla strada, quasi davanti alla chiesa delle nazioni, a pochi metri dal bivio che sale al monte degli ulivi».

«Hanno sparato?».

«Un gruppo di palestinesi ha aperto il fuoco su una pattuglia di militari israeliani. Dicono che sia stato un inferno. Erano su una Range, sono balzati giù, hanno sparato all'impazzata e sono fuggiti. Ci sono posti di blocco dovunque, anche oggi».

«Ci sono stati morti?».

«Un israeliano ferito grave e un palestinese morto... credo».

Cercai di far mente locale. Dissi:

«Sulla strada a pochi metri dal bivio da dove si sale verso la cima della collina?».

«Sì, proprio lì».

«E avevano una Range verde...».

«Non so di che colore fosse».

Parlò la donna:

«Sì, hanno detto che era verde».

Nel salottino con il televisore, insieme ad altri turisti, assistetti allo stesso servizio in lingue diverse, l'azione terroristica di quel mattino. Molti commentavano. Dopo mezz'ora ero di nuovo esausto. Salii in camera e, stranamente, mi riaddormentai. Come una persona normale.

Ma nottetempo mi svegliai. Mi erano familiari spari, Range Rover, gente che correva, cielo e alberi che mi giravano intorno, un dolore al petto, e il mio amico sopra di me. Notai sul tavolino il pacchetto della roba lavata dall'albergo. Lo aprii, freschi e puliti c'erano un paio di pantaloncini e la mia camicia multitasche. La camicia recava un piccolo foro all'altezza del petto, un po' a sinistra. Non uno strappo, proprio un buco, con il tessuto intorno più scuro, come bruciato.

Stranezze e sospetti di eventi oscuri non mi impressionavano più, a quel punto e in quei giorni.

38

All'ultimo appuntamento ci presentammo puntuali. Il Gesù salì in macchina e disse:

«Vogliamo tornare a Gerusalemme?».

«Certo. Dove andiamo?».

«Torna verso il Kidron, ma non saliremo sulla collina. Restiamo dall'altra parte. C'è un giardino...».

«Il Getsemani».

«Sì, il Getsemani».

Entrammo nell'antico giardino dell'ultima notte. Rimasi in silenzio dietro di lui. Lasciai che guardasse, e ricordasse.

Camminava lentamente fra gli ulivi, toccando un ramo, guardando per terra. Dopo qualche minuto disse:

«Quando ci saluteremo avrò un favore da chiederti, piccole commissioni da affidarti per quando tornerai a casa».

«Va bene».

Fece un cenno col capo, a ringraziarmi. Poi guardò le piante.

«A un certo punto qui sono stato davvero male. E ho avuto paura. Questi sassi c'erano, anche gli ulivi sembrano gli stessi. Ero qui quando mi hanno arrestato».

Sarebbe stato il nostro ultimo incontro, e l'uomo aveva scelto quel luogo. La scena si concludeva secondo la sua attitudine alla rappresentazione e alla didattica, rimaneva fedele ai suoi vecchi programmi e il Getsemani, ancora il Getsemani, chiudeva il ricorso duemila anni dopo. Naturalmente ero ansioso di introdurgli il mio quesito. Non sapevo scegliere: essere diretto e perentorio, o girare un po' intorno blandendolo. Lasciai andare le parole.

«Ieri, quando sono stato male, ho sognato cose strane. Molto reali, e spaventose e tangibili... nel senso che sentivo proprio il tuo braccio accompagnarmi in un altro mondo... e sentivo un dolore al cuore, e tu che ti davi da fare proprio in quella zona. E vedevo i miei genitori, e me bambino, e stavo bene e male, e c'era l'acqua. Sai, quando hai proprio la sensazione che sia molto più di un sogno...».

Mi guardava a occhi stretti. Aspettava.

«...ieri sera ho saputo che c'è stata una sparatoria, più o meno dove eravamo noi. Prima di venire qui ho visto che c'era un buco nella mia camicia, proprio all'altezza del cuore...».

Continuava a guardarmi e ad aspettare. Non mi aiutava. Dissi:

«Ero morto, vero? Dico, morto davvero...».

Silenzio.

«...ero già dall'altra parte, vero?».

Silenzio.

«...e tu mi hai ripreso».

Silenzio.

«...non me lo dirai mai, vero?».

Silenzio.

«...non me lo dirai mai...».

Silenzio.

«...dimmi qualcosa, sei parole».

Parlò:

«Ti ho aiutato. A modo mio».

Mi ero ripreso da un enorme sforzo, quello di non piangere. Eravamo seduti all'ombra di un decrepito ulivo. Il Gesù disse:

«È arrivato il momento di salutarci».

«Sì, è arrivato. Ti dispiace?».

«Certo».

Dissi:

«Scusa, vorrei sbrigare una piccola pratica». Trassi di tasca un pane. Mi guardò incuriosito. Glielo porsi e lui lo prese. Dissi:

«Spezzalo per me».

«L'ho già fatto».

«Spezzalo per Alessandro Forte».

Lo spezzò sorridendo e me lo restituì.

Azzardai.

«È stata un'esperienza anche per te?».

«Eccome. Vuoi farmi ancora qualche domanda?».

«Certo. Dimmi chi sei».

Allora non si limitò a sorridere, rise.

«Sei cocciuto».

«Avresti preferito qualcuno più arrendevole?».

«No».

«Ecco, anche su questo voglio insistere. Perché vado bene io? Appena esci di scena dubito che tu esista».

«È vero, ma siete in molti. E fate opinione. Non avrei potuto ignorarvi ancora».

Accentuò il sorriso.

«Sarai un discepolo di stile diverso. Un portatore sano».

«Dai troppo credito a un semplice pubblicitario. Ma perché non ti sei presentato al mondo? Come un Dio».

Esitò qualche secondo.

«Come un Dio? Mi collegavo in mondovisione? Quattro miliardi di telespettatori come per un cantante o un presidente? Oppure apparivo nel cielo sopra un concerto rock. Una suggestione collettiva da inserire negli archivi della Nasa. O su Internet...».

«Su Internet, perché no?».

«Tecnologia tanto alta da *sembrare* un miracolo. Io *sono* un miracolo».

Sfruttavo le ultime opportunità.

«Naturalmente lo sai che qualche tempo fa ho divorziato e può darsi che lo faccia ancora».

«Lo so».

Mi ero tolto quel pensiero.

«Abbiamo parlato molto. Dimmi, cosa sarà di me?».

«Farai la tua vita».

«Da reduce, lo conosci il meccanismo dei reduci: non si adattano».

«Ti adatterai».

«Tu mi starai vicino?».

«Come sempre».

«La tua solita risposta ambigua».

«Ti starò vicino come sempre».

Guardai l'orologio, fermo, e guardai lui. Chiacchieravo all'ombra con Dio. Nel Getsemani. Mi aveva aiutato a modo suo. *Mi aveva aiutato a modo suo.* Come avrei potuto tornare e adattarmi? Ma come avrei potuto farlo?!? Tuttavia mi scossi.

«E adesso cosa succede? Tornato in albergo dimenticherò tutto, come quando ci si sveglia dai sogni?».

«No. Affatto».

«Cosa dirò agli altri?».

«Sta alla tua discrezione. Puoi benissimo raccontare ciò che ti è successo».

«Mi crederanno?».

«Alcuni sì, altri no. Come sempre».

«Potrei scrivere un libro».

«E perché no?».

«Come ti senti?».

«Non lo so».

«Ce la farai a tornare in albergo?».

«Credo di sì. Se avrò difficoltà potrai sempre aiutarmi... a modo tuo».

Si alzò in piedi.

«Arrivederci, Alessandro».

Volli scherzare:

«Vedi, hai l'atteggiamento di quello importante che decreta: l'incontro è finito».

«Come un manager?» domandò.

«Sì».

Poi mi scossi.

«Hai detto arrivederci».

«Sì».

«Hai intenzione di rifarti vivo?».

«No. Non qui. Ci rivedremo... da un'altra parte».

Allora mi impressionai.

«E tu sai quando?».

«Sì».

«Me lo diresti?».

«Vorresti saperlo?».

«No».

Fece un cenno positivo. Dissi:

«Un'indicazione puoi darmela?».

«La vuoi?».

«Sarò vecchio con la famiglia al capezzale?».

Sorrise rassicurante.

«Ma sì».

«Va bene, grazie... ma fra cento, trecento o duemila anni è scritto che tu debba tornare».

«Certo, farò come è scritto».

«Avrai i tuoi problemi a farti riconoscere».

«Studierò qualcosa».

Era immobile e mi parve malinconico, anche lui, perché ci saremmo salutati.

Dio, quanto mi dispiaceva separarmi da lui. Rassegnarmi a tante altre domande senza risposta.

Gli voltai le spalle, feci qualche passo. Mi girai. Era sempre là. Gli tornai davanti.

«Ho ancora qualcosa da chiederti».

«Dimmi».

«C'è una mia cara amica a Milano, si chiama Sara. È molto malata, anzi, sta morendo».

«Lo so».

«Fa' qualcosa per lei».
Esitò qualche secondo.
«Ci siamo spiegati molte cose. Dovresti aver capito. Io non posso decidere un miracolo adesso, davanti a te, e poi farlo».
«Con me hai trasgredito».
«Certo, e anche altre volte. Ma cerca di capire... ho trasgredito secondo un mio programma. Non è possibile che una malattia come quella possa regredire».
«Ti prego».
«Mi preghi?».
«Sì, per Sara».
Scosse il capo. Capii che non sarebbe servito insistere. Ma non avevo finito.
«C'è un'altra cosa, sii paziente».
«Dimmi».
«Viola, la mia cagnetta».
«Sì?».
«Lasciamela portar via».
«Devo ricordarti ancora gli standard? Se mi passi le parole, direi che è una richiesta ancora *più impossibile* della prima».
«È solo una bastardina, falla venire via, cosa può... scardinare nei tuoi sistemi?».
«Sarebbe più facile sanare una malattia inguaribile. Il tuo cane non può spostarsi. Non è mai successo».
«Addio, Gesù».
La chiamo "lucidità dell'ultimo momento". Quanti quesiti emergevano, chiari, importanti. Dopo quella formula, "addio Gesù".
E fra i quesiti ce n'era uno decisivo. Direi obbligato.
Dovevo apprestare un certo tipo di sorriso. Su quella domanda Alessandro Forte, l'intelligente, l'"illuminista", non doveva essere troppo serio.
«Un'ultima curiosità... il diavolo. Esiste?».
Era evidente che cercava le parole più adatte.

Disse:

«Mi hanno dato uno sparring-partner».

Mi guardò con intenzione.

«Il diavolo, ti fa paura?».

«Non molta. Se lo vedo, lo riconosco».

«È un buon inizio».

Gli mostrai il polso.

«Vedi questo Rolex d'oro e diamanti? Mi è stato venduto da un arabo non lontano dal Muro del Pianto, per dieci dollari... si è già fermato. Sapevo che è tarocco, ma l'ho preso lo stesso».

Annuì.

«Libero mercato come libero arbitrio».

Lo guardai compiaciuto.

«Una frase che avrei potuto dire io».

«Lo vedi, Alessandro? Comincio a parlare come te».

«Ed è una cosa tanto cattiva?».

«No».

Stavo per dirgli addio, ma la sua espressione delicatamente furbesca mi avvertì che c'era un altro argomento.

«Alessandro... ho fatto trenta, vogliamo fare trentuno?... Non mi domandi dell'inferno?».

«L'inferno non mi riguarda».

«E perché, pensi che non esista?».

«Non è questo il punto. Signore, quando verrà il momento terrai presente che io, oltre a tutto il resto, sono stato governato da rivoluzionari diventati liberali, da giocatori di poker togati e da distributori di soap opera... e sono interista. Ho già molto espiato. Forse tutto».

Gesù rise.

«Però hai resistito, e hai voglia di vivere. Ecco un'altra delle ragioni per cui ti ho chiamato. E poi, se la misura sono i governi, avete espiato tutti, o quasi...».

Dissi:

«Secondo le statistiche l'unica oasi che non si lascia inquinare, l'unico buon governo è la Confederazione Elvetica».

«Dunque all'inferno ci sarebbero solo quattro svizzeri cattivi...».

«È così, Signore?».

«Sì, e tre sono guardie svizzere».

Questa volta non rise. Scoppiò a ridere. Di se stesso. E mi piacque molto. Aveva fatto un altro passo verso di me.

Disse:

«Vedi, ho imparato persino a raccontare le barzellette».

Annuii.

«E bene anche. Adesso sei proprio completo, sei come noi».

Gli dissi addio e il distacco fu ancora più doloroso. Ma dopo qualche passo fu lui a richiamarmi. Sedette su una pietra. E io su un'altra davanti a lui. Esitava. Era imbarazzato.

«Ricordi all'inizio, quando mi hai chiesto della Sindone?»

«Certo che lo ricordo».

«Ti dissi che ero io».

«Infatti».

«Non sono io».

Si era tolto il dente. Aspettava la mia reazione. E io scoppiai a ridere, dopo un paio di secondi.

«Per la miseria. Questo sì che è uno scoop!».

Su un altro argomento forse avrebbe riso anche lui. Disse:

«Ti racconto com'è andata... ero morto e mi tirarono giù dalla croce, più o meno come è stato raccontato. C'erano soldati, donne, civili, la tempesta, c'era mia madre. Tutti che mi toccavano, le guardie che urlavano. C'era una grande violenza generale. In mezzo a tutto questo un uomo, un greco, cercava di farsi largo verso di me. Spintonato da ogni parte, dopo esser caduto a terra un paio di volte, mi arrivò sopra. Estrasse dalla sua veste una stoffa bianca e cercò di appoggiarla sul mio volto. Venne aggredito da tutti... donne, soldati e letteralmente gettato lontano. Ma non si arrese. Si rialzò, guardò dall'altra parte, vide una croce e, a terra, un uomo nudo, ignorato da tutti. Il greco si spostò da quella parte, arrivò all'uomo, lo compose mettendogli le mani sul pube, poi lo coprì con la stoffa, premette con le mani, si guardò intorno e si allontanò».

Ero più divertito che sconvolto.

«Così tu hai permesso che un impostore divulgasse una balla come quella».

«Il greco non raccontava male quella storia».

«E hai permesso che un delinquente ti rappresentasse, un ladrone, quello pentito, spero...».

«No, era l'altro...».

«Ah...».

«Dovevo *tramandare* qualcosa. Alla fine era un problema di comunicazione. Valeva il risultato. Dovresti capirlo, mi pare».

«Mamma mia, che campagna. Te l'ho detto, non è mai esistito un comunicatore come te. Cinico quanto basta. E anche aggressivo».

«E per... il non pentito, sono contento di essere rappresentato da disperati che sono contro di me. Mi onora lavorare per loro».

«Se penso a tutto quello che è successo a quella stoffa. Secoli di leggenda, esami a non finire. Come ha fatto una truffa del genere a reggere fino a noi?».

«Beh... prova a fare un'ipotesi, una sola».

Dio, come mi era simpatico. E come eravamo più vicini. E sentivo formularsi una domanda forte.

«Senti, Gesù, prima ti ho detto che eri stato aggressivo...».

«L'ho notato. Non so se è l'aggettivo giusto, riferito a me».

L'argomento era scomodo e immane. Dissi:

«Credo che questo sia il momento perché tu ci pensi all'aggressività. Per difenderti, voglio dire, e difenderci. Altri ce l'hanno...».

Indicai il territorio.

«...proprio qui, e da altre parti».

Anche lui guardò il territorio.

«Quando ero qui, l'altra volta, c'erano gli Zeloti. Era gente aggressiva. Erano terroristi. Volevano abbattere i romani in quel modo. Mi contattarono. Ma non aderii. Avevo un'altra politica. Pochi secoli dopo Roma era cristiana. A modo mio».

«Hai rivoltato la frittata, ma capisco cosa vuoi dire».

Mi guardò in tralice, a provocare.

«Ho rivisto tante cose. Ma per l'aggressività il... *restyling* non funziona».

«Certo... ma fatti sentire. Adesso ce n'è bisogno. Inventa qualcosa».

«Cercherò un Alessandro Forte di un'altra parrocchia... qui in giro».

«Temo che sarà più cocciuto di me».

«Ma io ho pazienza».

Un altro intervallo a chiudere anche quel capitolo. Ci alzammo. Camminammo verso il sentiero che usciva dal giardino. Sapevo che non avrebbe passato quel confine. Mi avrebbe guardato allontanarmi.

Disse:

«Allora posso affidarti quelle commissioni? Sono tre».

«Certo».

E mi diede i tre incarichi: due messaggi e una consegna.

Sorridendo disse ancora:

«Il momento è propizio, ed è solenne. Non mi chiedi... chi sono?».

«No. Ho un'altra petizione».

Allargò le braccia.

«Dimmi».

«Vorrei salutarti, dandoti la mano. Non ci siamo mai toccati».

Fece il suo cenno positivo col capo. Tese la mano. Dissi:

«Meglio ancora. Vorrei abbracciarti».

Passarono i secondi necessari a comporre il suo sorriso.

«Certo, Alessandro».

Così azzerai la distanza. E lo abbracciai. E anche lui mi abbracciò. Non lo vedevo, ma credo che stesse sorridendo. Io no. Io resistevo. Giorni prima mi ero ripromesso di resistere ad altre cadute sentimentali. E non piansi quella volta. Piango adesso.

Presi il sentiero. Feci dieci passi ed ecco un ultimo, davvero un ultimo argomento, un promemoria. Non tornai indietro, rimasi a distanza.

«Scusami... non mandarmi al diavolo».

«Non ti manderei mai al diavolo».

«Abbi pazienza, c'è un'ultima cosa».

«Dimmi».

«...la fine del mondo, le madonne che piangono, il sangue di san Gennaro, le stigmate... roba del genere... sapendo che ti ho parlato tutti vorranno conoscere le tue rivelazioni. Cosa dico?».

«Di' che non me lo hai chiesto».

39

Da quel saluto non ricordo quasi più niente. Era caduta l'adrenalina, ed ero caduto anch'io. Come un atleta: le forze estreme lo reggono fino al traguardo, poi crolla.

Non ricordo la strada, non ricordo chi mi aiutò. Quando cerco di ricostruire, di richiamare la memoria, seppur alterata o stravolta, evoco solo nebbie e abbandoni. Niente di visionario, colorato o fuori fuoco, niente effetti speciali. Insomma, il niente o quasi. Una parte di sonno e una parte di morte. Ricordo invece che a un certo momento aprii gli occhi ed ero cosciente.

E di fronte a me c'era mia moglie. Mi dissi che la circostanza era strana, possibile, ma strana. Ma questo non mi stupì. Negli ultimi tempi avevo fatto molto esercizio in fatto di apparizioni. Ci voleva ben altro. Soprattutto la circostanza era magnifica. Quando disse: "Come stai?" era proprio la sua voce. Era Francesca, ed era lì. Disse:

«Sta' tranquillo, va tutto bene... vuoi che ti sollevi un po'?».

«Magari».

Mi aiutò mettendomi un grosso cuscino sotto la schiena. Mi sistemò. Prese un asciugamano bagnato e mi rinfrescò il viso. E finalmente le domandai:

«Cosa mi è successo?».

«Un collasso, lungo. Diciamo che hai dormito nove giorni».

«Un collasso durato nove giorni?».

«Ti riprenderai. È tutto sotto controllo».

Poi sorrise e rividi mia moglie com'era "prima", prima del crollo, prima del disastro, prima di tutto.

Il sorriso di Francesca era quello di casa, del domestico, del quotidiano, di "prima" come ho già detto. Magnifico. Disse:

«Ma proprio in Terra Santa dovevi finire?».

"Terra Santa" mi evocò qualcosa di faticoso e molto complicato, che non era ancora perfettamente definito. Ma lo definii ben presto, e l'impatto del ricordo fu adeguato all'accadimento. Avevo visto Dio. Lo avevo incontrato. Ricordavo. Nessuna rimozione. Nessun sogno forse. Forse.

«Non ricordo... la fine».

«La fine?».

«L'ho salutato, ho fatto un sentiero, poi non ricordo».

«Vediamo se posso aiutarti. Allora, sembra ti abbiano trovato, svenuto, sulla strada ai piedi del monte degli ulivi. Ti ha raccolto un egiziano e poi ti ha portato al King David in Rolls Royce...».

«Ci mancava anche l'egiziano in Rolls Royce».

«Lì c'era una certa signora, un'anziana, che ti conosceva. Si è messa in contatto con la nostra ambasciata e mi hanno rintracciato. È stata lei a farti rimpatriare. Il tutto in un giorno e mezzo. Sei stato fortunato».

Dissi:

«La mia roba?».

«Ho tutto io».

«C'erano due pezzi di pane...».

«Non so. C'è tutto...».

«Va' a prenderla per favore».

«Ma perché adesso... c'è tutto, sta' tranquillo».

Invece non ero tranquillo. Francesca lo comprese.

«Va bene. Vado a vedere... non agitarti».

Tornò dopo qualche minuto con un borsone. Ci mise le mani e cominciò a cercare. Finalmente disse:

«Eccolo qui».

«Sono due pezzi, guarda bene».

Guardò di nuovo.

«No. C'è solo questo. Ma perché è così importante?».

Non risposi. Non ne avevo voglia. E poi ero stanco. Chiusi gli occhi.

40

Per due giorni Francesca non si mosse dal mio fianco. Avrei visto Chiara a casa. Ero d'accordo. Mi accudiva. Ero tornato dall'altro mondo e avevo ritrovato mia moglie ad accudirmi. Era già un magnifico risultato. Il terzo giorno ero pronto per tornare a casa.

Quando arrivammo in fondo a via De Amicis Francesca girò a sinistra. Verso casa. Casa nostra. Dissi:

«Ma dove vai?».

«Vuoi che ti porti in quella tua tana da topi, nelle tue condizioni?».

Allora mi lasciai andare sul sedile, comodo e contento. Disse:

«Chiara ti sta aspettando».

In casa non riuscii a insediarmi subito secondo le vecchie, normali abitudini. Il primo giorno ripresi i contatti con le stanze e i mobili. Mi godevo mia figlia. Mi mostrò i quaderni, due vestiti nuovi. Non mi parlò mai del periodo in cui non c'ero stato. Francesca assisteva cercando di sembrare disattenta.

Il secondo giorno parlammo. Le raccontai tutto, proprio tutto. Le dissi:

«Mi si è presentato un tale che ha detto di essere Gesù e io, dopo una settimana, non sono riuscito a capire se lo era o se era una mia fantasia».

«Certo che ha fatto cose straordinarie, a quanto mi dici... Quel pezzo di pane c'entra qualcosa?».

«Sì. Me lo ha spezzato in due».

«Capisco».

Sapevo che mi credeva.

Ma fece di meglio.

«Se non altro, hai un riscontro importante, mi pare. Il tuo blitz nell'altro mondo e ritorno ti ha prodotto il recupero della famiglia. Il tuo nuovo amico probabilmente non è solo un chiacchierone».

Verso sera, prima di cena, mi si avvicinò, dietro, mi accarezzò la nuca e disse, sorridendo:

«Sei un po' invecchiato».

Mi venne naturale:

«Sì, di duemila anni».

«Io non ti sono stata amica».

«Non è vero».

«Sì, è vero. Non sono stata indulgente. Sei mio marito. Volevo punirti e non so perché. E, a momenti, ti perdevamo...».

«Ma no, Francesca, ho fatto del mio meglio per farti scappare... credi non lo sappia?».

«Sì, ma dovevo resistere, avere più pazienza. Ti chiedo scusa».

Cenammo in silenzio. Rimanemmo un po' con la bambina, poi la mettemmo a letto.

E poi facemmo l'amore.

Era tempo.

41

La mattina dopo volevo riprendermi la città.

Volevo verificare la mia condizione di reduce: se quanto era accaduto durante il "viaggio" nella vita normale avesse lasciato tutto allo *status quo*. Oppure se, in quanto prescelto e in qualche modo purificato, avrei dovuto affrontare nuove responsabilità e, magari, un destino mutato.

Mi recai al Duomo con molta curiosità.

La prima visita dell'era nuova.

Feci i miei segni di cristiano, il mio giro fra le navate in senso antiorario cercando qualche sensazione particolare, qualche piccolo segnale privilegiato. Ero stato avvertito, in Palestina, che non ci sarebbero mai più state presenze, ma il rapporto, i discorsi, erano stati troppo stretti, e intensi, per essere sospesi e basta. E così, guardando le mie vetrate e le statue, e gli arazzi, e ascoltando i sentimenti, e concentrandomi, registrai che ero a mio agio. Più di prima.

Uscito dal Duomo, tornai a casa. Mia moglie era al lavoro e la bambina a scuola.

E mi resi conto che non avevo ancora fatto la cosa che più mi premeva. L'avevo sempre presente, ma mi era mancato il coraggio. Avevo atteso per paura. Presi il telefono e feci il numero.

Rispose Lilli, la sorella di Sara.

«Ciao, Lilli, sono Alessandro».

«Ciao, Alessandro».

La domanda che stavo per fare era più dolorosa di una frattura.

«...e Sara?».

«L'abbiamo sepolta una settimana fa».

«No».

«Sì, purtroppo».

«È terribile».

«Già».

«Scusami, Lilli, richiamerò».

Continuavo a pensare a Sara, a casa, per strada. Attraversai il sagrato del Duomo. Non avevo voglia di entrare. Normalmente avrei fatto la mia visita, ma quella sera no. Mi dissi che non dovevo essere deluso perché non c'erano state promesse.

Ma lo ero.

42

Telefonai a Irene Castelli. Era il mio primo “incarico”.

«Alessandro... sei proprio tu?».

«Sì. Ti ho spaventata?».

«Quasi. Ne ho sentite di tutti i colori su di te. Che eri stato male, che eri diventato matto, ricoverato di qua e di là».

«Non sono più matto del solito».

«Hai fatto bene a chiamarmi».

«Vorrei incontrarti».

«Ma certo, Alessandro, con molto piacere. Mi inviti fuori?».

«Preferirei venire a casa tua».

Dopo un paio di secondi di sospensione disse: «Va bene».

Irene era stata sposata due volte, benissimo. Era una donna intelligente e difficile, del tutto unilaterale nei rapporti. Ma lo sapeva anche lei. Diceva: «Sono figlia unica viziatissima, impossibile sopportarmi». Era una Castelli, famiglia di ottimo denaro e prestigio, e i due mariti le avevano prodotto cospicui alimenti e una figlia, Sonia. Sulla figlia, unica a tollerare la madre, Irene aveva investito esclusivamente e totalmente: tutti i sentimenti, tutto il futuro e tutti i rapporti. Quando la bimba morì in un incidente, Irene non volle. Controllata a vista per alcuni mesi perché non le accadesse il peggio, decise che sua figlia era sempre viva. Così c'erano ancora gli armadi con i suoi abiti, il posto a tavola preparato, la camera sempre in ordine, e la scrivania piena di libri e quaderni. E gli amichetti venivano ricevuti in casa per quelle che erano state le feste della bambina. Per un po' gli altri genitori la assecondarono, Irene era una donna in vista, ma al terzo compleanno senza Sonia sottrassero i figli a quel rito quasi macabro. Irene si era persino scoperta un certo talento e aveva modellato con le dita il volto della figlia nella cera. Ed era impressionante, era proprio il volto di Sonia. Ed eseguiva tutto questo con lucidità, totalmente presente alla propria patologia. Diceva: «Lo faccio per salvarmi». Molti le avevano parlato. E anch'io. Ma non era davvero possibile far breccia. Ed era alto il rischio di scatenare qualcosa di ancora peggiore.

Non mi sorprese, quando mi aprì la porta, vedere la sofferenza cronica degli occhi grigi. Irene era la stessa degli ultimi due anni, per lei la vita non si evolveva. Sempre bella, però.

Dissi:

«La tua casa, gradevolissima».

«Sì, per quello che serve».

Sedemmo nel suo studiolo, accogliente, colorato.

Chiese:

«Allora, cosa ti è successo?».

«Per non raccontarti troppi dettagli, noiosi, dirò una parola che può essere comprensiva di tutto. Diciamo esaurimento».

«Sono la persona meno impressionabile da questa parola».

«Già, lo immagino».

«Allora, Alessandro, dimmi tutto».

Le raccontai, in una sintesi che avrebbe occupato una pagina di scrittura, il mio viaggio in Palestina e la sua genesi. In assoluta scioltezza le dissi che la mia vicenda poteva essere intesa come un'illuminazione oppure come un esaurimento, appunto. E comunque il prodotto non cambiava.

«Sai che non ti riconosco? Ricordo il tuo atteggiamento ogni volta che uscivano questi argomenti, ai quali io ho sempre prestato attenzione, peraltro. Eri negativo, provocatorio».

«Sì, è vero, ma, credimi, adesso ha poca importanza».

Cominciò a incuriosirsi e ad allarmarsi, e la ragione naturalmente era semplice, riconduceva tutto alla "sua" vicenda, monovicenda.

«Cos'hai da dirmi?».

«Premesso ancora che la fonte ognuno può intenderla come vuole... vale invece il messaggio che mi è stato consegnato per te. È esattamente questo: il posto giusto era la fontana del Ragola».

Il suo corpo mi sembrò quello di un fantoccio rimasto senza fili. Irene si afflosciò sul pavimento e feci appena in tempo a proteggerle la nuca.

Si stava riprendendo. Cercavo di farle bere un po' d'acqua e le avevo colorito le guance con piccoli schiaffi.

Aprì gli occhi e fu quasi subito presente a se stessa. Si alzò e sedette di nuovo. Bevve qualche sorso d'acqua. Il respiro era molto pesante.

«Puoi ripetere, Alessandro?».

«Non sverrai di nuovo, vero?».

«No».

«Il posto giusto era la fontana del Ragola».

Mi strinse un braccio con la piccola mano. Rimase immobile a contrastare l'emozione, e in silenzio. Io ero immobile e in silenzio a mia volta.

Poi disse:

«Da dove viene questa frase?».

«Te l'ho detto, è un po' un mistero, o magari no».

«Te lo svelo io il mistero. Quella frase viene da Sonia. Non può essere che così».

«Certo, viene da Sonia».

Si alzò in piedi e si scosse.

«Scusami, Alessandro» sorrise faticosamente. «Devo darmi un contegno. Fammi bere qualcosa».

Poco dopo sedette di nuovo al mio fianco e disse:

«Devo raccontarti tutto. Te lo devo...».

«Avanti».

«Il sette febbraio di due anni fa era il primo anniversario della morte di Sonia. Io sono andata a Limonta, sulla curva dove avvenne l'incidente, a portare dei fiori. Era sera, non passava nessuno. Puoi immaginare in che stato fossi. E allora ho pregato mia figlia, le ho detto, Sonia, amore mio, sono qui. Vieni e fatti sentire, dammi un segno che sei qui, vicino alla mamma. Rimasi in tensione, in attesa di un segno. Provavo naturalmente un'emozione intensa, sempre sul filo fra coscienza e incoscienza. A volte ho creduto che quella potente suggestione potesse essere il segno che aspettavo. Sono rimasta lì fino al buio. Un paio d'ore direi, poi me ne sono andata. E comunque non avevo risolto il quesito...».

Ascoltavo, attentissimo.

«...lo scorso settembre, un gruppo di amici, per distrarmi, mi ha portato nella valle dell'Aveto, fra Emilia e Liguria, a cercare funghi. Dicevano che non c'era valle più ricca di funghi in tutta l'Italia. Ed era anche un posto magnifico. Camminammo ore cercando nel sottobosco e nei prati. Eravamo partiti che albeggiava. Verso l'una ci fermammo in un prato per mangiare. Mi dissero che quel pianoro si chiamava prato Buro, ed era alle falde di un monte roccioso, di nome Ragola, alto quasi milleottocento metri. Gli altri mangiavano e io ero attratta da quell'altura. Dissi che quel monte mi incuriosiva e che vi avrei fatto una breve escursione. Mentre gli altri riposavano mi incamminai. In poco più di mezz'ora, salendo fra sassi, terreno friabile e qualche ginepro, arrivai in cima. Mi accorsi che non era una punta, ma una lunga, sottile cresta con vaste parti di erba bassa e uniforme, ormai più gialla che verde. Camminai lungo il crinale fino a un grande sasso bianco e liscio che segnalava una fonte. Misi una mano nell'acqua gelida e bevvi qualche sorso. Dopo qualche momento mi sentii male. Intesi subito che non era certo per l'acqua troppo fredda, era altro. Una suggestione fortissima che mi faceva girare la testa. Inoltre sentivo le gambe senza forze e nei timpani rimbombavano suoni pesanti e disordinati. E fra questi suoni mi parve di individuare qualcosa che sembrava "mamma, mamma". Sai bene che pur nella mia pazzia riesco a mantenere una certa lucidità. La suggestione non mi bastava. Allora sedetti, cercai di calmarmi, aspettai che la frequenza del cuore rallentasse, poi dissi: "Sonia, se sei qui fammelo sapere in un modo più chiaro". Allora sentii di nuovo il "mamma, mamma" libero dal resto del frastuono. "Mamma, mamma", con grande chiarezza. Prima che tutto finisse, e scomparisse, feci rapidamente la domanda che mi premeva: "Sonia, stai bene?" e subito dopo, sempre con chiarezza, sentii: "Molto". Tornando a valle dagli altri mi dicevo che sì, potevo anche aver incontrato mia figlia, ma che poteva anche non essere. E allora pregai di avere un segnale di quell'incontro. Un segnale inequivocabile che mi venisse recapitato entro un anno. Era il diciotto settembre. Oggi».

Quando vide i miei occhi lucidi scoppiò a piangere. Mi abbracciò e si strinse a me. Lasciammo che la fase si esaurisse in silenzio. Si asciugò gli occhi con un fazzolettino. Dissi:

«Sei sicura di non avermi mai raccontato questa storia? Magari solo un particolare, o due».

«Ma sei matto? Sono cose che tengo fra me e la mia bambina. Mai e poi mai ne avrei fatto partecipe qualcuno. Nemmeno adesso te l'avrei raccontata se non fosse... che te lo dovevo».

Restammo ancora a lungo in silenzio. Poi disse:

«Mi sembrava impossibile, ed è accaduto. So che Sonia sta bene, che ha un rapporto con me».

«Sì, è così».

«Sta' tranquillo, non voglio chiederti altro. Dev'essere stata un'esperienza difficile anche per te. E sento che hai ancora tanti problemi da risolvere. Quanto mi hai detto, mi è sufficiente».

Si alzò.

«Vieni, che mangiamo qualcosa».

«Mi parli di mangiare?».

«Sforziamoci».

Parlammo di niente. L'argomento era volutamente accantonato. Irene se lo custodiva per dopo. Comunque mi sembrò di poter riproporre un discorso azzardato, un tabù delicatissimo.

«Irene, spero che questo... sviluppo ti serva per un'evoluzione, chiamiamola così».

Mi guardò con quegli occhi sofferenti da due anni.

«Un'evoluzione?».

«Riprendi tutto. Ricomincia a fare le cose. Rimettiti sul mercato».

Mi rispose con una certa durezza, ma non esagerata.

«Non mi dici che sono ancora giovane?».

«Ti dico di più: sei bella, e sei uno spreco».

Scosse il capo con un infinitesimale sorriso.

«E non mi dici che anche Sonia ne sarebbe contenta?».

«Eccome se te lo dico! È certamente così».

Ancora quegli occhi, ma la sofferenza si era, forse, un pochino contratta.

Ritenni di non aggiungere altro a quell'argomento. Poteva bastare quell'infinitesimale incrinatura del muro.

Salutandomi, sulla porta, Irene disse ancora:

«Grazie, Alessandro. Questa sera mi hai dato la più bella notizia della mia vita».

43

La telefonata di Marta Piano arrivò mentre avevo la mano sulla cornetta e stavo per chiamare suo marito. Era il "secondo incarico".

«Come sta, amico mio?».

«Bene, adesso».

«Sì, ho saputo qualcosa. Giravano voci... incontrollate, diciamo così».

«La ringrazio di aver verificato».

«Non ci vediamo da molto tempo... quasi due anni».

«Già».

«Ecco, per renderci conto del suo... ritrovato stato di salute io e mio marito la gradiremmo a cena da noi».

«Mi fa piacere. Quando?».

«Anche questa sera se è libero».

A cena non trovai cambiamenti.

Educazione, discrezione, qualità di parole e rapporti, sempre gli stessi. Parlammo di lavoro, dello spot che avevo fatto, che era piaciuto a tutti ed era stato efficace. Cesare Piano disse:

«Abbiamo spesso parlato di te».

«È vero» aggiunse la moglie «e ci lamentavamo perché non si era più fatto vivo».

«Considerando» perfezionò il marito «che anche noi non ci eravamo fatti vivi con lui».

Poi la donna disse:
«Spostiamoci in soggiorno, così Alessandro ci racconterà cosa gli è successo».
Lo raccontai. Mi ascoltarono concentratissimi, poi lei disse:
«Alla fine, qui in casa nostra, in buona salute come mi pare di vederla, ci dica se è stata una malattia o un miracolo».
«Mi perdoni se la deluderò. Ma non posso dirlo, e non voglio. Le assicuro che le ho raccontato gli avvenimenti in buona fede. Sarebbe... insostenibile per me mettere in gioco ogni volta un'interpretazione».
«Ma certo» disse lui. Lei sorrise.
«Ciascuno dovrà vederla secondo la propria personalità».
«Appunto».
«Sono molto stanca... fra poco vi lascio, ma voglio dirle un'ultima cosa, Alessandro. Lei non è un chiacchierone, men che meno un esaltato. Mi è sempre sembrato positivo e misurato. Da parte mia ho preso molto sul serio il suo racconto e sono sicura che mi tornerà in mente, giorno dopo giorno, per molto tempo, e ogni volta con sentimenti e conoscenze nuovi... più evoluti».
La ringraziai con un cenno del capo. Il marito l'accompagnò e tornò dopo dieci minuti.
«Mia moglie si è espressa benissimo. Ciò che ha detto vale anche per me».
Non persi altro tempo.
«Ma per te c'è un messaggio particolare... che mi è stato dato».
Mi guardò molto serio, più del solito.
«Un messaggio?».
«Sì. Mi è stato detto che troverai qualcosa che ti interessa fra le pagine novantotto e novantanove di Moby Dick».

Aveva un bicchiere in mano e lo depose sul tavolino. E anche se Piano era uomo che controllava perfettamente le emozioni, non poté controllare il colore del viso, che volse al bianco con velocità impressionante. E nemmeno poté controllare il respiro, che moltiplicò la velocità. A voce bassissima disse:

«Moby Dick...».

«Sì».

«Fra le pagine novantotto e novantanove».

Aspettai circa un minuto prima di domandargli:

«Cosa significa per te Moby Dick?».

«È il primo libro che mi regalò mio padre. Molto importante per noi, fra noi. Alessandro...».

«Dimmi».

«Hai per caso... conosciuto mio fratello?».

«Ma no. Non sapevo neppure che l'avessi».

«Magari negli anni, avete parlato, poi hai rimosso».

«Ti giuro di no, Cesare».

«Marta no... non potrebbe sapere una cosa del genere. Novantotto e novantanove. Posso controllare subito, mi aspetti?».

«Eccome».

Uscì dalla stanza cercando di essere fermo sulle gambe.

Un quarto d'ora dopo cominciavo a essere impaziente. Uscii dal soggiorno, chiamando "Cesare" a bassa voce. Non volevo allarmare nessuno, soprattutto la signora Marta. Tentai la maniglia dello studio, aprii la porta quel tanto che mi servì a vedere che non c'era nessuno. Mi trovai in un piccolo corridoio che non conoscevo. C'erano tre porte, una semiaperta lasciava passare una debole luce. Fu là che entrai con tutta la circospezione. E sentii subito il pianto sommesso. Un singhiozzo trattenuto ma doloroso. E faceva pena, come è legittimo che la faccia un adulto che piange. Un adulto come Piano, poi.

Era a terra, in ginocchio davanti a un vecchio baule. Non vidi se in mano avesse il libro e la lettera che doveva esserci fra quelle pagine. Ma certamente libro e lettera c'erano. Quando sentì la mia presenza chiuse il baule e faticosamente si mise in piedi. Era irriconoscibile e scuoteva continuamente il capo. A tempo debito domandai:

«Posso chiederti cos'era?».

Continuava a scuotere il capo.

«Ti chiedo scusa, Alessandro, ti chiedo scusa. Non posso dirti, non posso. Scusami... è una cosa enorme, enorme. Ti ringrazio, con tutto il cuore... e ti chiedo scusa ma è... personale. Una cosa enorme».

Pensai che comunque le nostre vite non finivano lì. Fra un mese, o fra un anno ci saremmo rivisti. Lo vidi abbandonarsi su una vecchia sedia. Braccia e testa gli caddero letteralmente. Gli feci con la mano un saluto che non vide. Poi, in punta di piedi, ripercorsi corridoi e stanze, fino alla porta.

Camminavo lungo l'Alzaia del Naviglio Grande. Pensavo a Cesare Piano e al suo mistero. C'era poca gente in giro. Feci i gradini del ponte davanti alla chiesa e mi fermai nel mezzo, a guardare l'acqua che rifrangeva le luci simmetriche. Mi sembrò un buon punto per la suggestione, o per un *rendez-vous*.

Feci un cenno con la mano verso il cielo.

«Allora, sono stato un buon relatore, un testimone fedele? Mi sono comportato bene?».

«...».

«Mi stai certamente ascoltando. Siamo amici, no? Fatti vivo, il momento è buono, anche la *location*...».

«...».

«Dai, vieni qui, ripeto, è una situazione favorevole. Oggi pomeriggio ti ho rappresentato, ti ho ubbidito».

«...».

«O magari *sei* qui?».

«...».

«Non ti chiedo di palesarti come là, a casa tua...».

«...».

«Sei qui? Alla mia destra?».

«...».

«Alla mia sinistra?».

«...».

«Non mi mandi un segno?».

«...».

«...coraggio, un segno, uno qualunque... un cane nella notte, una campana lontana, una stella cadente...».

«...».

«Non ti sembro serio?».

«...».

«Ci sei?».

«...».

«Ci sei?».

«...».

«Niente?».

Niente.

44

Conoscevo il Miramare, il più celebre albergo di Santa Margherita. Da bambino c'ero stato con mia nonna materna. Il Miramare, bianco con i suoi elementi azzurri sottotono, aveva quel prestigio rassicurante e benevolmente superato che ormai solo pochi alberghi italiani mantengono. Come il Grand Hotel di Rimini, felliniano.

Non glielo avrei mai detto, ma era perfetto per un'Elvira Marenghi. Domandai di lei alla *reception*. Il portiere mi disse che l'aveva appena vista. «Dovrebbe essere in giardino». Entrai in quel verde stracurato, e delicato, che ricordavo bene, e la vidi, seduta su una panchina barocca, circondata da tre donne di mezza età che pendevano dalle sue labbra. Le andai davanti e lei allargò le braccia:

«Ragazzo mio!».

Risposi al suo gesto e mi feci abbracciare. Si alzò energicamente, mi prese la mano e disse:

«Vieni».

Le signore rimasero là a guardarci mentre ci allontanavamo.

«Alessandro, usciamo da qui, da questo posto per vecchi. Che piacere vederti».

Uscimmo dall'albergo. Vestiva comodamente elegante, con grandi scarpe sportive, vistose e leggere.

«Non guardare le scarpe» disse. «Sono molto comode, sembra di camminare sulle nuvole. Non sopporto questo albergo. I miei figli hanno approfittato del mio momentaneo malessere per rinchiudermi qui dentro».

«Che malessere?».

«Ti dirò, ti dirò. Dove mi porti?».

«Decida lei».

«Camminiamo verso Portofino».

Dopo qualche passo dissi:

«Non so come ringraziarla, è quasi certo che le devo la vita».

«Sciocchezze. Trovavo i tuoi messaggi, ma ero sempre in movimento. Il caso ha voluto che quell'egiziano che ti ha trovato ti portasse al King David proprio mentre ero lì. Così ho organizzato tutto... comunque adesso stai bene, vero?».

«Sì».

Camminando mi teneva il braccio, ma senza reggersi. Molta gente passeggiava nei due sensi. Notai che una grossa Mercedes ci seguiva discretamente a una trentina di metri.

Se ne accorse.

«Un'altra delle stupide idee dei miei figli. Vengo pedinata dovunque».

«Una prudenza eccessiva, conoscendola».

«Appunto. Allora, vuoi dirmi cosa ti è successo?».

Raccontai. Conoscendo il suo tipo di ricettività privilegiai la "parte del mistero", anche se fui onesto e rigoroso. Ascoltò senza interrompermi.

«Così hai incontrato il Signore».

«Forse».

«Sì, può essere. Non mi sembri matto del tutto. E poi, parlando con te in aereo, mi ero resa conto che eri predisposto. Ma adesso voglio raccontarti qualcosa».

«Lasci prima che le dica io qualcosa...».

«Dopo, dopo. Lascia che ti racconti io. Ti dico subito che ha funzionato».

«Davvero?».

«Sì, anche se c'è stato un momento... difficile. Ho creduto che sarei rimasta là».

«La famosa alternativa. La sua vita in cambio...».

«Infatti. Ti dico cos'è successo... dunque, ero a tavola ed ecco che comincio a star male. Un dolore qui, al petto. Ci siamo, pensai. Mi alzai faticosamente, cercai di non farmi notare, salii in camera. Mi distesi sul letto. Un ultimo pensiero alla famiglia, alle vecchie pendenze sistemate. Chiusi gli occhi e attesi...».

Solo un po', ma volevo provocarla.

«Attese cosa... la morte?».

«Ma certo, la morte».

Pausa.

«...solo che dopo qualche minuto cominciai a star meglio. Feci un rutto e non sentii più quell'oppressione generale. Ero lucida. Capii cos'era successo, una piccola indigestione. Mezz'ora dopo, sempre sdraiata, stavo benissimo. Non mi restò che alzarmi e tornar giù... perché sorridi?».

«Perché ricordo uno spot pubblicitario tratto da un vecchio film. C'è un capo indiano sicuro che sia giunto il suo momento. Morirà solennemente. Sale la collina e si sdraia sulla tomba, con tanto di penne, abito importante e lancia. Solo che dopo qualche minuto comincia a piovere e per non bagnarsi si rialza e ritorna nella tenda».

Mi guardò male.

«Ma che dici, sono così grottesca?».

«No, non grottesca. È stata... imprudente».

«Sì, forse. Insomma, mi sono detta, se non ero morta significava che la prima offerta valeva sempre. È stato un sollievo».

«Elvira».

«Dimmi».

«L'offerta non valeva».

«Ma che dici?».

Presi da una tasca il sacchetto di gioielli. Dopo qualche momento Elvira lo prese:

«È il *mio* sacchetto?».

«Come vede».

Lo aprì e controllò velocemente.

«È proprio il mio. Te lo ha dato il tuo amico? Di persona?».

«Non proprio. Me lo ha fatto recapitare in albergo».

«Già, troppo compromettente consegnartelo *brevi manu*».

«Son cose che succedono laggiù».

Eravamo in silenzio, appoggiati a una balaustra sul mare, sulla piccola insenatura azzurra di Paraggi. Dissi:

«Tirando le fila... credo proprio che i suoi nipoti dovranno prendere la vita come verrà».

Ma volle l'ultima parola.

«Sembra proprio così. Vorrà dire che dovrò restare con loro ancora un po' di anni».

45

Mi arrivò una telefonata importante. Indispensabile. L'attendevo.

Non mi aspettavo che fosse Maurizio Fiume a farmela. Non era uno dei miei amici, se vogliamo dire così. Era, professionalmente, un aggressivo, invadente, di grana un po' grossa. Sapevo che ultimamente aveva avuto commissioni importanti. Disse: "Ti aspetto nel mio ufficio, sai dov'è".

Si alzò e mi venne incontro. Si muoveva con enfasi, dandomi importanza.

«Accomodati» disse, tornando a sedersi. «Hai visto, Alessandro, che lavoreremo insieme? Non hai mai voluto».

Feci un gesto come a dire che non era vero, anche se lo era.

«Ma prima dimmi cosa ti è successo. Ne ho sentite di tutti i colori. Mi hanno detto che eri diventato qualcosa a mezza strada fra Paolo sulla via di Damasco e il personaggio di quel film, ricordi, il giornalista che parlava con Dio, poi eccitava le folle nel suo Tg... Come si chiamava?».

«L'attore Peter Finch, il film *Quinto potere,* ma io non c'entro, e nemmeno con Paolo di Tarso».

«Scherzi a parte, come stai adesso?».

«Bene».

«Non vuoi dirmi in poche parole quello che hai avuto?».

Feci in modo che il rifiuto gli arrivasse educatamente. Del resto, ne ero sicuro, non gli importava nulla del mio malessere.

«Preferirei di no, Maurizio».

«Certo, capisco. Allora veniamo a noi. Ti ho chiamato perché questa volta non posso scherzare, e imbonire la gente come faccio di solito. La campagna è grossa, grossissima, non immagini quanto, e volevo andare sul sicuro. Tu hai fatto ottimi lavori, adesso dovrai dare il meglio di te».

Feci un altro gesto, per trasmettere che ero lusingato.

Continuò:

«Io credo che uno che ha fatto i tuoi film ne possa fare ancora di altrettanto buoni».

«Anche di migliori».

«...visto che adesso stai bene...».

Allora sorrisi.

«Ho capito. Sta' tranquillo, Maurizio. Sto proprio bene, e comunque una cosa possono essere state le mie allucinazioni, una cosa è un lavoro. Quelle cellule non sono state intaccate, te lo assicuro».

«Bene, magnifico. Fra poco la mia assistente arriva e ti dà tutto il materiale».

«Bene».

«È stato un grande colpo per me entrare in quella gara. Naturalmente dobbiamo vincerla, ma siamo piazzati bene, basterà che tu faccia qualcosa alla tua altezza».

«La farò».

«Questo è parlare... siamo in gara con gli inglesi e gli americani».

«Li batteremo».

Questa volta Fiume mi osservò con quasi invisibile perplessità. Allora dissi:

«Non sono uno sbruffone. So che li batteremo».

Ma la traccia di perplessità non svaniva. Con un sorriso un po' tirato disse:

«Cosa ti dà tanta sicurezza?».

«Sono bravo, no? L'hai detto tu».

In strada ero entusiasta. Tornavo a lavorare. E francamente mi sentivo molta, molta sicurezza.

46

L'educazione che mi è stata impartita è ancora quella delle responsabilità che vanno assunte e portate a termine. Un po' all'antica. Non riesco a lasciare qualcosa in sospeso, irrisolta. Oppure è ancora l'eterna deformazione professionale, dove si va in fondo, si analizza sempre, anche il niente, anche se tutto è già stato definito.

E anche se non avevo alcun contratto con l'uomo di Emmaus, mi sembrava di non poter riprendere il nuovo corso della mia vita senza un ultimo contatto con i personaggi del mio catalogo e del mio coraggio. Così fu come se mettessi tutto velocemente in agenda. Un controllo, una revisione. Da portare a termine con rapidità e discrezione.

Pur essendo passato alcune volte al famoso incrocio di piazzale Baracca e pur facendo attenzione a ogni semaforo, non ho rivisto l'africano dai capelli rossi che puliva i vetri delle macchine. Ma può darsi che prima o poi lo ritrovi, con la nuova stagione.

Giordano Bruni, l'uomo della grande, inutile colletta, l'ho rivisto al bar Magenta, come quella volta. Nessuna evoluzione. Era lui, triste, misantropo, che si compativa. Viveva a casa di suo fratello "che per fortuna non c'era mai". Gli ho detto che lo avrei coinvolto nel primo lavoro che valesse la pena. Lo coinvolgerò.

A Luca Bobbiesi, il giornalista-troppo-garantista-che-tuttavia-aveva-ragione, ho telefonato dopo aver faticosamente ottenuto il suo numero di cellulare. L'ho rintracciato a Tel-Aviv. Gli ho fatto molti, generici complimenti. Lui mi ha ringraziato e poi me ne ha chiesto la ragione. Gli ho risposto che glieli dovevo e non ho dato altre spiegazioni.

Ho cercato, puntigliosamente, notizie di Vilio. Ho trovato una lunga serie di "sembra" o "si dice". Chi lo dava da una parte, chi dall'altra, chi felice, chi infelice. Tirando le somme, voglio accreditare la voce che lo segnala a Parigi, culla tradizionale di artisti, soprattutto trasgressivi. Mi riservo di visitare quella città prima della fine dell'anno. Parigi è ricchissima di monumenti da deturpare, e testando qua e là, se Vilio c'è, sono sicuro di rinvenirne le tracce.

Ho composto il numero di Cesara Guidi e quando ho sentito la sua voce quasi non mi è sembrato possibile che qualcosa fosse rimasta la stessa anche dopo la mia travolgente parabola in terra di Israele. Mi ha detto che le faceva un piacere enorme sentirmi, che "lavoricchiava", che stava bene e il bambino benissimo. Ribadisco la sorpresa per la bella continuità della vicenda di Cesara.

Ginevra, la (ex) signora della televisione, l'ho vista ospite in una trasmissione di chiacchiere femminili. Con lei c'erano, insieme alla conduttrice, un transessuale, una diva porno e la fidanzata abbandonata di un conduttore televisivo. Ha raccontato che la sua assenza, ormai lunga, dal piccolo schermo, era dovuta a una scelta di vita e che i suoi fans le fanno sentire il loro affetto scrivendole milioni di lettere e che sta preparando una sua autobiografia e una raccolta di poesie.

Sante Tomasi mi ha telefonato. Aveva saputo che non ero stato bene e voleva informarsi. Mi ha detto che avrebbe gradito incontrarmi. E ci siamo incontrati.

Ero particolarmente gentile con lui e se n'è accorto.

Ha detto:

«Non mi trattavi così bene quando lavoravamo insieme».

«Perché credo di essere in debito con te».

«Sì, lo so».

«Lo sai?».

«L'ho sempre saputo. Ricordi quel nostro ultimo incontro?».

«Lo ricordo benissimo».

Ha raccolto le idee e ha cercato la forma più adatta.

«Ti domandai se davvero volevi che io vincessi. Tu rispondesti "sì". La risposta è sempre la stessa?».

«La riposta adesso è no. Non volevo che vincessi, ma l'ho saputo dopo anch'io. Allora ero in buona fede... credevo di esserlo. E voglio chiederti scusa del torto che ti ho fatto perché non eri il candidato peggiore... eri un candidato».

47

Annoto una percezione: gli accadimenti preliminari eccezionali e misteriosi, la mia vicenda con l'uomo di Gerusalemme, le fatiche e le sofferenze fisiche, il ritorno, la veloce rivisitazione: tutto fa parte di un contenitore preciso e definito, che è il grande caldo.

Mi rendo davvero conto come tutto sia da me stato vissuto nel disagio, nel sudore, anche nel dolore, e nel malessere – se stai male – del caldo, più che estivo: il caldo del mio brutto appartamento, dell'asfalto dove avevo soccorso l'anziana signora, del porfido del mio incidente, dell'aria in gola della valle di Kidron, del limo del Giordano, del tempio di Cafarnao, della strada del misterioso campano che mi diceva dove andare, dell'uomo di Emmaus, degli ulivi e del Getsemani, e del mio recupero immane da chissà dove. Il caldo.

Anche adesso è caldo, ma la sensazione è quella del nuovo capitolo, della pagina girata. Oppure mi sembra di essere seduto nell'ombra ad assistere al cimento degli altri mentre io sono al sicuro.

Sono, con i miei, nella casa sopra Arona, lago Maggiore, di proprietà della famiglia di Francesca.

È sabato, ho lavorato tutta la settimana alla grande campagna che abbiamo strappato agli americani e agli inglesi. Ormai lavoro come prima, come quando stavo bene. Sto bene. È sera e là sotto c'è il lago, brillante per le luci riflesse della sponda lombarda.

Ma questo sabato non è solo il giorno dei pensieri definitivi. Questa mattina ho ripreso – avevo finalmente le forze per farlo – una vecchia abitudine. Correvo in tuta lungo la strada che dalla sponda del lago, giù, appena passata Arona, sale verso l'enorme statua del san Carlone.

Più tardi mia moglie mi ha dato una lettera arrivata in mattinata a casa, spedita più di un mese prima. Era stata respinta al mio vecchio indirizzo.

"Caro Alessandro. Quando mi leggerai naturalmente ti avranno informato. All'ultimo momento ti ho fatto cercare. Mi hanno detto che eri partito. Dunque non ti vedrò più, per ora. Voglio dirti quanto tu sia stato importante in questa mia... ultima fase. Le parole che mi hai detto quel pomeriggio, le sensazioni di questi ultimi giorni così... innovative per una con le mie idee, hanno prodotto... ma sì è inutile girare intorno alle parole... una specie di miracolo. So con assoluta certezza che fra poco starò bene, e non soltanto perché avranno fine dolori e malattia. Non vedo l'ora di ricominciare, di rivedere mia madre, il mio primo siamese, il Che. In mancanza di sesso, per me e per lui, sarà certamente prevista una pratica spirituale sostitutiva. Quanto a te, mi raccomando: hai famiglia. Punta su quella. Da parte mia ti aspetterò. Senza impazienza. Dunque, Alessandro, per le "grandi novità" di questi miei ultimi giorni devo qualcosa a me stessa, a te, e a chissà chi altro. In attesa di chiarimenti e visto che l'interlocutore umano sei tu, comincio con il ringraziare te. Mi hai aiutato. A modo tuo. Sara".

Ho guardato in giro, nel buio. Ho scosso il capo. La solita storia. In un modo o nell'altro venivo "fregato", anche se non è l'aggettivo migliore.

Ero a letto. Avevo scorso il giornale. Aspettavo che Francesca mi raggiungesse. È entrata nella stanza e ha detto:

«Chiara è agitata, voleva dormire con noi».

L'idea mi sorrideva:

«Potevamo accontentarla... fa caldo, apri la porta-finestra».

«E dormiamo con tutto aperto?».

«Chi vuoi che entri...».

Francesca ha aperto la porta-finestra, poi è venuta a letto. Stavamo per spegnere la luce quando è entrata Chiara, col broncio. Le ho fatto segno di salire, si è sistemata fra noi. Beata.

Non stavo ancora dormendo quando Chiara mi ha toccato:

«Papà».

«Cosa c'è?...».

Mi ha preso un braccio.

«C'è qualcuno nella stanza».

«Ma no, non c'è nessuno, dormi».

Anche Francesca si è svegliata.

«Cosa c'è?».

«Mamma, c'è qualcuno nella stanza».

Non abbiamo avuto il tempo di ribattere che abbiamo sentito un rumore. Qualcuno, o qualcosa, camminava vicino, nella stanza. Eravamo dritti sul busto, attenti. Ecco di nuovo il rumore, più vicino. Ed ecco qualcosa... qualcosa che era salito sul letto, ai nostri piedi. Non potevo mostrare paura a mia figlia. Potevo solo accendere la luce, con un gesto normale. La lampada ha illuminato un cagnetto fulvo seduto sulla coperta, che guardava un po' l'uno un po' l'altro. Chiara ha avuto i riflessi più pronti.

«È Viola».

La cagnetta ha cominciato a scodinzolare. È venuta da me, l'ho accarezzata. Poi è andata da Chiara. Francesca ha detto:

«Ma no, è un randagio, è entrato dal giardino. Assomiglia a Viola».

«No, è lei, non vedi che è lei… quella macchia bianca, le tre scarpine bianche. È Viola, è tornata».

Francesca:

«No, Chiara, non può essere lei. Viola è morta. Lo sai».

«Sì, è morta. Ma è tornata».

Stampa: 2007
Società San Paolo, Alba (Cuneo)
Printed in Italy